随园梦

冯圭璋 ◎ 著

图书在版编目（CIP）数据

随园梦/冯圭璋著. —合肥：安徽文艺出版社, 2023.12
ISBN 978-7-5396-7715-6

Ⅰ.①随… Ⅱ.①冯… Ⅲ.①散文集－中国－当代 Ⅳ.①I267

中国国家版本馆 CIP 数据核字(2023)第 039705 号

出 版 人：姚 巍
责任编辑：卢嘉洋　　　　　　装帧设计：张诚鑫

....

出版发行：安徽文艺出版社　　www.awpub.com
地　　址：合肥市翡翠路 1118 号　　邮政编码：230071
营 销 部：(0551)63533889
印　　制：安徽联众印刷有限公司　(0551)65661327

....

开本：880×1230　1/32　印张：13　字数：470 千字
版次：2023 年 12 月第 1 版
印次：2023 年 12 月第 1 次印刷
定价：79.00 元

....

（如发现印装质量问题，影响阅读，请与出版社联系调换）

版权所有，侵权必究

目　录

序　人文山水赋吟情　谷公胜 / 001

夕照履痕

书径履痕 / 003

边城梦 / 007

梦幻谷 / 011

雨前问茶 / 016

赤水观瀑 / 020

偶适涪陵 / 024

雨中峨眉 / 027

诗意桃花潭 / 030

天路览物 / 033

追梦者 / 037

云深不知处 / 040

天门山双绝 / 044

出没风波里 / 047

湘西王村 / 050

深林人不知 / 053

山水待知音 / 056

闲坐湖畔 / 059

人间佛境 / 062

碧水伴我行 / 065

披云碎月练江水 / 069

如诗故地 / 073

山水含春晖 / 076

清韵深趣 / 080

寂寂邹峄山 / 084

天半江郎 / 088

凄风苦雨仙霞关 / 092

寻梦廿八都 / 095

闲携孙辈读故园 / 098

曹娥江畔曹娥庙 / 101

三山半落尘世外 / 104

悠悠吴山行 / 108

满眼沧桑黄陵庙 / 112

三峡依然精彩 / 115

幽谷曲流入梦来 / 119

旧门故燕飞 / 122

唯有青山依旧 / 125

月落平安寨 / 128

又到问茶时 / 131

三生圣迹隐南明 / 134

白云生处有晚晴 / 137

寒山一瓢月 / 140

色追鹅黄细胜柳 / 143

苍槐翠柏伏羲庙 / 146

天半千窟佛 / 149

千笏朝万佛 / 152

大夏河畔 / 156

天马出凉州 / 159

沧桑嘉峪关 / 162

千年莫高窟 / 165

西出敦煌 / 168

幽谷生梦境 / 171

风雨廿四弯 / 175

梦生明月湾 / 178

夜读凤凰 / 181

天际梵净 / 184

镇远时光 / 187

天下西江 / 191

红石野谷 / 194

岭南春色 / 197

一水中分白鹭洲 / 200

塔川秋色 / 203

沉默的多多 / 207

天边的小城 / 211

天下独绝处 / 215

观石听涛云水间 / 219

此山幽且奇 / 222

探幽支硎山 / 226

杭州印象 / 229

吴根越角 / 233

千溪遍万家 / 237

飞瀑绝顶人家 / 241

天上翁达 / 245

天边扎尕那 / 249

白龙江头 / 254

黄河天际流 / 258

辗转川青藏地 / 262

自宝鸡赴汉中 / 266

醇醲阆中城 / 270

今古石宝寨 / 274

暮到白帝 / 278

天坑地缝 / 282

诗意栖息明月湾 / 286

居然蓬莱在人寰 / 291

重阳登高记 / 295

石湖秋水 / 299

夕照鸡笼 / 303

独上灵岩 / 307

访古画眉泉 / 311

星陨尘世间 / 315

诗画圣彼得堡 / 318

岩石中的教堂 / 321

行走布拉格 / 324

波兰旧都 / 327

"神笔"马良 / 330

桑榆为霞

"万寿宫"里夕照明 / 337

寻梦万寿宫 / 340

书剑万寿宫 / 343

诗书万寿宫 / 346

渭泾双亭 / 349

离别 / 352

随园梦 / 355

风雨故人来 / 358

随园群里的春节 / 361

会"说话"的墙 / 364

随园四月天 / 367

十年放学路 / 371

姑苏味 / 374

诗意市井烟火 / 378

闲读孙辈作文 / 381

跋一　共游山水间　张稼祥 / 390

跋二　我梦随园　陈应生 / 393

后记 / 396

序

人文山水赋吟情

冯圭璋君是我在苏州市教育局工作时的同事。他所学的专业是数学,长期从事数学教学和行政管理工作。退休后笔耕不辍,所撰的散文蔚为大观,结集付梓之际嘱我作序,因奉读后感如后。

圭璋君,姑苏人氏,启蒙伊始深受吴语乡土文化之浸润,后求学于金陵,更濡染于江左士人文习雅风。其学思相长、善于吸纳,凡山川星月、园林街巷、典籍方志、诗词歌赋、传闻逸事、风土人情,无不观于眼、思于脑、会于心。其文笔纵横才情,博采识闻,涵纳个性,求新立异,表现出厚朴、典雅而又灵动的风格,正是水到渠成之功。

愚观圭璋君散文特点有三。

其一，自抒性灵，寄托丰厚的人文内涵。圭璋之文游观之间突出人的活动，写景之时融入主观感受，叙事之中着眼于事件背后的人物内心世界。或是直抒胸臆，或是评点古今，都围绕着人的情感世界展开笔墨。随园主人袁枚倡导"性灵说"，认为"性情之外本无诗"，这种"性情"正是诗人独特的个性。圭璋君用自己的散文创作践行着这一创作理念和美学主张，力求自出心裁，自抒胸襟，立意创新。散文集以"随园梦"为名，正是作者认同并践行"性灵说"的自我表白。

《赤水观瀑》中记一位年逾八十的老者在大瀑布前舞手踏歌、仰天长啸，尽发少年狂："谁料今日能与老伴携手，千里迢迢来此观瀑，走入画中，真是情同梦境！"作者抓住这一细节，活灵活现地写出耄耋老人释放童心的天趣。游人观瀑，作者观观瀑之人，写出了人物的真性情。《天边的小城》中那位年逾七旬而骑着电瓶车追赶绿皮火车接外孙的姥姥，作者写她不是为了猎奇，而是为了赞美我们民族特有的那一份珍贵亲情。《偶适涪陵》中那位沿堤散步的老者，说起白鹤梁碑刻，"两眼放光"，如数家珍。《诗意桃花潭》里民宅前两位老人，各人怀抱一名双胞胎的婴儿，开心得合不拢嘴，脸上每一条皱纹里都渗出笑意。《湘西王村》一个特写镜头：有位妇女的背篓里不仅放满了东西，背篓上还垛了一张儿童小床，小床里还放着竹制躺椅等杂物……作者要描写的不仅是乡风民俗，更是要反映乡土与百姓的血脉关系，表现了百姓对乡土的依恋与自豪。《清韵深趣》中那位摩崖石刻守护人，不仅主动介绍摩崖石刻的有关内容，还邀游客到他家小憩："数间平房、一坞阳光，峰连峦叠，满目青翠。主妇沏壶山茶，众人品茗聊天。"真是古道热肠，表现出淳厚、可贵的民风。《追梦者》写雪域朝圣的信徒："我无法想象他们是从哪条线路来的……但可以肯定，有大信仰、发大宏愿、下大决心者，才敢有此行。朝圣者们为圆梦，经风雨烈日，过雪山冰河，置生死于度外，一往无前。"作者写人物行动时，着力揭示的是精神层面的内涵，"大信仰、大宏愿、大决心"，这正是点睛之笔。

《桑榆为霞》辑中诸篇以人物活动为主，无论是接送儿孙的爷爷奶奶，还是潜心翰墨丹青的老大学生，无论是重逢怀旧的昔日学友，还是寻常巷陌的佳肴小吃，都写得鲜活而感人。既有生命不息追梦不止的青春活力，又有豁达潇洒自由自在的人生享受，真个是桑榆为霞粲满天。

我印象特别深的是《沉默的多多》中那条导盲犬，此文通篇写的是犬、是犬与人的关系，而作者所表达的是深眷难遣的人文情怀。我当时读后曾有一律奉圭璋君，末两句道："导盲犹记乖乖犬，是否依然摆尾长？"篇中笔墨之感人、情趣之深长，还请读者诸君亲自披读。

其二，善造意境，构筑精妍的审美境界。集中诸篇，或擅于取材，或巧于构思，或铺采摛文，或练达精警，都是在用心营造一种富有鲜明主观色彩的审美意境。王国维说"散文易学而难工"，所谓"难工"，就是难在营造审美境界。他认为，"能写真景物、真感情者，谓之有境界。否则谓之无境界"。境界是作者主观情感与客观景物相交融的结晶，是作者通过观察、提炼、构思而表达的一种审美价值追求。好的作品，"其言情也必沁人心脾，其写景也必豁人耳目。其辞脱口而出，无矫揉妆束之态。以其所见者真，所知者深也"。圭璋君散文正是在努力追求这样一种本真中求新意、平淡处见厚重的境界。

《随园梦》营造意境，不仅取材于眼前景物，尤其善于从传统文化中汲取素材。诚如作者所说："山水魅力离不开其所载文化，核心文化是山水的魂魄。"（《寂寂邹峄山》）圭璋君写游观之乐始终不离中华传统文化之魂。如《梦幻谷》《雨中峨眉》《云深不知处》《深林人不知》《山水待知音》《天坑地缝》诸篇，思路开阔，引述富赡，善于化用典籍古诗，却并无掉书袋之感，引文与自述融为一体，左右逢源，恰到好处。

试采撷几例。

昔读徐霞客《游黄山日记》，总美他走的山道跌宕起伏、奇境迭出、与今不同，现走在绵绵栈道上，却只能领略一二。"路宛转石间，塞者凿之，陡者级之，断者架木通之,悬者植梯接之。下瞰峭壑阴森,枫松相间,五色纷披,灿若图绣。"有时行至崖下,疑似无路,仰面忽见两三游客,在崖顶飘然移步,与"松石交映间,冉冉僧一群从天而下"的描述何其相似。不经意,走进了徐霞客的日记。(《梦幻谷》)

此景此情,撩人心弦,想起诗仙《听蜀僧濬弹琴》:"蜀僧抱绿绮,西下峨眉峰。为我一挥手,如听万壑松。"恍惚间,蜀僧化作白黑两水,飘然下山焚香抚琴。声如泉出高山、风起松壑,或清越、或深沉、或激昂、或平稳。此天籁也,凡人几回听?(《雨中峨眉》)

山峻人微,万籁俱寂,恍惚不是凡间。仰望天空仅存一线,恐是"自非亭午夜分,不见曦月"。路稍拐,突然几缕阳光如追光灯般自崖顶射入,已是正午时分。(《天坑地缝》)

再如,《重阳登高记》就摩崖上四字解读,信笔之间点出了平常心之可贵;《石湖秋水》引述苏轼到范成大再到袁宏道,借古人之口说出姑苏山水之魅力,古朴而典丽,都突显出意境之美。

其三、锤炼文辞,打磨富有特色的篇章语言。"夫缀文者情动而辞发,观文者披文以入情。"(《文心雕龙》)没有好的语言表达,就没有好的散文。打磨篇章、锤炼文字是散文创作的基本功。桐城派讲究义理、考据和辞章,说的是做学问。如果借用来说散文创作，大致相当于主旨、题材和文辞。圭璋君撰文，特别着意于文辞表达，谋篇布局力求不落窠臼，语言表述力求取得精准练达的效果。通观《随园梦》，各篇篇名都经过打磨推敲，篇篇皆为短篇，句多短句，骈散结合，关键处画龙点睛，要言不烦。文风典丽，语句蕴藉，耐人咀嚼，看似轻描淡写、欲言又止，却在不经意间给人留下回味之趣。

如《梦幻谷》："周围少了嘈杂、多了幽静，少了雕琢、多了真趣。"简练干净，内涵隽永。如《雨前问茶》："碎石铺就的曲曲弯弯的小径，两旁峰峦夹峙，溪涧相伴，忽左忽右，忽又漫过路面。适逢如酥春雨，采茶人在茶园辛苦劳作，雨披随风而舞；泉声叮咚、宛若丝竹，石径润湿、如玉铺就；轻雾渐弥，树影隐绰，四周青翠欲滴，是谓九溪烟树。"此类文字大有明人小品风致。再读《居然蓬莱在人寰》："循路信步南去，体会'竹杖芒鞋轻胜马'之意。水边老树返青，树头群鸟欢鸣，牛背石如老牛卧树下，只是懒得近前去。"古人词句自然融入而不留痕迹，骈散交错，典雅舒朗。

集中诸篇，开头与结尾尤具特色。如《诗意桃花潭》开头"少时诵读《赠汪伦》，老来漫游桃花潭"，结尾"只今唯有清江水，曾载扁舟送诗仙"，将一首七言诗一分为二，分置首尾，可谓妙笔。《杭州印象》结尾句"西子湖畔梦西湖"，明明人在西子湖畔，却仍在做着西湖之梦，此中寓意留给读者想象。《人间佛境》写一老者观看"知恩者少，负恩者多"这块石刻时，双臂张开两掌猛击八字，连声呼道："是啊！是啊！说得对啊！"其情也戚，其声也悲，闻者怆然。行文到此戛然而止，留下十个字收束全文："欲劝无言辞，山深闻鹧鸪。"让人唏嘘不已！《闲坐湖畔》中"茶座席已虚，闲鸟桌上啄残粒"，茶事结束，却还留下一幅画面引人遐想。犹如笠泽农舍一碗熏青豆茶，茶水饮后，那几颗熏青豆放在嘴里咀嚼，依然回味悠长。

读圭璋君散文，欣赏之余更让我思考一个问题：为什么很多理工科专业的人会喜爱文史？原来，这里有一个母语文化情结的根底所在。

习近平总书记指出："中华文化对中国人的影响已经渗透到骨髓里。这就是文化DNA。"我们的前辈就树立了自觉传承弘扬中华文化的光辉楷模。数学家苏步青喜爱古典诗词，创作了数百首格律诗词，其立意之高远、格律之规范，具有教科书级别的水平。江苏省苏州第十中学西花园有一块摩崖石刻，题署"仁慈明敏　壬申级训　何泽慧篆"。原来，物理学家何泽慧读高中时竟写得一手漂亮的篆书。物理学家杨振宁曾引用唐代诗人高适的两句诗"性灵出万象，风骨超常伦"来形容英国物理学家狄拉克的风格。杨振宁和邓稼先在西南联大同窗时所学的专业是物理，但经常一起诵读古文。杨振宁在纪念邓稼先的散文中就深情地回忆了他们在昆明一起背诵李华《吊古战场文》

的情景。

接受过良好的母语基础教育,对中华传统文化具有深刻的认同感、自觉的归属感、强烈的荣耀感,这是中国知识分子的优良传统——不管是学理工的还是学文史的。圭璋君秉承了这一优良传统,在他的散文中,传统与现代的对接,人文与道义的关联,景物与情绪的融合,健朴与柔美的映衬,既体现了明睿的哲理思考,又饱含着丰富的审美意蕴。《随园梦》的作者为传承弘扬中华优秀传统文化做出了自己的贡献。

写到此处,意犹未尽,且奉四韵,权作结语。

随君披卷到随园,操翰桑榆鹤梦还。
风物清嘉含妙蕴,性灵淳厚喜人间。
仁山智水游佳境,熔古裁今骋九寰。
文理双馨敦雅俗,薪传有自小仓山。

谷公胜　壬寅孟冬于柴园苏州教育博物馆

(谷公胜,苏州市教育局退休干部,曾任教育部基础教育课程改革专家组成员、高中语文课程标准研制组核心成员、中小学教材审定委员会委员、教育部艺术教育委员会副秘书长、中国艺术教育促进会秘书长,现为苏州教育博物馆名誉馆长。)

夕照屐痕

书径屐痕

柴门无事,灯下翻书。

据说杭州西湖有着始于南宋的"西湖十景",把"淡妆浓抹总相宜"的水光山色指点得明明白白。诗样的文字、诗样的景,至今让人津津乐道。晚明张岱的《西湖梦寻》七十二则,诗文并茂,可谓古人写梦中西湖,今人读杭州古今。一篇《西湖七月半记》写了五类游人:"名为看月而实不见月者","身在月下而实不看月者","亦在月下,亦看月而欲人看其看月者","月亦看,看月者亦看,不看月者亦看,而实无一看者","看月而人不见其看月之态,亦不作意看月者"。张岱把游人在西湖观景的情况描绘得历历在目,甚至今天还能看得到他们的遗影。

张岱的《陶庵梦忆》中有一篇《虎丘中秋夜》,记录了苏州人中秋夜的狂欢。是夜,自生公台下至一二山门,"皆铺毡席地坐,登高望之,如雁落平沙,霞铺江上。天暝月上,鼓吹百十处,大吹大擂,十番铙钹,渔阳掺挝,动地翻天,雷轰鼎沸,呼叫不闻"。张岱从"更定""更深"直写到"三鼓"时,"一夫登场,高坐石上,不箫不拍,声出如丝,裂石穿云,串度抑扬,一字一刻……然此时雁比而坐者,犹存百十人焉。使非苏州,焉讨识者!"抑耶?扬耶?先俗后雅、雅俗共赏。按苏州人前三后四的习俗,中秋前几天已热闹非凡。评弹"三笑"讲的是明朝故事,注定只能从八月十二虎丘进香为开篇,方能丝丝入扣,不由得你不信。

苏州虎丘千人石,亭子右侧为生公讲台

南梁"山中宰相"陶弘景在《答谢中书书》中,用寥寥四十字描绘了秀美江山:"高峰入云,清流见底。两岸石壁,五色交辉。青林翠竹,四时俱备。晓雾将歇,猿鸟乱鸣。夕日欲颓,沉鳞竞跃。"观山宜舟行,读此四十字,就像身临其境,淡定地站在小船船头,仰观俯察、左顾右盼,朝晖夕阴、满目苍翠,感觉得到青山秀水扑面而来,实在是人间仙境。江南诸多绝色山水,居然被短短五句一网打尽。

有老友介龙君,好古文、嗜读书、痴旅游。年前喝茶时,偶然谈起李白的五绝《独坐敬亭山》:"众鸟高飞尽,孤云独去闲。相看两不厌,只有敬亭山。"心向神往,便与他结伴去了敬亭山,看到那山那景平常,由于近年坊间流传着李白和唐玄宗胞妹玉真公主的逸事,山道旁新修了玉真公主坟和塑像,还立碑说明。回程路上,和老友闲聊此诗,他告诉我,李白晚年常在宣城一带盘桓,这首诗写于天宝十二载(753年)秋游宣城时,离他被"赐金放归"离开长安已十年。长期漂泊,饱尝人间辛酸;天马行空,看穿世态炎凉。这首诗用20字说尽孤独寂寞,诉尽"独坐"心境。读诗想景,敬亭山一定是山道空寂、林幽谷深,从早到晚坐在面对山景的顽石上,早观百鸟离巢,晚看白云出山。不知是心情融入了山景,还是山景撩拨了心情,一支生花妙笔写出如此绝妙好词,让人感叹读诗人笔下的景致,胜过实地游历。

也许有一天，我们足不出户，在居屋的窗下，安放一套舒适的桌椅，泡上一壶好茶，窗外春风秋月、夏雨冬雪，桌上唐诗宋词、名家游记，读读他们的游踪，揣摩他们的"览物之情"。

书中烟雨江潮，明月曾照前人。

边城梦

湘西凤凰,幽远神秘。

与老友筹划三载,2008年8月终算成行。

赶到城南的凤凰雕塑下,已是下午2点半。从道门口进入古城石板街,探访了沈从文、陈宝箴、熊希龄故居。在北门码头上船,泛舟沱江。江水蜿蜒、抱绕古城。南岸的吊脚楼,多设旅店、酒吧。船过虹桥,在北岸沙湾码头登岸,穿东关门到虹桥北端,步上虹桥,就是热闹的集市,两侧商肆壁立,将沱江的景致遮个严实。"桥上徘徊,仿佛置身蓬岛",这是传说。过虹桥后,旅行社清单中的旅游项目全部结束。

晚饭后回宾馆,夕阳在山,心神不定,冥冥然若有所失。老友提议去拜谒沈从文先生墓,我们立即起身打车前去。司机是位当地的年轻人,提起沈先生,他一脸茫然,不知墓地在何

在虹桥西眺，青山隐隐，沱江东去，两岸是密密麻麻的吊脚楼，江中跳岩的60余对石墩横亘江面，没有桥面，人需从墩上跳着过江。远处是凤凰大桥

处，途中停车三问，苏州乘客的心也凉了三次。沈先生与苏州渊源匪浅，一封"允"字电报，先生与苏州结下终身缘分。凤凰闻名遐迩，先生功高望重。最终车停在离墓地最近的沱江大桥南堍，转到桥下小路，边问边走。

墓地就在沱江南岸听涛山坡上，地处古街东梢，背山临水，观岚听涛。墓碑是一块天然五彩石，未经雕琢，别致简朴，刻着先生的手书：照我思索，能理解"我"；照我思索，可认识"人"。老友和我一起鞠躬致礼。过来一位手拿旅游指南按图索骥的青年，好奇地向我们打听沈先生是谁。附近有爿听涛山书社,专售沈先生著作和介绍小城历史文化的书籍,店主人客气地做着生意。小店刻意设计数枚购书纪念印章,其中一方大印为篆体"沈从文故里留念"。历史和文化是古城的灵魂,名人是历史文化的彰显。不远处有块碑,刻着黄永玉先生书写的碑文:"一个士兵要不战死沙场,便是回到故乡。"沈先生回到了故乡。

一串铺在江中的巨石,横越沱江,巨石旁跳跃着浅蓝色的细浪

夜色渐浸,愁绪流淌;沱江水边,月明天朗。一串铺在江中的巨石,横越沱江,巨石旁跳跃着浅蓝色的细浪。先生一生对故乡魂牵梦萦,故乡的山水、故乡的风云、故乡的人和事,都融入了《湘行散记》,融入了《边城》。过沱江,沿着小路溯江而行,走近虹桥,游人摩肩接踵、汗透衣衫。路边是喧嚷的

摊贩，酒吧里传出流行的曲调。顺着人潮挤到跳岩北端，60余对石墩横亘江面，没有桥面，人从墩上跳着过江。一群群年轻人兴奋地在江中放荷花灯，放飞憧憬。沱江是古城的眼眉，先生描写家乡的"河水长年清澈，其中多鳜鱼、鲫鱼、鲤鱼"，已经不再。我们小心翼翼地过跳岩，穿过北门城楼，门洞里的歌手正在忘情地弹唱。不知古城，何时才入梦乡？

回到宾馆歇息，已近10点。恍惚间，我正从幽幽的石板长街走过，街边老人向游人讲着故事，远处传来隐隐的脚步声，烟雨城楼、卧波虹桥、水鸟萋草、舟影渔歌。袅袅炊烟吊脚楼，熠熠灯火影沱江。忽然被人潮挤上跳岩，挤下沱江。

梦惊边城残月。

梦幻谷

我曾五上黄山。第五次的缘由则是为了穿越西海大峡谷。

峡谷北入口近排云亭，南入口近步仙桥。从排云亭畔俯瞰峡谷，怪石嶙峋、树藤交柯、云雾诡谲，号称梦幻景区。我第三、第四两次上黄山，都曾从北入口进入过峡谷，第一次半小时，第二次一小时，然皆因准备不足而原路退出，但其神秘氛围和奇异风光使我梦萦。

我浏览了网站上有关信息，或说黄山票价几何，大峡谷值三分之二，但进峡谷的游人不到一成，更绝少老人。有则消息鼓舞了我，一位70岁的老者，用7个小时穿越了大峡谷。

与友人介龙君筹划四年，聚数位退休同道，于2009年5月第五次赴黄山，当夜入住光明顶黄山白云宾馆。

黄山白云宾馆与光明顶相距约0.5千米。翌日4点半起床，登光明顶看日出，美轮美奂。回宾馆众人整理行装，去西海大峡谷的13人中，年逾古稀者4人，最小者60岁，平均年龄66岁，数介龙君年龄最大——74岁：地道的老人团。7点辞别黄山白云宾馆，经海心亭折入小路往步仙桥。此处山路已非黄山正道可比，有几处仅在石坡上凿些台阶，须步步小心。周围少了嘈杂、多了幽静，少了雕琢、多了真趣。一路下坡，穿石洞，至步仙桥。桥跨一线深谷上，过桥悬崖处有一平台，视野开阔，可远眺黄山西大门。从平台返回，又一开凿的石洞，洞楣上嵌"西海大峡谷（南入口）"石碑。9点半穿洞而入。

桥跨一线深谷上，桥畔就是西海大峡谷南入口

进得峡谷，徐行徐进。脚下凌空栈道，宽容两人交肩，右依石壁，左临深谷，蜿蜒蛇行，不见尽头。昔读徐霞客《游黄山日记》，总羡他走的山道跌宕起伏、奇境迭出、与今不同，现走在绵绵栈道上，却只能领略一二。"路宛转石间，塞者凿之，陡者级之，断者架木通之，悬者植梯接之。下瞰峭壑阴森，枫松相间，五色纷披，灿若图绣。"有时行至崖下，疑似无路，仰面忽见两三游客，在崖顶飘然移步，与"松石交映间，冉冉僧一群从天而下"的描述何其相似。不经意，走进了徐霞客的日记。

峡谷中峰峦层层，布满怪松异花，或群峰盘踞或孤耸突兀，真是天造地设、鬼斧神工，称得上无峰不奇、无石不巧、似人似物、天然丹青。因锁深谷，少有命名，正好任人说评。见群峰负势竞上，游伴们兴起赐名，或万笏朝天或雏燕待哺或群仙赴会，各夸胜绝。

一行人扶杖徐行、走走停停、细细欣赏、慢慢品味，并不急着赶路。从步仙桥始，游道历两上一下，方抵达北入口，其升降高度少则三百多米，多则近五百米。旅途小人生，人生大旅途。沟壑台坎，步步艰辛；景行行止，春和景明。后顾峰峦间悬一线鸟道，仿佛已消逝的岁月，心中满怀豪情；前瞻绝壁上挂鸟道一线，如同需直面的人生，岂容半丝怯意？伴随的是种种历练，无限风景。如徐霞客者，行行重行行，旅途即人生。

我在西海大峡谷中

《徐霞客传》记他病甚时语："张骞凿空，未睹昆仑；唐玄奘、元耶律楚材衔人主之命，乃得西游。吾以老布衣，孤筇双屦，穷河沙，上昆仑，历西域，题名绝国，与三人而为四，死不恨矣。"何等寂寥，何等剑气！

峡谷间游客多为年轻人，遇到称得上老人者屈指可数，独行客无一例外是老外。有年少者看到这罕见的老人团，居然激动地高呼："爷爷、奶奶加油！"下午 2 点，从北入口走出峡谷。

遥望排云亭处，悬崖千仞壁立，崖上人潮如蚁。

告别梦幻，复蹈红尘。

附记：

那年自黄山回苏，我在老年大学的办公室里，同事云安老偶然在电脑里看见我在步仙桥上的照片，他说："这地在一部黄山的电视剧里见过，但不知在何方。"我说了去西海大峡谷的事，他责怪我为什么不带他一起去。我不敢。云安老时年81岁，他退休后曾在老年大学任国画教师，又攻电脑和摄影技术。到6月份，我听说云安老跟随他的儿子、儿媳去了黄山，还带着76岁的老伴。我有点后悔与他说大峡谷的事。数十天后，我去电问候，听到他精气神十足的声音，已经安全回家了。后来遇见他，告诉我上黄山住在西海，是日早晨先登丹霞峰看日出，一行四人7点从住所出发，由北入口进，南入口出，再翻山越岭一路游览回到西海住所，已是傍晚7点半。翌日，他竟再独自去始信峰等处兜转，而其他三位只能在住地休息了。云安老给我看他制作的大峡谷的幻灯片，上、下两集，配了音乐，片中的人都开心得很。云安老是我所知步行穿越黄山西海大峡谷的最长者。

雨前问茶

岁在壬辰,恰逢问茶时。

20世纪90年代末,有缘结识了西湖龙井村的茶农老徐。几乎每年4月中旬,呼朋唤友,问茶龙井。明前茶叶,形虽婀娜,惜汁韵欠沛。民谣曰"雨前十八开,味道刚刚来",夸张中的实在。

山路弯弯,进龙井村,一条南北向的街道,路边溪水潺潺,两旁都是茶农家。正值茶市,满街飘香,家家炒茶,户户客盈。往南行至九溪径头,龙井村尾,右拐登坡,三弯二转,便是老徐家。

老徐五短身材,憨厚朴实,脸上总挂着笑容,双手布满炒茶时留下的痕印。农舍三楼三底,北倚狮峰,南瞻山坞。两三好友,在院子里把茶临风,谈古论今。一饮润唇喉,再饮清肺腑，三饮怡神思，犹如朝雨浥轻尘。借宿他家，老徐夫妇在楼下炒茶，我等在楼上就寝，茶香四溢，沁人心肺，裹茶香入梦境。窗外晓莺啼，声声催人醒，采茶人却早在山岭。

从老徐家徒步往南，走进九溪十八涧。碎石铺就的曲曲弯弯的小径，两旁峰峦夹峙，溪涧相伴，忽左忽右，忽又漫过路面。适逢如酥春雨，采茶人在茶园辛苦劳作，雨披随风而舞；泉声叮咚、宛若丝竹，石径润湿、如玉铺就；轻雾渐弥，树影隐绰，四周青翠欲滴，是谓九溪烟树。

九溪十八涧内的茶园

老徐家北有"老龙井"，依崖一泓寒碧，崖上有传为苏东坡题刻的"老龙井"碑。我第一次去那时，井边有几间瓦房，住着老徐的姑妈，老龙井是她的生活水源，现已辟园收费。昔北宋辩才大师退隐于此，在狮峰山麓开山种茶，被尊为龙井茶鼻祖。景区入口处有十八棵御茶树，据传乾隆帝曾御手亲摘，金口赞誉。每年明前"御茶"开拍，动辄100克多少万，窃思多半商家唱戏，追求晕轮效应，至多物是人非。

从老龙井缓步登狮峰，遍山茶园、葱茏幽静。一条平缓山脊，自南至北徐徐舒展，杭人称十里琅珰，有联赞其胜："泉声时伴风篁韵，茶味长留谷雨春。"我曾跟随老徐，分两次踏遍南北两路。北穿山径，过上天竺、中天竺、三天竺直抵灵隐，沾得满身茶香，去听古刹梵音。南翻五云山，满目茶竹，有雅无俗，啸傲幽篁里，乘风下云栖。此情此景，有镌刻于山巅真际寺遗址墙上的毛主席手书《七绝·五云山》为证："五云山上五云飞，远接群峰近拂堤。若问杭州何处好，此中听得野莺啼。"

第一次去老徐家时，他的外孙女尚在襁褓，现已上初中。狮峰海拔300多米，我问他茶园在何方，他指着山峰烟霭处："那是我的茶园。谷雨过后，修枝除虫施肥，需摸黑起早，肩背所需物件，踏露行走山道，午后3点才能转回家中。"话虽轻松，却透着艰辛。老徐现年67，体力恐今非昔比。今年去他家，看到历来躬亲的炒茶也请了帮工。三年前，他老伴罹患癌症，治疗后仍操劳内外。她有门绝技，用一张方纸，将一斤茶叶包得四角方方,让人对这包土生土长的狮峰龙井倍感亲切、放心。现已难以启口请她献技。

老徐儿女双全,儿、媳、女、婿,个个孝顺,人人出息,唯拾掇茶园谁人后继?听老徐讲起此事,神情黯然,知道他眷着故园、恋着亲情。

明年后岁,尚能问茶?

赤水观瀑

昔闻传奇"四渡赤水",今览赤水绝色山水。

赤水山川秀丽,丹霞地貌壮观。人说在大小 300 多条河流上,散落着 4000 余处形态各异的瀑布。2011 年夏,我随众去赤水观瀑。

十丈洞大瀑布在两河口,盘龙、风溪两河交汇于此。进入景区,一条新辟的山路向南蜿蜒,左侧危崖壁立,刀劈斧削;右临风溪河谷,乱石满川。风溪河河岸险峻,河水如蛟龙般向北窜去,注入赤水。两岸山峦连绵,树木繁茂,裸露处赤壁斑斑,河边凌空搭建一架栈道,罕见人影。

山行近半小时,见一石碑,上刻"十丈洞大瀑布",路右是狭窄岔道。众人顺着岔道的湿滑台阶,高高低低缓行 500 米许,前有石崖挡住视野,隔崖传来隆隆声响。我突感雾水扑面,正揣摩天晴怎会有雨，路随崖转，风声大作，急雨御风向人袭来，双眼难睁，雨伞难撑，低头护住相机，紧走几步，雨已在身后。猛抬头，只见前方百多米处，风溪河几乎从垂直的崖岩落下，大瀑布横空出世，如同天降。声如万兽咆哮，势如风激电骇，空水共氤氲，炫目悸心。崖壁有数条阶梯状突出，瀑布触阶呈五折，浩浩荡荡从崖顶直泻绝壁下广潭，恰如珠帘坠玉盘。奔水生风，风送雾水，珠玑般降在刚穿过的晴日骤雨之地。环顾四周、树木茂密、苍翠欲滴、绝崖陡壁、色如渥丹、灿若明霞，簇拥着大瀑布。瀑布呈白色，风溪河水却呈赭色，冲击着河床中红色巨石，激起浊浪，欢跃奔腾而去。河床中放置着十多块长方形大条石，人从条石上跨跳过河。岸上一崩塌巨石，体大如屋，高逼层楼，顶平广可容数十人，天生一处观景台。游人踩着在巨石上凿出的台阶，小心翼翼地登上"屋顶"观瀑摄影。

面对大瀑布，观瀑人如痴如醉，留影神态姿势各异：或做指点江山状，或做展翅飞翔状，或一手托天一手指地做顶天立地状，或双臂高举做敢问苍天状，他们在不经意间都融入了如画江山里。忽见一年逾八秩的长者，矍铄清朗、鹤发鸡皮，在大瀑布前舞手踏歌、仰天长啸，尽发少年狂。我借问其故，原来十多年前，他在《中国山水风景集锦》中见过十丈洞大瀑布照片，并曾依样挥毫泼墨，勾就一幅山水国画。他朗声叹道：

风溪河从几乎垂直的崖岩跌落，高76米、宽80米的十丈洞大瀑布横空出世，如同天降。一崩塌巨石，体大如屋，天生一处观景台

"谁料今日能与老伴携手，千里迢迢来此观瀑，走入画中，真是情同梦境！"

十丈洞大瀑布为世人传晓，是近十年的事。明徐霞客《黔游日记》中记黄果树瀑布："捣珠崩玉，飞沫反涌，如烟雾腾空，势甚雄厉，所谓'珠帘钩不卷，匹练挂遥峰'，俱不足以拟其壮也。"我观十丈洞大瀑布，其景其势，堪与黄果树瀑布媲美。十丈洞大瀑布犹如襟素高士、久隐山林、邈与世绝，古树赤壁相伴，清风明月相随，闲来弹一曲《高山流水》，吟一首晓星梦回，静候盛世展亮风采。十丈洞也曾遭难逢劫，明代永乐年间，有大臣奉旨采木，闯入风溪河谷，终因木材无计外运,才算逃过一劫。直至"中国丹霞"列入《世界遗产名录》,贵州赤水跻身其中,丹霞地貌中的大瀑布声名鹊起,高士入世,适逢其时。窃思如徐霞客也曾探访过十丈洞大瀑布,不知还会不会对黄果树瀑布发出"盖余所见瀑布,高峻数倍者有之,而从无此阔而大者"的感慨。

瀑从天降,惊世涤尘。

偶适涪陵

阴差阳错到涪陵。

2011年夏去三峡旅游。那日傍晚长江游轮驶离丰都，溯江而上，按日程次日早应到达朝天门码头。晚饭时，船家放言：当夜泊锚涪陵，次日改乘汽车去重庆。无须徒生烦恼，且看涪陵芳草。

来朝拂晓，凝立甲板，东方曙光微露，山水朦胧；孤独水鸟觅食江面，早起渔翁垂钓滩渚。一架大桥身影渐现，乌江在东边不远处注入长江。高高的涪陵江堤后是一片高层建筑，在船上能看得见有20多层。早餐后离船，从趸船到江堤有近两百个台阶，请了挑夫帮助，挣扎着爬上去。堤内是滨江路，靠堤有处关于榨菜的广告墙，墙上两龙对视、张牙舞爪，文字明示："巴国古都涪陵因乌江（古称涪水）而得名。"

突然，我想起大名鼎鼎的白鹤梁。白鹤梁是卧于涪陵堤外江中的一条砂石梁，刻有历唐、宋、元、明、清和近现代一千多年间的水文资料。明张岱记"鱼石"："涪州江心有石，上刻双鱼，每鱼三十六鳞，旁有石秤石斗，现则岁丰。"三峡水库蓄水，白鹤梁没入水中。

东面过来一位沿堤散步的老者，我上前借问白鹤梁去向，他两眼放光，与我边走边说："白鹤梁可是国宝，儿时常爬上去耍。现在建造的水下博物馆就在前面，但要9点才开放。"说话间已到博物馆前。博物馆依堤而建，坐北向南，面阔40多米，外墙装饰九幅石质碑刻，大门东侧六幅，西侧三幅，每幅宽约3米，几与墙等高，制作精良，楷隶行篆俱全。老者说："这些碑刻是白鹤梁石刻的复制精品，看得比水下清楚。"他特地指我看"元符庚辰涪翁来"七字，说是北宋黄庭坚题迹。我站在墙边细读碑。"白鹤绕梁留胜迹，石鱼出水兆丰年。"有一处刻一单足立石、展翅欲飞的仙鹤，栩栩如生。另一处刻鱼两尾，口衔异花灵草。六幅碑刻记录了北宋、南宋、元、清石鱼现身时，地方官率众视察的情况，俨然民生大事。对"现则岁丰"，我宁信其有。北宋大观元年（1107年）正月，"水去鱼下七尺，是岁夏秋果大稔"，刻记日期是次年正月，吉兆应验。也有活灵活现描绘官府人员视察情景的：元至顺癸酉（1333年）仲春，涪守张八歹率僚友来观，"方拂石间适有木鱼依柳条中流浮至，众惊喜曰：石鱼旬古为祥，木鱼尤为异瑞也，请刻之以示将来云"，当时官场捧逗之状可掬。

东侧第一碑刻明正德庚午（1510年）涪州知州黄寿的诗："时乎鸾凤见，石没亦是丰。时乎鸱鸮见，石出亦是凶。丰凶良有自，奚关水石踪。节用爱人心，胡为有不同。"所记独树一帜，直指政事。鸱鸮当道，多收三五斗与民无补；节用爱人，政通人和，石没亦丰。三峡大坝起，石没鸾凤见。黄寿似乎穿越五百年，预言了白鹤梁的今天。

接驳大巴8点半就到。我悻悻登上博物馆后的江堤眺望，感觉得到白鹤梁就在那边水下10多米处，无缘观赏，惜别涪陵。

石鱼应无恙，当惊川江殊。

雨中峨眉

壬辰年，立秋前一日，子时，巴山夜雨。

清晨，赶到峨眉山游客中心，大雨瓢泼，哗哗掷地。挤上景区中巴，去雷洞坪，沿途沉闷。山中一夜雨，路旁重重泉；今持随意心，且赏雨中景。青山经洗，平添灵气，树林润湿，苍翠欲滴。窗外不时闪过几处山庄，是当地人经营的游客食宿地。峨眉山中有一个乡、十多个村、一万多名村民，经营着山中的交通、导游、食宿、商铺、滑竿等。

雨时大时小，车蜿蜒蛇行。海拔渐高，凉意漫浸。导游不断唠叨，雷洞坪停车场海拔已2000多米，还要徒步爬100多米，才能抵达接引殿缆车站，而金顶海拔要超过3000米，暗示我们勒马回程。车行一小时许，突然窗外一道闪电，紧接着隆隆雷声。民间传雷洞坪崖下深处，有"雷龙"蛰居。导游报告缆车站已告示缆车因雷雨停开。车到雷洞坪，放眼望去，满目五彩缤纷的雨披和伞。远处万峰雨色，云涌山峦；周围如丝如雾，人潮涌动。密密麻麻的汽车似甲壳虫般爬着掉头，湿淋淋的人群在汽车间挤来挤去。此时已无别念，原车掉头，直下万年寺。

到万年寺山门，大雨如注，已近12点。寺前游人摩肩接踵、衣衫湿透。取到香花券，方知今日适逢观世音菩萨成道日，善男信女纷至沓来。虔诚的进香者浑身裹在塑料雨具中，两步一叩、三步一拜，默默地从山下走来，径直向寺内行进。明建无梁砖殿"圣寿万年寺"，瑰丽恢宏；宋铸普贤菩萨骑象铜像，妙相庄严。露天供奉的香烛，在雨中烟云缭绕，照燃不熄。

出万年寺，穿右侧大峨楼门洞，沿湿滑山道艰难下行。两旁多商铺，兜售着茶叶、药材。在雨脚如麻中到白龙洞，传说此洞为白娘子修炼之地。洞早无影踪，寺名白龙洞。相传明代高僧在寺外遍植桢楠，越四百年，绿盖蔽天。山门处楹联云："金顶正当山门暮暮朝朝餐秀色，白龙潜通海穴年年岁岁赏清音。"须良宵，翘首遥望，峨眉山月秋；惜今朝，金顶却在，云深不知处。

披雾拖水，姗姗雨中行，未到双桥清音，已闻水声轰然。白龙、黑龙两水穿陡谷冲出，其势因雨大而湍急，其声因峡束而激越。一黛一白，相遇古亭下碧潭：千秋万古，击撞着潭中

"牛心"。喷雪溅沫、水石交响、漩涡滚翻、奔泻而去。两水所夹山梁上，衫林翠绿，幽邃迷蒙，梵音隐隐传来；千年古刹清音阁，一半雾遮，一半烟霾，宛若蜃楼仙境。此景此情，撩人心弦，想起诗仙《听蜀僧濬弹琴》："蜀僧抱绿绮，西下峨眉峰。为我一挥手，如听万壑松。"恍惚间，蜀僧化作白黑两水，飘然下山焚香抚琴。声如泉出高山、风起松壑，或清越、或深沉、或激昂、或平稳。此天籁也，凡人几回听？

细雨淅淅沥沥。告别牛心石，过索桥，已是出山坦道，右偎山崖，左逼河谷。河两岸重岩叠嶂，山色空蒙；河床中石坝累累，白浪翻滚。彼岸有处危崖，一线樵径贴山垂悬，飘过河谷登攀此岸。两岸山崖瀑布竞出，似匹练，似银线，似燕尾，似古树茂密根系，闹着滚落河谷，争着出山。

抬头望，满山云霭：吸尽峨眉雨。

诗意桃花潭

少时诵读《赠汪伦》，老来漫游桃花潭。

桃花潭在安徽泾县，系青弋江流经翟村和万村间的一段水面，溯流而上，即太平湖。《随园诗话》记，汪伦修书邀李白，诡云："先生好游乎？此地有十里桃花。先生好饮乎？此地有万家酒店。"李白欣然前往，竟是诗境般的谎言。主人款留数日，客人留下千古绝唱。我总思忖，"十里桃花""万家酒店"，恐忽悠不了吟过"白发三千丈"的诗人。我猜那里一定是山明水秀、青溪古津、阡陌纵横、屋舍俨然、物阜民熙，惹得李白盘桓交友唱吟。

到桃花潭已是下午4点，青山郭外斜，人家绿树掩，文昌阁鹤立在青墙黛瓦的徽派民居间。缓步踱进古翟村，斜阳洒满卵石小道，蔓藤悬飘斑驳旧墙，路上居民寥寥，两旁幽草离离。

一处乾隆年间的老屋，双门紧闭，门上遗留着 20 世纪 60 年代的对联。山庄客栈、农家茶饭、山货土产、斋轩堂居，恰春笋才冒尖。巷静人疏，宛若隔世。

至村路尽头，穿踏歌岸阁，下数步石阶，到青弋江边。回首望过街楼挂匾上，大书"踏歌古岸"。夕阳泻在江滩边的一座新设的石雕上：酒坛置地，汪伦端坐其中把酒临风，半似论诗半话别；诗仙站立举杯向天，邀明月？邀孤云？对岸垒玉墩，岩壁陡峭，怪石嶙峋，树藤缀映。怀仙阁翼踞岩顶，飞檐翘角，临流峙立，倒影摇曳。崖下桃花潭水深千尺，青弋江流淌不息，日夜吟诵着诗仙的离别情谊。

诗意桃花潭

驶来一叶扁舟,"摇渡三江客,送迎两岸人",将我经东园古渡送至对岸万村。村外小河上一架精致的石板平桥,桥堍古榆成行,桥洞里是戏耍的放学归家的学生。怀仙阁畔的玲珑石丘,人道诗仙和汪伦曾在此觥筹交错。古风扑面的万村大门,门楣砖上镂二字:"义门",右书"唐贞观五年旌表",左书"乾隆壬辰岁重修",透出自唐至清的历史底蕴。传说中的万家酒肆仅存石构门框,已被踩踏成弧形的青石门槛,铭刻着当年的风情。隔壁民宅前两位老人怀抱双胞胎的婴儿,开心得合不拢嘴,脸上的每一条皱纹里都渗出笑意,让我们随意拍照。折回青弋江边,一位老人正在含饴弄孙。发现江水流速加快、水位上涨,老人告诉我这是每天傍晚上游水库放水。江水清如许,为有活水来。

日落渡口西,夜宿桃花潭。

次日拂晓,再到青弋江畔。远山隐隐、碧水迢迢、轻雾笼江、渔舟逐波、踏歌岸滩、捣衣声声。举目处处如画,古村事事入诗。一定是清澈江水、碧绿深潭,勾起诗仙灵感,绣口一开,吟吐出的《赠汪伦》。我到过其他一些古镇,也是历史悠长,也有文人吟唱、石桥旧宅、老树古刹、河畔人家、木船欸乃,可惜因为旅游开发,街面已如大卖场,绿水清流不再。庆幸桃花潭醇韵犹存。

只今唯有清江水,曾载扁舟送诗仙。

天路览物

64 岁时，8 月份，乘火车进藏。

晚 8 点 20 分，列车从西宁开出。列车将经过日月山从青海湖北缘擦过，一路西去，进入柴达木盆地；要从两个比邻又相通的有趣的湖中间穿过，一是淡水湖，一是咸水湖；还要经过我国最大的天然盐湖。但是，这些都看不到了。翌日早早起身，火车已南折下行，7 点停靠格尔木站，我身穿厚绒衣下车散步，车站大楼上挂着"坚决实现青藏铁路运营管理创世界一流水平的宏伟目标"的红色横幅，一辆真空吸污车停在站台，吸污管连到列车上，正在收集污秽物，污水等是不会直排到铁轨上的。格尔木地处柴达木盆地西南沿，海拔 2829 米。

离开格尔木，列车风驰电掣，沿途风光奇异。全封闭的车厢，卫星定位，超过海拔 3000 米会弥漫式自动供氧，显示屏上不断显示出即时海拔高度和车外温度，温度一般在10摄氏度上下，有时4摄氏度。还来得及瞥一眼柴达木盆地，窗外景色似江南初冬，远处天穹下是灰褐色的山峦，露裸的岩石，近处是平坦的沙地，地上和山上有低矮的草丛，植物覆盖率低。近9点，在远处山峦后出现白皑皑的连绵雪峰，车内广播讲此是昆仑山脉东段的最高峰玉珠峰。列车穿过世界上最长的高原冻土隧道昆仑山隧道，进入海拔4500米到5000米的可可西里地区。

可可西里广袤、辽阔、神秘。列车驶过青藏铁路上最长的以桥代路工程清水河特大桥，钻过世界上最高的高原冻土隧道风火山隧道，跨过长江源头第一铁路桥，穿越三江源自然保护区，抵达唐古拉站。窗外有青藏公路相伴，卡车、小车、油罐车，稀稀落落、来来往往。为保护藏羚羊而牺牲的烈士杰桑·索南达杰纪念碑就建在昆仑山口的公路旁，隐约可见。不起眼的"小山丘"连绵不绝、高低起伏，海拔都在5000米上下。看不见树，草丛疏疏落落，水源丰沛，杳无人烟、苍凉寂静。路旁偶见遗弃的房屋，猜想是修路时用的。盯住窗外寻看野生动物，见到过一羽孤独翱翔的鹰，看到单个的藏野驴、藏羚羊，待举起相机，已无踪影，却无意中拍到铁路边闪过的一块牌子，上画一只藏羚羊，书四字："动物通道"。在快到沱沱河时，铁路和公路之间有一群牦牛，不紧不慢地啃着草，不像是野生的，说明此处有藏民在放牧，堪称奇迹。下午1点半光景，望见远处蓝天白云下，横亘着像罩了件随风起伏的白色披肩的壮丽雪峰唐古拉山。下午 2 点许列车停歇在世界海拔最高的火车站唐古拉站。车内有人不适呕吐，车门紧闭，不准外出，只能隔着窗玻璃对标着海拔 5072 米的站台牌摄影解馋。

世界海拔最高的火车站唐古拉站，海拔 5072 米

过唐古拉山，列车进入西藏，海拔逐渐降为 4500 米左右，车窗外的景色也变为草场，时而见成群放牧的羊、牦牛、马。4 点许，列车过安多，窗外是羌塘草原，许多大小湖泊点缀着草原，水潭像一面面镜子一样闪烁着。4 点 45 分，列车经过海拔 4600 米的高原淡水湖错那湖，远处云层低垂、山丘逶迤，近处草场萋萋、清丽宁静，被当地藏民奉为神湖，有 15 千米的路程

列车紧挨湖边徐徐而过,清澈的湖水似在伸手可捧之处。6点许,列车在海拔4513米的那曲站小停后继续前进,窗外是美丽壮阔的那曲草原,在云层和山峦的映衬下,一条三转四折的河流静静地流淌过草地,美丽得让人心颤。8点多,列车前进方向的右侧能望见暮色中念青唐古拉山的雪峰。天空渐渐暗下来,车厢内的供氧也停止了。10点许,车窗外突然电闪雷鸣,下起了瓢泼大雨。

拉萨到了!

追梦者

8月西藏，天蓝水澈，牛羊遍野，正如梦时光。

从拉萨出发去纳木错，车沿青藏公路北驱，东傍山坡连绵蜿蜒，西临流水滔滔浪花。远处青藏铁路形影相伴，时有列车似飞掠过；铁路与河流之间是草场，羊和牦牛如黑白棋子散落在绿色棋盘上；天地之间横亘着念青唐古拉山，云垂山接，雪峰闪耀。

为行车安全，沿途设检查站，车在前一站登记，不得早于规定时间内抵达下一站。车过羊八井，司机发现车开快了，就在路西空旷处停车休息。我下车溜达，高原缺氧，头微疼，走路时小心翼翼。

前方是弯道，远处峰峦间云雾涌动，雪峰时隐时现。突然，山坡后薄霭中如梦境般浮现数人，磕着等身长头，贴路西行来，是赴拉萨朝圣的藏民。

我想起昨日在大昭寺的情景。蓝天白云下,大昭寺庄严绚丽、光彩夺目、气象万千。寺门前挤满磕长头的信众,八廓街上满街是绕寺转经人。寺内香火缭绕,异香飘逸,万盏酥油灯齐明,石柱和铺地石块散发出玉石般的光泽。主殿高出地面约1米,供奉文成公主带入藏的释迦牟尼12岁等身像。殿外藏民安静地排队,身躯微曲,手转经筒,提着装在各色容器中的酥油和其他供品。他们诵念经文,眼里充满虔诚,依次步入殿堂,挪到释迦牟尼身畔,添酥油、献供品、默诉祝愿语,约祈祷2分钟,再去瞻拜其他佛殿。旅游者唯有在殿外瞻仰,难以进入那里。信众不惧千里去拉萨朝圣,主要为拜谒这尊至圣金像,圆他们神圣的梦。

朝圣者很快行进到我们近旁,共六人,其中一人推双轮小车,车上经幡飘扬,又很快在众人惊诧的目光和摄影机镜头前经过。一名朝圣者起身时稍作停顿,面朝我们举起双手。我惊讶地看到是个女的,30岁上下,面颊布满高原红,寸发眯眼,神情凝重,脚穿解放球鞋,一领皮质围单从胸前挂至小腿,双手套木制护具,护具上钉着金属板,板已磨出一个窟窿。她没开口,让我们拍照,似乎希望我们记住她的壮行,随即继续磕着三步一等身长头南去。众人围住落单的推车者问,只见他红布包头,红球衣、红背心,满脸通红,估不出他的年纪。匆匆几句，依稀听出他负责后勤，3月份从家乡青海出发，车上是他们的全部辎重。队伍在南面拐弯处淡出视野，前后仅8分钟。

我无法想象他们是从哪条线路来的，难道是青藏公路？那是要经过昆仑山口、可可西里和唐古拉山口的。从家乡出发是今年3月？出发时几人？损了几领围单、几副护具？但可以肯定，有大信仰、发大宏愿、下大决心者，才敢有此行。朝圣者们为圆梦，经风雨烈日，过雪山冰河，置生死于度外，一往无前。

有信仰就有梦想。世人皆有梦，或大或小，或远或近。空谈者止于梦境，践行者历千辛万苦、经千难万险、冲破铜墙铁壁，前赴后继地前进。

壮哉追梦行。

云深不知处

缘如行云，飘忽无常。

1978年，我偕妻暑游黄山。头天下榻于汤口桃花溪畔，上小桥过溪进招待所，桥下流水潺潺，水底卵石历历。傍晚还下溪嬉水，谁料夜间风雨大作，天明出门见溪水涨及桥平。当时上山尚无缆车，我和妻子打起精神，身穿雨披冒雨登山。山渐高、雨渐大，渐行渐累，浑身湿透。青鸾桥上，风紧雨急，雷鸣电闪；半山寺畔，前瞻后望雾障云遮。至天都峰北麓，环顾四周，杳无人影，仰望峰上，一片白茫。鸟道挂险崖，铁链悬两旁。岭上炸雷仿佛就沿着森森铁链传导下来，如何上天都峰？待挨到光明顶气象台招待所，已精疲力竭。宿招待所两夜，雨足足下了两天。南望天都峰，无缘见一角。心中怨苦无奈，便冒雨从后山步行下去。首次游黄山，也算观赏到了气势恢宏的人字瀑，又山前山后走了个全程。

春去春来，我年届半百，国庆期间我伴妻子再游黄山。由云谷寺坐缆车上山，宿白鹅山庄。山上人满为患，山庄大厅冰冷的地上也排满通铺。次日碧空如洗，从光明顶下前山，人头拥簇，游兴锐减。10时许，过一处狭窄山道，左崖右渊，上下山的人潮贴胸夹背，堵得水泄不通。胶着近两小时，总算有人来疏导，赶快逃离。近玉屏楼，步行上下山的、进出玉屏楼缆车站的，四股人潮混作一团，人陷洪流身不由己。同伴有被挤向缆车站的，便趁势逃下山去。我和妻子等人被挤往玉屏楼，无心眺望鲫鱼背，无意端详迎客松，一路挤到天都峰北麓，已过下午4点。日斜天都峰，岭上人影挪动。但屈指算来，焉能登顶？只能与天都峰擦肩而过。心头掠过一丝凉意，此生无缘上天都峰？怏怏下山。不久，天都峰被封山养护。

梅开几度，须臾间我退休，知悉天都峰开放，2005年5月我三赴黄山。仍由后山上山，宿白鹅山庄，次日早早从光明顶游荡下来。5月艳阳，岭上青松新枝竞发；清和心旷，峰间白云飘零开合。9时许到莲花峰北坡岔路口。人传莲花峰将封山，游伴议分两路：一路绕过莲花峰，径去玉屏楼安排食宿；一路与我先登莲花峰。中午会合于玉屏楼，饭后轻装上天都。

上天都峰之路陡且窄，石凿蛇径，贴崖直升，借力于两侧铁链，凡过高石阶，勉强在中间斫出点脚之地。我戴手套、挂

天桥

竹杖、拉铁链，专心攀登，不敢懈怠。山雾骤起，迷迷茫茫。跨越断崖处天桥，眼前绝壁挡道，壁上石级仅容过一人，小心翼翼地攀上鲫鱼背，脊上险径须侧身交会。浓雾弥漫，霭霭天都，雾掩深渊，免却惊恐。跄过鲫鱼背，直行至天都峰巅处。环顾四周，湿雾氤氲，群峰隐身。蓦然雾凝冷雨，赶紧原路返回。下山索性弃杖，靠手、足、臀部移挪。突然雨歇雾开，化作轻云片片。北眺小心坡，俯瞰天都趾，路如悬索，地如太极，人如蚁。

无缘难登天都峰，白头遂圆天都梦。缘难得易失，有缘宜

北眺天都峰

行，无缘宜止。缘关乎天时地利人和，难全易缺，不可强求，唯有审时度势，随缘而行。谋事在人，成事在天。天行有常，人间有正道，遵天常循正道即为缘。

夜宿玉屏楼，相伴迎客松，是夜无梦。

天门山双绝

20世纪末从媒体得知,世界特技飞行大师驾机穿越天门洞,于是知道了天门山。2008年8月,结伴去湘西,游览了天门山。

天门山号称湘西第一神山,离张家界城区约8千米。上山的缆车站就在城内,索道全长约7400米,如彩虹架桥,翻山越岭,用时30多分钟,飞度山顶。

在山顶观光后,乘缆车下行半程,换乘景点中巴再上山去天门洞。山路依山而筑,恢宏壮观,时而穿山,时而架桥,时而靠悬崖,不时有90度的临深渊急弯,从山脚逶迤蛇行至天门洞,犹如玉带围山腰。在车上可看到每个拐弯处都嵌一小石碑,刻着是第几弯。车到第九十九弯,就到了天门洞脚下。旅游中巴实际上只行驶了上半段山路,如全程乘车上山,估计要晕车了。

天门山的盘山公路

立于停机坪处看神秘的天门洞

仰望天门洞，高约 130 米、宽约 50 米，南北洞穿于千寻绝壁，巍峨高耸，磅礴震撼。导游讲着天门吐雾、天门翻水、天门转向、天门灵光等奇事异象，这些或许真有其事，或许"神马"浮云，但我真真切切地看到了天门洞，感受到了自然界的鬼斧神工。要穿过天门洞，还要爬一千多级的台阶，我们放弃的是对老人而言的无谓一搏，留下的是遐想余地。待回程赶到张家界荷花机场时，天尚未黑，神秘的天门洞在停机坪处清晰可见，登机时还来得及对着天门洞按下湘西之行的最后一张照片。

天门山的盘山公路和天门洞堪称天门山双绝。

出没风波里

天下第一漂,诱惑难挡。

2008年暑,八位同道结伴去湘西。行前友人关切,说猛洞河漂流水道跌宕奔腾,驰魂宕魄,水仗纷乱,老人不宜。纠结再三,难舍难割。旅游诸事,平安为大,行前商议祕策三道,以备时用。

那天午后,赶到猛洞河漂流的起点哈妮宫,游人不多。码头管事说,近日因发大水停漂,昨日才恢复。从岸边水痕看,水位刚退了10多米,河边树梢上还挂着漂浮物。我等穿上防水衣裤,套上救生背心,登上橡皮筏子。筏子由左、右两个粗长的圆柱状气囊组成,人跨坐在气囊上,双手抓牢气囊上的攀环,形同骑马,双脚已贴近水面。按规定,每筏由两名艄公掌控,可载十人。待八人登上皮筏,已难觅同舟之人。我们与管事拌嘴再三，一位艄公跳上筏，然后放筏而出。看到其他筏子上也只一名艄公，谁料埋下隐患。

筏子驶离码头，适时祭出三策。先向艄公交底：钟情山水，乐在漂流，谢绝水仗；再使"哀兵之计"：我等年奔"古稀"，体羸多病，不胜折腾；随即递上红包，言声老大辛苦，出没风波，些些薄意，收工沽酒。三招使完，稳骑筏上，静观风云。

筏驶不久，右侧水中有块巨石，上蹲一名手执水枪的男孩，径直向我筏射来一股水柱。看他脚下堆满开水仗的家什，知道是做买卖的。艄公见状忙用土语吆喝，立马息偃。

猛洞河漂流名不虚传。艄公目不转视，竹篙左点右撑，筏子腾挪跳窜。两岸绝壁危崖、群峰争耸、树藤交柯、木石掩映；时有绝巘飞瀑、崩塌巨石、欲坠野树、隔叶鸟鸣；河道中漩涡密布、怪石嶙峋、急流若箭、猛浪如奔；喜滋滋骑在筏上，观山戏水，过潭冲滩，飞渡乱石，穿梭浪间。筏漂飞水上，河底摇蓝天，浪尖浮红日，人在画中行。若遇惹事之筏，我艄公高喝几声，彼艄公即刻约束麾下，一路太平。

筏过捏土瀑布，后面有艘筏子漂进水幕之下，游客都遭水淋。不知是否游客为消暑所求，但知如我筏驶入，至少病倒半营。"阎王滩"，滩险比阎王，浪高扑人身。筏子在串串激浪中颠簸出没，脚旁银花四溅。右侧巨石上覆满绿苔，浸入河中，石上站壮汉一名，手持竹篙，双目炯炯，巡视河面。前面一筏离我筏咫尺,过滩时艄公"啊呀"一声,不慎失手落水,撑篙脱手。艄公身手矫捷,闪身一个鹞子翻身,爬上筏子,但筏子失控,随波打转,逐流直下。筏上游客齐声惊呼,艄公满眼恐慌,向石上壮汉高吼。壮汉早已行动,手拿竹篙,转身飞跑,赶到另一处河边巨石畔,迎着失控皮筏,扔上竹篙,这才化险为夷。行筏风波,须未雨绸缪,方能应对意外,确保平安。险象突现,往往不是没有预见,而是有章不循。世事大抵如此。假使石上壮汉也开了小差,或是递竹篙时失手,如何结局?

漂流近三个小时,筏至终点,耳边飘来"家乡有条猛洞河"的悠扬歌声。骑筏人腰酸背疼,力尽兴尽,蹒跚上岸,相视一笑。

不能忘,落水艄公一刹那的惊恐眼神。

湘西王村

湘西州永顺县王村，因拍摄电影《芙蓉镇》而闻名遐迩。"王村"是有历史的，"芙蓉镇"只能算它的"艺名"。据传当初拍摄组的美术师，根据导演要有古石板街、渡口、吊脚楼等场景的拍摄需求，驱车辗转7000多千米方寻觅得此镇，堪称按图索骥的范例。2008年夏，我去了那里。

王村踞酉水北岸，是一座有两千多年历史的土家族古镇，保存在王村湘西民俗风光馆内的五代遗物"溪州铜柱"，属全国重点保护文物，它诉说着王村的历史。气势磅礴的王村瀑布就在镇东，只要走进路边的观瀑吊脚楼，王村瀑布和沿河的吊脚楼就一览无余。

到王村旅游，一碗米豆腐是绕不过去的诱惑，满街都称自家是正宗米豆腐。从石板街北头进入王村，就瞧见一处房屋突

王村瀑布和沿河的吊脚楼

兀在路旁，三开间门面，高出路面半米多，从台阶上去有近2米深的廊庑，廊庑地面用大块长方形青石铺就，廊庑的原木柱子上落地处绑块招牌，黑底金字，高约1.5米、宽约0.4米，正中竖书大字"正宗113号米豆腐店"，左右有两行小字，左"电影《芙蓉镇》"，右"刘晓庆饰胡玉音"，板壁上挂满了镜框，都是关于电影《芙蓉镇》的照片。我入门不能免俗，要了一碗，似乎是水磨米粉通过筛子淋出，做成一个个像橄榄核的模样，煮熟加汤料，味道像捏成一团的小馄饨皮子。米豆腐无所谓正宗与否，"113号"占了电影场景的先机。让我百思不得其解的是，它根本不像豆腐，为什么起了米豆腐的名。

此行最值得看的是青石板铺就的五里长街，古老的石板街依着地势高低起伏，或平坦、或上下台阶，逶迤前去，向南直通码头。路两旁的商家鳞次栉比，有售竹器、姜糖、古丈毛尖、米酒、米豆腐、山货土产，有做旅游生意的，也有为当地老百姓服务的。走在石板路上会不经意看到四乡的村民，他们肩背大竹篓，竹篓里放满了东西。有位妇女的背篓里不仅放满了东西，背篓上还垛了一张儿童小床，小床里还放着竹制躺椅等杂物，让人称奇。他们脚步匆匆地向码头方向走去。

古镇王村还活跃在百姓的生活里。

深林人不知

去韬光寺,恰逢梅开时。

韬光寺即韬光庵,在灵隐寺后北高峰的巢枸坞内。明张岱《西湖梦寻》"韬光庵"篇记:骆宾王亡命为僧匿迹此寺,后宋之问偶宿寺内,月夜在长廊吟"鹫岭郁岧峣,龙宫锁寂寥",苦索后句未果。有老僧点长明灯,问清缘由,替续"楼观沧海日,门对浙江潮"。老僧即骆宾王。古寺夜月、青灯老僧,且不究公案真伪,韬光寺莫测高深。

一夜雨打南窗,次晨烟雨迷蒙。车到杭州雨歇,进灵隐寺景区,游人熙来攘往。人说去韬光寺山高路迢,我和妻径直西行。至冷泉亭,唐白居易《冷泉亭记》开篇,从远处聚焦此亭:"东南山水,余杭郡为最;就郡言,灵隐寺为尤;由寺观,冷泉亭为甲。"亭畔溪涧正逢遇雨涨水,涧流东奔,激起浅浪层层。南岸飞来峰怪石嶙岣、林木湿翠。"泉自几时冷起，峰从何处飞来。"

溯溪而行，过灵隐寺，至永福禅寺，北折上山。前方山路绵绵，石阶渐行渐陡，心中忐忑，借问路边摊主，说按我行速，需用时25分钟。登山不怕慢，只怕停。我搀扶妻子，缓步前行。过武林健身院，犹如入深山，夹道修篁带雨色，林间春鸟隔叶鸣，山风飒飒、林涛四起，专注脚底石阶，环顾四下无人。奋力步步攀登，穿过路中凉亭，蓦然抬首，十数级台阶尽头：幽幽韬光寺，石鼓抱山门。

扶妻踏进山门，放眼望去，游客仅寥寥数人。大雄宝殿、摩尼殿、法安堂，粉墙黛瓦朱窗门，翼然临崖而筑，循山势上升。苔缀石壁，绿树掩映，疏落几株梅，轻红浅绿，暗香报春，禅房花木深。乾隆曾赞："云林境已幽，韬光幽更极。"一瓯亭内，立乾隆题诗残碑一通，有句："上人者个在，不领一杯茶。"如此幽境，无缘品茶，乾隆帝耿耿于怀。白居易与韬光禅师相处投机，"青芥除黄叶，红姜带紫芽。命师相伴食，斋罢一瓯茶"。缘分匪浅。寺内有纯阳殿、仙姑亭、丹崖宝洞等道家胜迹，仙佛因缘，修己福生。观海楼位于寺院最高处，人传凝立此处：眺望钱江，浪纹可数；俯瞰西湖，游船点点。惜我只见竹木蓊郁、烟云莽苍，即使天晴，恐也只有西湖能见。祖师殿内，韬光禅师塑像结跏趺坐莲座，两手置膝，似对欲求问那段唐诗公案者,韬光韫玉,垂目不语。设今日骚人墨客夜宿寺中,或遇才思阻塞,可趁峰上皓月初升,庭下松影纵横,独自踱步长廊,料有灵异相助——涤尘离嚣的内心。

灵隐寺号称咫尺西天,韬光寺实在咫尺灵隐,因一片密林、二里山路,屏蔽了多少因缘。祖师法号韬光,定是怀才抱德、晦迹韬光,却留下韬光寺胜迹。列"初唐四杰"之一的骆宾王,如真在此寺韬光待时,也适得其所、不辱其身,昔时人已殁,今留诗文名。韬光不单是谋略,更是人生智慧和境界。藏锋隐锐,温良恭谦,风云在胸,不说大话,不怯懦软弱,不称王独尊。修己养身,埋头补缺,贵有自知之明。遇险不惧,遇变不惊,刚柔并济,待机而行。韬光养晦,有所作为。

韬光古寺禅意深。

山水待知音

山水亦有情,无语待知音。

闲坐南窗下,翻阅明张岱《陶庵梦忆》。《湖心亭看雪》中记:"湖上影子,惟长堤一痕、湖心亭一点,与余舟一芥,舟中人两三粒而已。"淡墨描西湖,朔气寒逼人。作者偏偏"更定"孤舟看雪,又偏遇两金陵客在亭中坐毡对饮。写尽痴情湖山、痴情故明之心情。掩书拍案:西湖当视张岱为知音。

8月西藏,纳木错湖畔。车停于扎西多半岛,下车后我赶紧穿上薄棉衣。放眼望去,纳木错湖水明蓝,左侧湖岸画出一条优美弧线,右侧湖畔山坡起伏,坡上散放着黑白羊群,两捧残峰突兀耸立,五色经幡飞舞峰间。苍穹笼罩,浓云垂四野。湖彼岸横亘着伟岸的念青唐古拉山,山巅雪峰闪烁,云山相接,犹如天地混沌初开,清浊方离,"天欲堕,赖以挂其间"。

从停车处到湖岸 200 多米，遍布沙砾、草丛，车开过去亦非易事，需借助脚力。我慢慢走到湖边，有年轻人赤脚在水中行走，虔诚地将"神水"灌满空瓶。马和牦牛在湖边安静地饮水，几羽水鸟在湖面优雅地翱翔，湖底细鱼彩石历历，浅浪层层涌至岸边。右边不远处竖一巨石，那是纳木错的标记石，却少有人去。我朝巨石处缓行，想去那儿留影，脚下却似飘移。突然前方一名男子倒身湖畔，水浪几乎打湿他的头发，我正欲上前相问，却见他的同伴正为他摄影。纳木错横空出世、磅礴大气，他为亲近神湖，感受神湖脉动而折腰贴地，潜心聆听湖水拍岸、山风呜咽、鸥鸟喈喈。纳木错当视如此游人为知音。

痴情山水者和山水灵犀相通、深情对视，脱口呼出："我见青山多妩媚，料青山见我应如是。"

同事云安老年逾八秩，矍铄清朗、鹤发童心。那年与我同游赤水，他在丹霞赤壁深山中的十丈洞大瀑布前手舞足蹈、仰天长啸。我探问缘由，他说十年前，在一本画册中看到大瀑布照片，顿时心头感动，挥毫泼墨勾就大瀑布丹青，且题诗寄情："银龙素练下山林，冲走人间路不平。荡涤八荒污秽尽，公平正直满乾坤。"十年后，有缘千里相会早已神交的大瀑布，情不自禁。大瀑布逢知音。

江山无知音，寂寥数千年。千百年来，三峡被人以山高水湍滩险相传，从无称有山水之美。《水经注》记，至东晋袁山松亲历此境，大呼："仰瞩俯映，弥习弥佳，流连信宿，不觉忘返。目所履历，未尝有也。既自欣得此奇观，山水有灵，亦当惊知己于千古矣。"千古三峡，迎来知音。

　　旅游者兴趣各异，或探奇风异俗，或访遗址古迹，或嗜美食购物，或喜娱乐休闲，然"山川之美，古来共谈"，"知者乐水，仁者乐山。知者动，仁者静。知者乐，仁者寿"。痴情山水者爱山爱水，用心灵与自然对话，以心览景，以情读景，景从心生，情从景来。望峰息心，窥谷忘返。

　　相看两不厌，山水共知音。

闲坐湖畔

古人论"三余":冬者岁之余、夜者日之余、阴雨者时之余。退休乃人生之大"余",可从容读书,可居家料理,可赏湖山,可生闲情。

2008年,梅开时节附庸风雅,我偕老伴和3岁外孙女,带童车一辆,揣茶叶一撮,随众人探梅孤山。大巴停于西泠桥堍,一行人到"梅妻鹤子"的林处士墓处转悠,体验着疏影横斜、暗香浮动。约定下午上车时间,各自云散。唐白乐天诗:"未能抛得杭州去,一半勾留是此湖。"历次游杭州,总是行踪匆匆,从未细细端详西湖。行前早与老伴商定,这次就伴着西子湖喝茶。

外孙女坐稳童车,我俩推车缓行。鸟鸣频驻足,柳拂欲留人。春风相随、笑语相伴,顺着花径游荡到孤山南麓,至平湖秋月水边买下茶座,沏上自带的好茶。呷一口云闲风清,聊家常含饴弄孙。

暖日晴风,烟水西湖,绿荫孤山路隔断尘嚣。西湖畔真个是"山色如娥,花光如颊,温风如酒,波纹如绫"。望苏白两堤,柳烟成阵;水面上轻霭氤氲,游船如梭;湖对岸峰重峦叠,雷峰塔、吴山城隍阁宛若琼台仙境。我与老伴曾登临吴山山巅江湖汇观亭,南眺钱江带绕,北望西湖镜开,"八百里湖山知是何年图画,十万家灯火尽归此处楼台"。谈笑时,生一丝豪气;转眼间,叹岁月如流。

饮茶聊茶味。茶究属何味?苦涩耶?甘馨耶?只知茶中味,难向他人传,如同与老伴几十年沐雨栉风的经历。饮茶五十载,品过苏、浙、皖、赣、云、贵、闽诸地的茶,印象最深的是偶尔尝到的无名茶。年轻时偕妻暑游黄山遇大雨,下山食宿山麓一村民家,板铺糙米,购得一斤他自采自制的野茶,其色、其香、其味至今留恋,但茶缘可遇不可求。深山沐云雾,烫镬翻搓滚;汤浇寻常事,人间留清韵。山清水秀出好茶,何必理会虚名?

外孙女坐不住,撒娇要听故事,西湖畔当是讲白蛇传说之地。近指西湖,说许仙游湖邂逅白娘子;遥指雷峰塔,讲白娘子被镇塔下,不忘告诉小妞,此塔曾倒塌,白娘子早已逃遁。几百年前苏州人冯梦龙写下《白娘子永镇雷峰塔》,有"雷峰塔倒，白蛇出世"偈语，故事涉杭州、苏州、镇江三地，却让西湖占尽风流。好酒越存越醇，故事越传越奇，演绎出端午现原形、昆仑盗仙草、水漫金山、断桥相会等精彩桥段，让西湖增色三分。一艘游船在茶座旁码头靠岸，小妞扑闪着大眼睛发问："白娘娘是乘的这种船？"小妞惯问故事中的好人坏人，这实在让人难以说清。佛门法海、妖仙白娘子，各为自己的信念奋力，也未见害人之心。唯觉许仙最是窝囊，对真相似知非知，趋利忘义，如柳随风，愧对妖仙，也愧对佛门。指景讲故事，祖孙都开心。

待秀色饱览、斜阳送客，起身别西湖。行数步回首：水光瑟瑟，青山依依，茶座席已虚，闲鸟桌上啄残粒。

饮茶湖畔，顿作入梦旧境。

人间佛境

深山瑰宝，人间佛境。

2011年夏日里，赶到大足已夜色深沉，车窗外不时掠过街边的雕塑，小城石雕闻名遐迩。大足石刻于20世纪末列入《世界遗产名录》，宝顶山石刻是其重要部分。下榻地就在宝顶山麓，翌日早早起床，循着刻在顽石上的导游图兴冲冲进入景区。

宝顶山摩崖造像由南宋僧人赵智凤主持开凿，布列在称作大佛湾的山坞里。进景区大门，石龛中端坐着骑牛道祖、伏虎山君，道家神仙拱卫山门。沿山道徐行：左临幽谷，谷中鸟鸣蝉噪；右依陡崖，崖上石刻满壁。圆觉洞是在石崖上凿出的佛窟，窟外神兽守护，窟内正中雕法、报、应三佛三身，两厢遍雕菩萨、罗汉，空间祥云缭绕、风起水涌、山石嶙峋，雕塑色彩至今绚丽。洞口上方巧凿石窗，一束天然光线悠悠然射向祈跪佛前的一尊菩萨背部，神秘、静谧、庄重的氛围在窟内轻雾般漫溢。石窗看似简单，却是点睛神笔。

出洞继续前行，禅宗修行开悟"十牛图"、护法神像、六道轮回图、广大宝楼阁、华严三圣、千手观音、释迦涅槃圣迹图、九龙浴太子、孔雀明王经变相、地狱变相等石刻洋洋洒洒顺着崖壁铺开，生动地展示着佛教经典。汉化佛教海纳百川，释、儒、道水乳交融，教义、道德、艺术光彩纷呈。石刻中的佛、菩萨、罗汉、诸天，或授道或讲经或修行或护法，似乎忙里偷闲觑着路过的芸芸众生。漫步大佛湾，宛如入佛境。宝楼阁上赵智凤青年、壮年、老年时期的三尊石像结跏趺坐，暗喻他为宝顶山石刻奋力毕生；释迦涅槃像前他作揖侍奉，主持开凿者已登彼岸净土。更多能工巧匠呕心沥血铸出绝世文化珍品，却未见留下姓名。

大悲阁内的千手观音造像正在修复，造像前搭起三层脚手架，但现场并不封闭。技师们在忙碌，游人则可透过脚手架的间隔远远探看，脚手架前还展示着千手观音造像的原貌照片。看看如此规模宏大的精美造像，修复工程想来艰难烦琐。人说海棠花美无香，世传大足山里有海棠独香，应曾装点佛境，惜久已绝迹。盼千手观音造像重现光彩，犹如海棠复香。

父母恩重乃人间永恒主题，佛境亦难舍离。大型石刻"父母恩重经变相"，正中刻一对年轻夫妇在佛前焚香祈求嗣息，左右分列从怀胎守护、临产受苦,直至远行忆念、究竟怜悯等十帧人间场景,称"十恩图",连环画般展现人间凡事:儿女成长,父母衰老。其中"为造恶业"刻绘儿子长大成婚,办婚宴开杀戒宰猪羊,造下恶业,父母心甘情愿承担惩罚。此景列入"十恩图",佛祖体谅父母心。劈面一碑,分四行竖刻一偈:"假使热铁轮,于我顶上旋;终不以此苦,退失菩提心。"左右分刻八字:"知恩者少,负恩者多。"可怜天下父母心。莫道世人多负恩,须知为父母者都兼儿女身份,实在是寸草心难报三春晖。人间家庭千姿百态,家务事清官难断,父母、儿女切忌互相埋怨,彼此体贴照料、和谐相处、风雨同舟,才是人间正道。

同行一老者年七十许,身体羸弱,沉默寡言,虽同桌进餐,只低头吃饭少有一语,似心中多有块垒。观此石刻时突然冲到碑前,双臂张开两掌猛击八字,连声呼道:"是啊!是啊!说得对啊!"其情也戚,其声也悲,闻者怆然。

欲劝无言辞,山深闻鹧鸪。

碧水伴我行

昨夜大雨,清晨醒来刹那,忘身在何方。凝神想:圆梦、回家。

三十年前暑期,我去千岛湖游览,听说那里与歙县舟楫相通,就此在心底播下一个微梦。

2013年6月下旬,天尚未酷热,八人相约去深渡。深渡镇在歙县新安江畔,一条南北大道,北头是深渡宾馆,南头是凤池渡口。早市时光,一行人身背行囊向南踱去,路旁时有渔民兜售刚出水的鱼虾,有条花鲢竟长近1米,引得我等驻足观望。

"三百六十滩,新安在天上。"站在码头举目四望,新安江波光粼粼,经瀹潭、漳潭、绵潭向北奔来,后又掉头南去,穿镇而来的昌源河也在此注入新安江。三流交汇处的小镇,镶嵌着错落有致的黑白房舍,宛若绿水繁荫桃花源。我在披云山庄的徽菜馆曾看到大幅招贴，此景被印在菜盆中，犹如碧玉盘里一青螺，秀色可餐。一艘渡船从对岸悠悠驶来，送居民上街。莫道桃源难觅路，眼前扁舟来回渡。

深渡至千岛湖的班船正在招客，船主热情地帮提行李，安顿我们在顶层窗旁落座，新安江水沏毛峰。柳叶般的舴艋船嗖嗖划近航船，渔民从清澈的江水中拎出鱼兜，兜里尽是鲜活鱼虾，诱惑难当。多谢舟子肯操厨，新安江上卖鱼虾。

自深渡至千岛湖镇，其间百三十里，半行新安江，半泛千岛湖，江湖相衔，皖浙相连。班船上游客都坐在顶层，我等占了一半；底舱稀落数人，是当地出行的居民，两层收费有别。解缆顺流下，青山碧水伴我行。顶层无人愿待舱内，底层却无一人出舱。这厢人说莫辜负江上美景，那厢人笑外乡人少见多怪。经历不同，同舟异趣，世事亦常见。船主殷勤赐长凳，散坐船头沐清风。

新安江细浪抚岸，水皆缥碧，顺着山势汩汩流淌；两岸峰峦重叠，云雾缭绕，护着江水曲折蜿蜒。水中峰影隐隐约约，山上草木蓊蓊郁郁。山水与长天共色，绿翠染衣；江上空气新鲜清冽，沁人心肺。山水间不时飘出几处粉墙黛瓦马头墙的村落，江面上时而跃起一尾鱼，时而划过一叶舟。新安江水清幽幽，青山白云随行舟。

班船渐渐驶近左侧一处码头，台阶尽头高踞一座四方亭，

新安江水

檐口书"正口亭",站着三三两两候船人。船主说:"班船沿途停靠正口、小川、三港、新溪口和街口五处码头,都在安徽境内,此处'三口蜜橘',以及凤池渡上游的'三潭枇杷',是著名土产。"船鸣笛靠岸上下客,再鸣笛离岸,此行像出差回家。我念起20世纪80年代中叶,因事去昆山陈墓,曾乘班船从陈墓到南港,再步行穿过贯穿昆山南港和甪直古镇的老街,搭公交回家,沿途饱览水乡风光。旅游本属生活,人生宛如旅途,途中风景常有,莫教轻易错过。

船过街口,底舱已空无一人。约10分钟后,见左岸宣传牌"安徽人民欢迎你",右岸"浙江人民欢迎你",岸边建国家水质自动检测站。船入千岛湖西北湖区,水面突然开阔,远处秀岭层层，湖上青峰点点。船家催我们去底舱用餐。船驶入中心湖区，远处码头与船渐渐靠近。离船上岸，忽听船家高呼："哪位老先生忘了行李！"止步转身，却见：

　　天上新安水如天。

披云碎月练江水

写梦圣手汤显祖有诗云:"一生痴绝处,无梦到徽州。"

古徽州处黄山、白岳之间,州治在歙县,古称新安,史称徽州府。友人与歙县素有渊源,闲时常聊徽州故事,2013年6月我偕老伴随友人赴歙。

抵歙日已午,入住披云山庄。山庄位于披云山北坡,毗邻太白楼。山上绿荫似盖,山前练江如练。午后信步出门,上太平古桥,此桥昔日是进出徽州府要道。借问桥上垂钓人,遥指幽幽徽州古城。

城内仿古新建的徽州府衙气势恢宏,邻近的历史文物东谯楼和许国石坊反显寒碜。中和街商肆林立,行人熙来攘往。折入徽商故里斗山街,墙高旧门闭,巷深人迹稀。参观一处老宅,也是雕梁画栋、四水归堂,也是窗悬蛛丝、曾经辉煌。

赶到渔梁古镇已夕阳在山。老街碎石铺路，夹巷粉墙黛瓦。顺着左侧岔口石级下行，举目四顾，练江滔滔东去，露出几处石滩；紫阳桥虹飞南北，对岸翠峰青嶂，始建于隋末唐初的渔梁坝龙卧江面。坝长逾百米，南衔龙井山，北接渔梁街，坝顶宽可容汽车交会。坝身石砌，面石为花岗岩，条石之间互相勾连咬定河床。南侧江水溢坝滚泻，北侧却无，原来南头设三道高低不一的水门，控制县城练江水位，引导水流撞向龙井山崖后北折，使坝下沙碛难聚，形成水埠。练水归新安，水聚则徽盛，通江浙，下苏杭，徽商达四海。昔日此处因商兴市、桅樯如林；今日只见寥寥游客、漠漠江滩。正渔梁夕照，游船晚归，

斜晖脉脉下的渔梁坝雪白晶莹，闪耀着天人合一的熠熠光彩

舟人遥指杭州路，残酒一杯。唯有斜晖脉脉下的渔梁坝雪白晶莹，依然光彩熠熠。

徽菜自应品尝。披云山庄徽府菜馆门前楹联："白练东去，留一滩碎月评说往事；画阑西回，邀半天风竹呼唤今贤。"餐厅内食材置瓦片上示客，几处明炉现场殷勤料理。正墙悬巨幅招贴，深渡镇新安江风景被印在瓷盘中，犹如碧玉盘里一青螺，秀色可餐。晚餐点了徽菜毛豆腐和太白鱼头。鱼头汤上桌，偌大一个椭圆形砂锅，贴上封条，服务生请我们公推一人开启。82岁长者笑吟吟起身启封掀盖，香气四溢，汤浓如乳。服务生再诚请长者在封条上签字，说店里珍藏择时展出。

翌日清晨登披云山。披云山是当地居民绝佳晨练处，林密草茂，山道蜿蜒，风起草惊，树叶簌簌，空山不见人，笑声隔坡飘来。乘兴直上山巅清风口，恰朝阳初升，望四周山峦连绵，白云缭绕，秀峰叠翠。古徽州地狭人稠，注定向外寻觅生机，徽州的山水、土产孕育了徽商。徽商崛起，席丰履厚，推动徽州文化风起云蒸，孕育出新安理学、新安画派、徽墨、徽剧、徽菜。徽派建筑造就多少楼台塔桥、宗祠牌坊、村落巷陌，镶嵌在青山碧水。舞榭歌台，风流总被雨打风吹去，留下青山芳草，烟霭纷纷，遗痕如幻。茫然间，想起在杭州游览徽商胡雪岩故居时，读到一幅题词："胡雪岩故居，见雕梁砖刻，重楼叠嶂，极江南园林之妙，尽吴越文化之巧。富埒王侯，财倾半壁。古云：富不过三代。以红顶商人之老谋深算，竟不过十载。骄奢淫靡，忘乎所以，有以致之，可不戒乎？"警世之言，发聋振聩。创业难守业更难，国家好大家才好。抚今追昔，能不感慨？

　　早餐后去绩溪转悠，傍晚回到山庄，时间尚早，与老伴踱至太白楼。传诗仙来歙访友不遇，在练江畔酒肆独酌留诗，有"槛外一条溪，几回流碎月"句，后人建楼纪念，名江边浅滩为碎月滩。我始悟徽菜馆楹联的酒意。时届闭馆，无计上楼。登上楼后山坡匆匆一瞥，那里有绝好古碑名碣、精致徽派园林。待月夜，楼前太平桥下，可捞碎银。惜明早离歙：

　　满园琼琚，无缘细识。

如诗故地

大巴南行,路几与车身等宽,前濒长江。众人担心,窃窃私语,我沉浸在回忆中。

20世纪60年代初,我在南京师范学院读书,校园漫溢诗意。进宁海路大门,粗大悬铃木夹道,右侧图书馆进出莘莘学子,左侧音乐楼飘来阵阵琴声。大道西头路分南北,绕一百号大楼前大草坪延伸,飞檐翘角的教学楼雕梁画栋,点缀着满园嘉木绿茵。校内西山林密草盛,风起树叶簌簌,偶见游蛇野兔雉鸡。我住山的西麓三舍,上课地点中大楼在山的东坡。来去宿舍和教室,时而走弯弯山道,鸟鸣蝉噪伴行;时而绕行山北麓的坦路,路旁有小书亭。有次我在书亭闲逛,买到一本《宋诗一百首》,手掌般大小,中华书局出版,这本诗选伴我至今。

在这诗选中我读到苏轼《李思训画长江绝岛图》:"山苍

苍，水茫茫，大孤小孤江中央。崖崩路绝猿鸟去，惟有乔木搀天长。客舟何处来？棹歌中流声抑扬。沙平风软望不到，孤山久与船低昂。峨峨两烟鬟，晓镜开新妆。舟中贾客莫漫狂，'小姑'前年嫁'彭郎'。"我第一次听说大、小孤山。宋诗写唐画，山随船低昂，抑扬棹歌声，丹青也难描状。

五十年后才有缘去安徽小孤山。大巴费劲爬上江堤左折，前方不远处，一拳如髻山峦，葱茏翠绿，无累峰赘岩，茕茕孤立于江畔。大巴贴山停歇，小孤山已与陆地相连。

小孤山高不足百米，山势陡峭。仰望山腰嵌座徽派建筑，粉墙黛瓦马头墙，北向四排窗户，东侧古树簇拥，西侧巨石拱卫，难猜房廊深浅。登石阶数十级，傍天生石洞修就山门，额题启秀寺，上方竖书篆书"灵昭江屿"。进门两侧石壁高耸，入山腹天日不见。石阶数十级扶摇直上，至一临江平台，大雄宝殿倚峰面江，凭栏南望，云天罩大江，百舸奔东西，峰下江边沙洲葭苇、幽草萋萋。忽然噗噗飞来一羽壮硕野鸽，歇在离我仅1米的栏墙上，虽无陆游所记小孤山"有俊鹘抟水禽，掠江东南去"之势，却有祥和太平之意。

穿殿后小门，两崖夹缝中石梯仅容一人，借力两侧铁链攀至绝顶。上有烽火台遗址，南宋时自武昌至京口列置烽燧，日烧狼烟，夜举松火，用作军事。旁有梳妆亭六角三层，循危梯登楼，楼上供小姑娘娘塑像，传佑江上往来平安。

由绝顶南坡下行，左临江、右依崖，路陡径窄。5月晴空，江面上却迷迷茫茫，望对岸澎浪矶朦朦胧胧。峰下江流回旋盘桓，斗大旋涡直沉江底，是称"海眼"。江上忽然传来鞭炮声，一艘运输船顺流东下，船头烧纸钱，舟人朝小孤山叩头不已。路旁有石塔，半嵌崖内，半露三边五层。崖壁刻明刘伯温题小孤山诗，依稀可辨，首句"峡束千雷怒击撞"后夹注："此山对澎浪矶，因澎流作浪故名，致江水隘出涛声如雷，俗云彭郎矶非也。"似为"小姑""彭郎"传说正言。

古今多少悠悠事，不尽长江滚滚流。画已失传，绝岛景变，幸赖诗记。年年又东风，月月有月明，不知我第一次读到此诗之地，如今是何容颜？万物是时间的函数，岁月磨洗经历，退尽苦涩，稀释艰辛，提炼甜意，沉淀在记忆。

小孤山在诗中，母校在梦里。

山水含春晖

青山拥碧水，翠湖衔春晖。

2013年，好雨时节，随友人学校的退休老师去上虞春晖中学。那是一所神奇的学校，20世纪20年代初，夏丏尊、朱自清、丰子恺等名家在那里任教。

中午时分，大巴驶到学校东侧白马湖畔的乡村饭店。饭后漫步湖堤，东西皆春水，细浪抚岸，波光粼粼。传晋代县令周鹏举出守雁门，思上虞之胜，乘白马泛铁舟入湖中不出，故称白马湖。县令疑似以身殉湖。一座竹子栈桥悠悠西伸，两艘小船无人自横，远处校舍隐隐，群山青青。学校在白马湖最胜处。

大巴转到学校南大门外停下，带队人持介绍信至门前联系，众人车上静候。门呈"凸"字形，灰色屋顶并无飞檐翘角，大气不张扬。檐下巨匾隶书"春晖中学校"，学校首任校长经亨颐的手迹。

带队人怏怏返回,指挥大巴驶向学校西侧便道,东边隔河就是校园。大巴停便道北头,路、河相携东折,路北依象山,夹道古木成群,绿荫似盖,郁郁苍苍。河通白马湖,对岸沿河黛瓦花墙,嵌古树,开漏窗,月洞门通贴水台阶,水中倒影摇曳。河上架桥名春晖,桥南即学校北门。朱自清先生曾写道"过了一座水门汀的桥,便到了校里",我猜就是此处。他在《春晖的一月》中,深情地说到春晖给他的三件礼物:美的一致,一致的美;真诚,一致的真诚;闲适的生活。理想的教书环境,可遇不可求。

路北沿象山南麓,春社、山边一楼、晚晴山房、小杨柳屋、平屋掩映在树林中。学校向我们开放了后三处建筑。

晚晴山房系夏丏尊、经亨颐、丰子恺等人筹资为弘一法师所建庵居,弘一法师数度小住,居名由弘一法师自题。原屋已毁于抗战时期。山庄两扇黑色木门油漆斑驳,现门楣上"晚晴山房"匾额由赵朴初题。门内小院蚕豆花开,树茂草盛,绿丛中立"弘一大师纪念碑"。循露天台阶上山坡小屋,屋内设弘一法师纪念堂。法师曾自称晚晴老人,有"犹如夕阳,殷红绚彩,随即西沉"句,恰诠释"晚晴"两字,雄壮悲凉。

小杨柳屋是丰子恺先生的旧居,他在春晖中学任教时多有创作,漫画稿排满小客厅两壁。平屋是夏丏尊先生的故居,他

春晖马路和春晖桥，桥南是学校北门

授课之余翻译了意大利作家亚米契斯的小说《爱的教育》，他说："教育没有了情爱，就成了无水的池，任你四方形也罢，圆形也罢，总逃不了一个空虚。"春晖中学早年校歌是丰子恺谱曲的孟郊《游子吟》。朱自清先生曾借住平屋西侧三间。他们课余常在平屋或小杨柳屋聚谈。丰子恺在春晖时公开发表了第一幅画《人散后，一钩新月天如水》：竹帘高卷，天边一弯明月，窗前人去席虚，遗一壶三杯，渗淡淡愁意。此画无意之中暗藏天机。

大家们因缘而聚，在一所农村学校执教，努力营造学生个性自由发展的环境。因缘而散，飞鸿踏雪，留下一段教育神话流传世间。我想知道大师们在校内留下的教育财富，但东南西北绕校一周，无缘进入校内。山水间的老屋古树，犹如天边一抹春晖，至今佑护着百年老校。

一钩新月照古今。

清韵深趣

为谒经石峪,徒步上泰山。

那年初冬天气晴暖,好友五人相约去泰山。清晨站在山下一天门坊前,"天下奇观"碑、"盘路起工处"碑分立东西,前望孔子登临处坊、天阶坊、红门宫层层叠叠,绵绵石阶循着山势而升,宛若天庭。道一声孔子登临处坊畔的碑上题刻的"登高必自",然后持杖徐行。

冬日和煦,微风拂面醉人。

"孔子登临处"

过斗母宫，辞卧龙槐，折右侧小路，行二里许，有石亭踞路右，亭内石梁刻"高山流水之亭"，檐下镌刻"源头活水"，两旁石柱楹联："天门倒泻一帘雨，梵石灵呵千载文。"谷中花岗石的溪床上遍刻佛教经文，是谓经石峪。

刻经石坪四周围以石栏，我等在栏外漫散观看，并无其他游人。石坪上刻着隶书佛教经典《金刚经》，纵横数十列，气势雄奇，字大尺半见方，古朴苍劲，无剑拔弩张之迹，有神安气定之意。山风轻抚经石坪，耳畔如闻诵佛声。刻石者对石坪并不刻意磨砻，各字刻痕也浅深不一。近处经文句"阿耨多罗

石坪上刻着隶书佛教经典《金刚经》

三藐三菩提心"，繁体"羅"字恰好过一小石坎，上部"四"就势刻在垂直面上，下部"维"却落在水平面上。处处随缘，字字见禅心。

不经意间西望，沟壑对面一片崖壁，高可 4 米，宽近 8 米，左侧四分之一处纵向齐齐裂开，浑然天成的石碑。左刻"水石阴森""深趣""试剑石"等词。右半上端横向四个擘窠大字"高山流水"。四字之下是洋洋洒洒的碑文。碑下不远处有小块菜地，一名 50 岁光景的红脸汉子，中等个子，身背壮健，正使锄弯腰躬耕。

我等走过去打个招呼，对方停下劳作，互相攀谈。他姓张，是摩崖石刻的守护人。他远指石坪说："石坪上经文现存一千来字，多数人认为是北齐人所书刻，已越千年。"近指石碑道："此碑刻《高山流水亭石壁记》，长达五百多字，可一读。"

《高山流水亭石壁记》是明朝兵部左侍郎兼都察院右佥都御史万恭的撰书。万恭督修黄河功成告祀泰山，掠泰麓南下，憩晒经之石，并书"暴经石"三字刻于石坪上。"北耸石岩，石若斩截而成，涧泉漫石而下以悬于空，岩若垂万珠焉。余辄大书'水帘'，字深刻之，水溅溅浙浙字上，字隐隐匿水中，斯泰山之至奇观也。"我遥看经石峪北端石岩，果然有"水帘"以及"冷然清韵""枕流漱石""千古奇观"诸刻。"千古奇观"刻左下方有一方形空洞，老张说那处原嵌一印章，不知何年何人挖走。万恭倚石壁筑石亭，"夫是倚泰麓之壁也，斯不亦高山乎！夫是临水帘之泉也，斯不亦流水乎！"遂名"高山流水之亭"。老张告诉我们，为护经石而改水道，移石亭于现在处，水浙字上、字匿水中之景不复见。

老张邀我们到他家小憩，住地就在石坪南端稍低处的崖台上。数间平房、一坞阳光，峰连峦叠，满目青翠。主妇沏壶山茶，众人品茗聊天。稍迟于万恭的明万历年间袁中道游泰山，因未能游历经石峪直呼"予憾焉"。如畏艰辛攀登，无缘此景此境。不知不觉已近11点，赶紧起身向主人告辞，从经石峪返回主道，抖擞精神，继续登山。

"会当凌绝顶，一览众山小。"帝王封禅泰山，轰轰烈烈。崖寂涧冷伴经石，高山流水明时亭，满眼清韵。泰山不辞篑土，包容圆融，成就其冠盖群山的文化胜迹。

于无声处听梵音。

寂寂邹峄山

山水贵有魂魄。

2005年初冬，与友人相约去峄山。峄山亦名山，海拔582米，在孟子故里邹城市东南10千米处。孟子曰"孔子登东山而小鲁，登泰山而小天下"，人说东山即峄山。古传峄山南坡所产桐树，以其材制琴瑟，奏乐如凤鸣鹤唳。明万历年间袁中道游峄山，记"其迹最古者，曰孤桐寺，有古桐尚存"。晚明张岱写"峄阳孤桐"："在峄县峄山之上，自三代至今，止存一截。天启年间，妖贼倡乱，取以造饭，行迹俱无。"

东方未晓，火车抵兖州。雇车去邹城。当值司机挂电话唤哥哥，周围静谧，听出电话那头问为何天不亮去邹城，答几位老人旅游，对方放心了。行李放妥人上车，开到哥哥家门口，弟下班，哥接班，绝尘南去。

司机不谙峄山，几度问询寻到山门，管事的刚起床，缆车也未运行。山麓耸立石柱木构琉璃瓦牌坊，四柱三间三层，重檐如飞，斗拱似花，匾额金字"峄山"。上悬红色横幅"创建中国优秀旅游城市，开发建设历史文化名山"。牌坊正门内一石亭，高约3米，遍体坑穴，铭"子孙石"，民间求嗣息。司机是个好人，因行李在车上，他先主动给我们看身份证，又说没上过峄山，索性同行。

冬日苍白，地寂风寒，就我们几名游人。循西路盘道登山，山道狭窄、巨石夹峙，乱树迷眼、迤逦蛇行。满山花岗岩奇峰怪石，似人似物，难以名状。黑羊白羊山坡转悠，放羊老汉指点脚下石脉，呼之石龙，不见尾首。半山亭畔"五巧石"危踞岩顶，如龟如驼。闯赛潼关，过南天门，劈面巨石簇拥，中有缝隙容过一人，上镌刻"天成之险"。挤过缝隙，至通明天宫。路旁八卦石，传有八块垛垒成八卦状，惜现仅遗三：两石相叠，中衔扁石如吐巨舌。

遇两位道长在此苦修，攀谈中极言峄山风光无限。领我们至舍身崖，俯瞰深渊万仞，说崖下石坪可容千人。回身指看五华峰，峭壁陡崖，形如五朵含苞石莲相连，西峰绝壁擘窠石刻"光风霁月"。道长说登顶要穿祖龙洞，须手足并用，俗称狗爬洞，说秦始皇也爬过。此话并非空穴来风，《史记·秦始皇本纪》："二十八年（前219年），始皇东行郡县，上邹峄山。立石,与鲁诸儒生议,刻石颂秦德,议封禅望祭山川之事。"世称"秦峄山碑"。传后世访碑摹拓者趋之若鹜,邑人不堪骚扰,竟聚薪付之一炬,有杜甫诗句为证:"峄山之碑野火焚,枣木传刻肥失真。"

前望山路荆棘,杳无人踪,回首告别道长,忽见他身畔有石酷似游鱼,刻"鲲鱼朝圣",惜好事者在石鱼上描眼开鳃,画蛇添足。从东路缓缓下山,古木参天,佳景相随。外丹丸峰、丹丸石临崖险立,似有风吹草动就会滚落。路左巨石铭"冠子峰",刻"孔子登临处""壁立万仞""登东山小鲁"句。峰后石坪存断壁颓垣,俯瞰山下可略悟"小鲁"意:旷野茫茫、烟云漫漫、阡陌纵横,如在衽席间。仙人洞独石覆顶,洞内可容百人。路边有石,怪不能识,通体漆黑,石筋毕露,如经火炼。山麓春秋、孤桐、峄阳三古书院仅存残迹。

山水魅力离不开其所载文化,核心文化是山水的魂魄。寂寞邹峄山,山色寂寞寒。峄阳孤桐秦时碑,只今唯留虚名声。纵有满山洞石、无边往事,终难聚魂魄。阵阵朔风呜咽,怏怏走出山门。臆想曾经风靡的岱南奇观,徒生惆怅;回首山门牌坊醒目的横幅,冀望满怀。

九年流水东逝,空忆名山。

后记：

　　我在老年大学工作时，有学员柳成希君者，曾两次去峄山。第一次去时钻过祖龙洞，但登五华峰的最后一段路十分惊险，一块木板如独木桥般架在沟壑上，靠牵一根绳索走过去，不敢冒险；第二次再去，当地已重修书院，再立峄山碑，登五华峰的路也已修好，他顺利登上五华峰，了却夙愿。我与同行老友闲聊去峄山的种种趣事，告诉他们柳成希君登顶的故事。但欲结伴重游峄山，登五华峰，已无能耐。

天半江郎

恰金色晚晴，结伴郎峰天游。

曾翻阅《徐霞客游记》，游仙这样描写江郎山："一峰特耸，摩云插天，势欲飞动。问之，即江郎山也。望而趋，二十里，过石门街。渐趋渐近，忽裂而为二，转而为三；已复半岐其首，根直剖下；迫之，则又上锐下敛，若断而复连者，移步换形，与云同幻矣！"心神向往。2013年10月呼朋唤友整装成行，此时我已步入古稀。

动车抵江山站已过下午3点，雇车再南行三刻钟，遥看东边天际山峦连绵、乱云翻滚，三爿差不多高的赭色石峰如擎天石柱，突兀苍穹，自北向南呈"川"字：北峰粗硕，名郎峰，峰巅一亭依稀可见；另两峰似剑似柱，名亚名灵。人道是天半江郎。中国丹霞地貌老年期的代表，已被列入世界自然遗产

天半江郎

名录。

  暮宿石门镇，三峰路口望三峰，峰在云雾缥渺中。翌日早起，搭景点车直驶山腰虎跑泉停车场。下车仰望海拔逾 800 米的郎峰，陡崖壁立，高耸入云。85 岁的同伴云安老，偕着 80 岁的老伴，摩拳擦掌嚷着要登顶，我却心中忐忑。峡谷对面绝壁镌刻擘窠大字：江山如此多娇。江山市得天独厚，一语可双意。古开明禅寺旁崖壁凿浅浮雕示意图，沙盘般展示游径。

  三峰如石笋植石盆，盆中怪石嶙峋、树藤荫翳、须草离离、绿苔如茵，游人如蚁在盆内攀登。山路数折，走入亚、灵两峰之间。其间隐天蔽日，峭壁刀劈斧削；崖石裸露，偶见蕨草苔藓。路宽约 4 米，渐行渐高，长约 300 米。看峰顶蓝天圆弧一弯，望尽头峰间阳光一线，是称一线天。路边地上有团干枯苔藓，不知何因。旅游者应揣敬畏自然之心来，不带半根草去。

走出一线天，踏上登天坪。回首亚峰处，有碑曰"灵石回风"，怪石卧立，山风盘旋。郎峰山体由沙砾岩层层沉积，粗细反复，草木稀疏，布满风化鳞片。登峰小道就崖凿成，坡陡路险，依山势"之"字形盘旋上升，宽处可容一人半，窄处仅能挤一人。山道临深渊一侧有钢管护栏，峰回路转护栏或右或左，台阶忽高忽低。我一手持杖，一手抓栏杆，四肢发力，贴崖攀登，宛若天游。崖壁醒目处嵌一石碑，告诉游人此山道 1987 年开凿，历整三年竣工，并刻七石工、一焊工、一施工员姓名，是记功，更是责任。石级三千五，助人上天半。诸多传世工程不留工匠名字，此碑让人崇敬。

近峰巅处遇一罅隙，俯视生畏，赖天桥飞渡。过天桥，再经一段架在土坡上的木梯，终达峰巅。定是登顶游人兴奋，"绝顶问天"景观牌上涂满"到此一游"。顶上树木繁茂，小店铺，问天亭，亭内抱柱联："石顶园林天上景，云端亭阁日边人。"店中一老汉，店外石凳桌。东望林海苍郁，西眺旷野阡陌。亚、灵两峰近在咫尺，无翅难飞度。

从北坡觅路下山，我正思忖店内老汉难道每天上下郎峰，已到舒心坪。坪有十几平方米，搭一架竹寮，搁数把竹帚，屋内两人正吃午饭。原来天半有人家,老汉天上人。天桥处,一群青年看到八名老人下山,响起掌声,争着与耄耋伉俪合影。前方拐弯处磴道顿失,一段由钢管钢板焊铆的栈道依崖凌空。两位年龄较小者自动首尾照料,云安老赶紧把相机收进背包,专心搀扶老伴。紧接着约 10 米垂直铁梯悬嵌在山缝,外护一道道钢圈,人须面向崖壁扶栏倒行而下,背包不时与钢圈碰擦,犹如钻入笼圈。我忽然想起那焊工的姓名:毛裕明。回到停车场,时已过午。老人登山不求快、不求与山比高,只求亲近自然、享受夕阳、评说自己。云安老私下对我说:"我前年 3 月一上郎峰,这次是再上。一陪老伴,二算自我体检。"

不信竟从天半回。

凄风苦雨仙霞关

癸巳年，一夜秋雨，潇潇淅淅。

清晨，皮卡辞石门镇南驰，绕保安铺，掠慕仙桥，三弯两折，突然停车。环顾四周，并无其他游人，雾气蒙蒙，寂寥袭人。头顶是车来车往的高架路，脚下是湿淋淋的仙霞道，宛若穿越了时空。恍惚间，看到遥远岁月的入口处，立着卵石叠成的石碑，藤蔓悬缠，中嵌石板镌刻"仙霞驿"。唐乾符五年（878年），黄巢起义军转战浙西东，复取道仙霞岭，"刊山开道七百余里"，入闽取建州。此岭遂成浙闽往来要冲、入闽咽喉。南宋史浩募佽以石砌路，据巅为关。鼓鼙起则戎马嘶，狼烟熄则商旅行。至今遗存数公里麻石垒砌的古道，南北相背的四道关门。

皮卡司机追上来叮嘱："仙霞关路险岭峻，偏又遭风雨，你们年龄都大了，走到第二道关就回头，车在原地等候。"我们连声应诺。

　　细雨蒙蒙、难辨西东，凭感觉是南行。山路宽约2米，青苔斑斑，落叶满地，中间铺较大石块，两边乱石坎坷。雨水浸润石磴，泛出冷冷光泽，犹如巨蟒鳞片。古道如巨蟒，蜿蜒入深山。

　　前面沟渠横陈，上架短桥由四条长石拼成。抗战时日寇进犯福建，在仙霞岭一线遭中国将士阻击，有日本军官在此被击中落马，滚下石桥，故名落马桥。过桥徐行，两侧峰峦相接，古木竹篁遮天。山行一刻钟，雾气中渐渐显露出一座石砌雄关，嵌夹在两侧崇山峻岭间。石关高约7米，跨40米，杂树青苔缀身，墙头城垛密布，中设射孔，拱形关门两重，门间通天，从

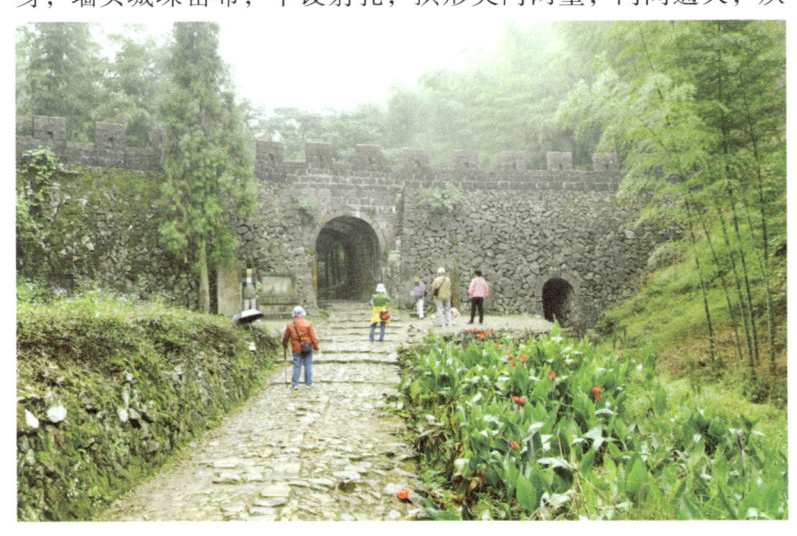

仙霞关

上向下可实施攻击，旁立"黄巢起义遗迹"碑，是称仙霞一关。一夫当关，万夫莫开；秋雨如丝，沾衣浸肤；秋风穿林，如有人行；密云罩山，风兵草甲。山中似伏千军万马，诡谲肃杀之气在周围弥漫。

过关至萧萧亭，风萧萧，雨淋淋。亭对面新辟岔路通碑廊，竖数十通古人颂仙霞关诗碑。朱熹有诵仙霞岭诗曰："道出夷山乡思生，霞峰重叠面前迎。岭头云散丹梯耸，步到天衢眼更明。"夫子过山越岭仍想着做学问。碑廊尽头，凄风苦雨中站着黄巢石像，身着盔甲，气宇轩昂，左手按剑柄，右手随目光指向古道，似在指挥行进的军队。村民给石像披蓝色披风，地上香火散乱。昔时人已殁，千载有余音。想他"冲天香阵透长安，满城尽带黄金甲"，剑气凌云；待攻进长安，却功亏一篑，千古遗恨。

返回古道，山上有砍竹，路面撒满小竹枝，滚滑难走，步步艰辛。道旁竖碑：东南锁钥。漫道雄关扼险道，江山旧事如烟云，只绵绵山岭、茫茫雾霭、萧萧落木、离离萋草，长伴着唐宋遗迹，一任游人发思古幽情。经关帝庙、观音阁到岭巅仙霞二关，也是两重关门，但规模较一关小。有游人从南坡四关走上来，告知下面路难行。冒雨小心翼翼返回落马桥，皮卡司机在远处高声招呼："时已过午，下午还要去关南的二十八都，那古镇是仙霞古道的枢纽，当地有9种方言，140多个姓氏，故事如谜哪！"

回首仙霞岭，雨色空悠悠。

寻梦廿八都

午后,潇潇雨歇。站在停车场抬眼四望,层峦叠翠,云涌雾漫。廿八都古朴淡雅,倚枕枫溪水,梦卧群山怀。

廿八都在浙江省江山市,南衔闽,西连赣,鸡鸣传三省。一千一百多年前,黄巢起义军转战浙西东,挥戈南下,在崇山峻岭中辟出仙霞古道,从此,廿八都四周关隘拱列,成历代屯兵之地,商旅中转枢纽。岁月流水东逝,现代文明浸淫,通衢替代险径,廿八都梦遗深山。

恍惚间,我想起1933年郁达夫在《仙霞纪险》中描摹的廿八都:"太阳分明是高照在那里,天色当然是苍苍的,高大的人家的住屋,也一层一层地排列着在,但是人哩,活的生动着的人哩,人都到哪里去了呢?"如说梦境。

枫溪蜿蜒贯南北,廊桥渡梦架东西。廊桥悬楹联:"桥廊风爽堪留客,波底星光可醒龙。"半是柔情,半是梦境。一行人过珠坡桥穿北堡门,循浔里老街南去。窄巷深深、石板莹莹,街侧老屋墙脚卵石累累、细流潺潺,偶有居民在流水中洗涮。水随路转,迎面见浙闽枫岭营总府旧址。清顺治十一年(1654年)设立浙闽枫岭营,设校场、演武厅、靶场,管理军务。晓风旌旗辕门开,戎马鼙鼓点将台;昔日虎威今安在?吹角连营入梦来。

经观音阁,穿向学门,到文昌宫。文昌宫建于清末,是其时廿八都大户人家子弟读书之地。宫前外墙青砖黛瓦,铺地卵石枝展蔓缠。两株金桂郁郁葱葱,一树木瓜探出宫墙。东"居仁"门、西"由义"门,正门门楣嵌砖刻"文昌宫"。进宫门过天井即文昌殿,飞檐六重,楼阁三层,雕梁画栋,匾额"星焕山河",文昌帝君端坐神龛。殿内天棚布满彩绘,头顶彩画状元及第,春风得意马蹄疾,莘莘学子之梦当空游弋。

姜秉镛旧宅内设方言、姓氏、名人馆。昔日廿八都关连东南、界分浙闽,守军、眷属、官差、商旅、挑夫、墨客,南来北往,繁衍古镇至今有 140 多个姓氏,9 种方言。廿八都老屋絮叨廿八都旧事,传奇逸闻在梦中飘摇。

徘徊老街,旧居门楣或铭"瑞气临门""南极星辉",或书"灭资兴无""一心为公"。斑驳旧墙遗存的赛诗场,墨迹历历可读。美院学子三三两两蹲坐于街边专心写生,画笔留驻梦痕。

踏进秉书洋货店堂，中式椅几、洋货西画，柜上老式留声机似乎传出隔世曲调，楼上楼下游人仿佛顾客熙攘，民国气息如冰块散发冷气般氤氲流淌。一处高大人家的住屋两门敞开，门厅堆放老式农具，日光洒庭院，孤鸭行蹒跚，客堂门窗残缺，梁悬竹篮，正中供奉南极仙翁图。时间凝滞在梦里。

街尾关帝庙里香烟缭绕，庙前古戏台天幕映"寻梦廿八都"，一男一女边唱边操纵一旦一生牵线古装木偶，乐师在台角起劲伴奏，莫名何方剧种？何出戏文？咚咚锵锵声声催梦回。台下板凳散坐着本地老少和观光老外，古今中外混搭，恍惚梦幻时空。街尽头新立"念八铺"石坊，石柱楹联："百姓古都要会闽山越水，三千黎庶远播旧貌新风。"

款款穿牌坊，依依别梦境。

闲携孙辈读故园

黄鹂坊桥,熙熙攘攘车辚辚。

从桥西堍北折穿吴趋坊,人、车、摊贩争道,两侧商肆林立。约200米左拐入宝林寺前,50米许右拐进文衙弄,粉墙黛瓦百姓家,巷深路窄人迹稀。踏进艺圃,隔绝尘嚣。

艺圃离我家只10来分钟脚程。外孙女未上幼儿园前,我和老伴常推童车携小妞,去艺圃茶室闲坐。小妞戏耍小睡,我俩读书聊天。延光阁茶室临水而建,品茶观景两相宜。把茶凭窗隔池南望,远山怪石嶙峋、峰峦起伏、林木萧森,朝爽亭独踞山巅;东乳鱼桥、乳鱼亭、西渡香桥、响月廊,贴水傍山、草掩石障、暗度西东一蹊径;近处池畔嘉木蓊欣,水中倒影历历、锦鳞悠悠,荷叶田田四时景:新荷出春水,夏风送清韵,秋雨奏残荷,冬霜抚老莲。三万顷湖裁一角,七十二峰剪片山。若值初冬，南窗茶座暖日融融，池中金光熠熠，惹得延光阁天棚波光摇曳。看桌上日影无情逝去，白驹过隙；叹人生易老，惆怅莫名；想艺圃几衰几兴，在阊门风月繁华之地，留下一处如画城市山林；问苏州诸多茶室，有几处可与之比肩？

苏州艺圃

外孙女半岁时，一天下午我们仨正在茶室喝茶，进来一名30多岁的女子，眉宇间与我女儿有几分相似。小妞一见脚蹬手舞，口中欢叫。女子笑道："让我抱一抱。"她一开口小妞就明白认错人了，是一位新苏州人。女子说："我在苏州从事文化方面的工作，苏州园林实在无比精妙。我也有个女儿，我一定要让我的女儿喜欢苏州园林。"听此言，我细思量，老苏州人对这份世界文化遗产理应倍加珍惜。

池中荷花两度红,小妞苏州话、普通话,走路都学会,我常带着她在园内说说走走。苏州园林本是私家住宅,艺圃布局尤为分明。入大门沿东路北进,花墙关不住满园景色,透过洞门漏窗时隐时现。过世纶堂、东莱草堂直至内厅,宅门重重、庭院深深。我告诉小妞每处厅堂的用途,但时过境迁,难觅厨灶旧影。东莱草堂内西南角有口古井,小妞指问是什么东西,我教她"乌洞洞、白洞洞,廿四个将军扛不动"的苏州童谣谜。我不知那里是先有井还是先有屋,但知有井用水方便,暑天屋内会飘溢凉气。与小妞在乳鱼亭喂鱼、观鱼,亭中一处文字引经据典将乳鱼解释为幼鱼,我窃思:何不视"乳"字为动词,直释喂鱼亭?也许与亭中楹联"荷淑傍山浴鹤,石桥浮水乳鱼"更为贴切。

小妞好发问,她曾问月亮为什么会弯弯圆圆。漫步响月廊,她又问月亮怎会发声。文人造园讲究意境。辛弃疾有句:"明月别枝惊鹊,清风半夜鸣蝉。"苏轼《记承天寺夜游》写:"庭下如积水空明,水中藻、荇交横,盖竹柏影也。"或秋夜待月,踱步西廊,看蟾兔徐徐浮空。院落溶溶月,荷香淡淡风,拂皱一潭水,满池泛碎银。廊下月影横斜,廊南尽头浴鸥庭院粉墙高耸,藻荇缘墙纵横。惊鸟高枝噪,蝉鸣蛙鼓,是谓响月廊。

故园难夜游,明月梦中听。

曹娥江畔曹娥庙

"黄绢幼妇,外孙齑臼",世称中华字谜之先,隐"绝妙好辞"。

南朝宋《世说新语》记:魏武尝过曹娥碑下,杨修从,见碑背蔡邕题此八字。魏武谓修曰:"解不?"答曰:"解。"魏武曰:"卿未可言,待我思之。"行三十里,魏武始解。叹曰:"我才不及卿,乃觉三十里。"然曹娥碑在上虞曹娥庙,魏武不曾过钱塘。《三国演义》七十一回写曹操兵出潼关,过蔡邕庄,邕女蔡文姬迎入堂内,操偶见壁间悬曹娥碑文图轴有此八字,才女文姬和众谋士均称不知解,唯杨修解,离庄行三里操悟。文章高手自有能耐,设杨修之死伏笔声色不动,说字谜故事天衣无缝。

癸巳年阳春三月,我与老伴随众去上虞。一行人沿曹娥江畔孝女路漫步南行,路左江堤高筑,路右村名曹娥。登堤东眺,江滩野花乱，春水绿如蓝，曹娥江呜咽北奔。西望远山隐隐，近处粉墙耸耸、黛瓦鳞鳞，曹娥庙在村舍怀抱中。史载曹娥会稽上虞人，汉顺帝汉安二年（143年）五月初五，曹父在舜江逆涛迎神，溺死尸不得。娥时年十四，沿江号哭，昼夜不绝声，经十七日仍不得父尸，遂投江而死。至汉桓帝元嘉元年（151年），县长度尚，改葬娥于今址，封墓立碑。后舜江易名曹娥江。

下江堤穿庙北侧小巷，巷深人稀。由北辕门入庙前广场，对面是南辕门。御碑亭贴东照墙而建，立清嘉庆年间敕封曹娥为福应夫人碑。曹娥庙三路向西铺展。北路竖四柱三间石牌坊，清雍正年间敕赐，门楣镌刻"慧感灵孝昭顺纯懿夫人墓道"。南路崇

曹娥庙

功祠，陈列男、女各二十四孝图文。从中路进山门，过天井即正殿，雕梁画栋，正中供台置暖阁，双柱蟠龙，斗拱重檐，阁内端坐曹娥神像，四侍女分站两旁，抬头见梁悬巨匾"孝感动天"。满殿抱柱楹联，有联曰"百行孝为先至性感人余热泪，大江流不尽夕阳终古咽寒涛"，褒扬中饱含悲凄。我与老伴窃议，曹娥故事惨不忍闻，虽传颂千年，却漠视儿女生命，将孝诠释得沉重压抑，曹娥碑中亦记"千夫失声，悼痛万余"。恐不论今古，不论为父为母，都不会赞成曹娥投江，都愿她好好活下去。

曹娥碑置墓道碑亭中。现碑由王安石婿蔡卞摹旧时碑文重书，行楷体，笔法灵动，流韵翻飞。碑额镌刻篆书"后汉会稽孝女之碑"。碑贴墙而立，不见碑阴，碑阳正文前赫然刻"蔡邕题其碑阴云黄绢幼妇外孙齑臼"。焉知碑前南来北往客，几人读碑，几人品谜？

怅然踱出曹娥庙，思忖着何为孝行。偶回首，读山门楹联："事父未能入庙倾诚皆末节，悦亲有道见吾不拜也无妨。"孝是知，更是行。惊天地的孝行毕竟罕闻，多的是凡人凡举，寻常光阴。思念、陪伴、照料父母，哄父母开心，听父母唠叨都是事亲、悦亲，都是孝行。老人安度晚年，需要子女的孝，也需要社会的"孝"，如敬老风气、养老保障。

恍然间，想起诗人梁春宜的《老人》诗句："老人/是幸福指数最灵敏的表针/要了解那里幸福吗/只要去看他的老人。"

三山半落尘世外

甲午清明随儿女、携孙辈,去三山岛。

东山长圻码头,车水马龙。候船厅内嘈杂拥挤,红尘纷扰。我护着孙子挤上渡船,20多分钟后,船抵三山岛先奇码头,游客上岸四散投宿,如倦鸟归巢。儿子事先联系的农家乐孙老板,如约在候。

孙老板告诉我,住地离此仅四五分钟脚程。岛上无汽车,行李放在他的三轮车上,我们随车入深巷北去。紫藤架下串串紫花,清泉庵前汩汩清流。小巷尽头,含笑花开甜香阵阵,枇杷杨梅树冠青青,一处小院门东开,正是孙老板夫妇经营的农家乐。踏进院内,墙角井台,左侧灶厨、饭堂,饭堂内置饭桌仨,东墙另靠一小桌,桌上大玻璃瓶内盛马眼枣浸酒,满瓶宝石琥珀光。一幢两层小楼,楼下客厅,楼上客房。众人安顿完毕，返回先奇桥头。

漫步湖畔长堤，贴水南行，春光含醉意。三步一桃，五步一柳，芳草萋萋，错落石凳秋千椅。烂漫东风起，水荇翠带舞，缤纷落英疏柳西。蓝天碧水，空气如经洗，燕飞莺啼，媲美西湖苏堤。举目西望，大山、行山、小姑山郁郁葱葱，三峰相连相依。七十二峰山色做伴，三万六千顷湖光相随，悠悠环岛路串起点点珠玑。漫道蓬莱仙境，桃花流水人间。

行至长寿桥，右折拾路登中峰行山，绿荫如盖，石阶累累，循山径缓缓盘旋。娘娘庙香烟缭绕，中峰石潭悄怆幽静，危崖高悬一线天。渐行山渐深，乱花迷眼，忘路之远近，疑非尘世，时闻林间鸟鸣。路旁奇石势若蹲虎，四种不同地质年代形成的岩石竟共存此石，天造地设尤物，谁人识破玄机，名"四世同堂"，点石成金。经蓬莱亭、人山桥至山巅，西望近处石坪如床，湖畔农舍果树掩映。远处泽山、巅山似龟背浮水，天水一色，斜阳冉冉，波光粼粼。一双年少坐石床，闲看湖上数峰青。板壁峰孑立山坳，生气勃勃铺陈廿多米，岩壁陡峭、罅隙纵横、藤蔓攀缠、青苔斑驳、鬼斧神工、摄人魂魄，绝色天然翠屏。许是眼馋板壁峰，怡园假山有湖石三爿并立，诩"屏风三叠"。坊间盛传江南三大名石：瑞云峰、绉云峰、玉玲珑，追捧瘦、透、漏、皱，然"短长肥瘦各有态，玉环飞燕谁敢憎"！若论自在坦荡、盎然生命，谁与板壁峰比肩？近处花石纲遗址漫溢

夕照展痕 | 105

寂凉之气，有多少奇峰异石散落他乡，难觅踪迹。画眉锁向金笼听，不及林间自在啼。

作者全家在三山岛板壁峰前留影

一行人回住地。外孙女和孙子窜到我和老伴的房间玩耍，又闯进其他游客家的一对双胞胎男孩，孩子间毫不陌生，席地玩起飞行棋，纯真笑声飘溢耳边。儿媳去厨房帮店主妇灶下烧柴，我在阳台望见久违的炊烟，忆起20世纪80年代初的夏日傍晚，在林屋山顶遇见的缕缕晚烟。楼下孙老板招呼开饭，餐桌上喷喷农家菜，饭堂内融融乡邻情。倒一杯马眼枣酒，抿一口甜得沾嘴，遮掩了酒的浓烈。那桌游客请店家加工刚钓到的鲜鱼，送大家尝鲜。孩子们匆匆吃完饭去玩捉迷藏，院子里传来外孙女、孙子大呼小叫，说夜空月牙弯弯、撒满亮亮暗暗、眨着眼的星星。袅袅炊烟，乡愁撩心弦；熠熠星月，尘世难寻觅。

　　桃花源里入梦乡，忽闻晓莺殷勤啼。

悠悠吴山行

吴山幽幽，可寄乡愁；吴山青青，可忆青春。

古城西郊，珠玑遍地，青山绵绵，林木苍苍。甲午重阳日，我与老伴登花山莲花峰。花山刚刚整修，山林野趣，旧貌新颜。御碑亭前新砌弯弯山路，西去至开阔处，磐石累累，石阶峻险，手足并用奋力攀爬到新建的放鹤亭。向南仰望，莲花峰如含苞石莲，伸手可揽；极目北瞻，岭脊小路向贺九岭逶迤，游人点点。山风拂面，秋日浴身，如绵绵醇酒，勾起旧事件件。

四十八年前的一个秋高气爽日，我与三位同事走过眼前的山路。我并不识路，只是在大学刚毕业参加"四清"时，曾从枫桥到高景山的开山村住过一周，知晓大致方向。四人清早乘公交到枫桥老镇，循杨柳岸沐晓风西行。山翠无边，细泉有音，几度村口讨茶问路。依稀记得经观音山、贺九岭、天池山，冒失穿过兵营,傍晚至灵岩山麓搭车回城。确切线路如烟散无痕。

去年秋日,我和友人在兰风寺喝茶闲聊。时近中午,寺后鹿山有一队人,持登山杖、穿登山鞋,意气风发,行走如飞。借问何处来?答曰灵岩山。欲询路短长,声远无回应。

聊发少年狂。我请教行家从灵岩到兰风寺的路径,告曰:灵岩、焦山、羊肠岭、车厢岭、白马涧、花山、贺九岭、鹿山、兰风寺。我自忖不能冒失,且试走半程。等到深秋,辗转相约六人,带队老胡,山行高手,60多岁,戴眼镜,身材精干。队长择日约众人在龙池车站会合,进花山、缘鸟道、穿踞虎关、过莲花洞、攀五十三参、登莲花峰。脚下野芳幽径,满目奇石古风。

下莲花峰觅小道左拐,贴崖临渊,杂树遮天。行几十步右折,踏山脊北去,脚下路乃由众人踩成。路在人高的竹丛中逶迤,岔道处竹梢上或系红绳,或套空瓶,几处岩体斫出脚窝,尽是前人踪迹。行进中如落后几步,唯闻人声不见人影。至空旷处眺望山下,村边绿树、郭外青山、旷野阡陌、鳞次屋宇,可惜蒙蒙雾霾,斑斑宕口。山坞中一处院落,黄墙蜿蜒,殿宇森严,是谓贺九岭。下坡折向石砌便道,尽头处石关耸耸、草木芃芃,关门内黄墙熠熠。吴地谚语:"天养人,养四方。"黄墙根嵌石碑,刻示:天养人。

穿东关进贺九岭。院内寂寥,石阶遗鸟迹,池水浮落英,山石上镌刻"志载吴王登此贺重九故以名岭云"。东、西两石关乃明代遗物,拱券石门。当年我定是也从东关进来,黑白旧照至今犹存。彼时房舍虽旧却存古韵,今朝道观簇新,已非我记忆中的贺九岭。昔日我曾在关岭上见过"吴王登此贺重九"石碑,古朴精致,不知安在?

贺九岭西关,关内是新修建的道观

盘桓贺九岭,见一60多岁男子正独自徘徊,他说:"欲去兰风寺,误入贺九岭,有缘相逢,就跟定你们。"一并七人出东关左拐,贴黄墙根转至路尽头,右折上鹿山。山虽不高但路难行,队长提醒莫拉树枝,树枝易折,宜拉竹子借劲。牵竹攀草,越岩蛇行,几处陡险,多亏同伴援手,否则无从攀登。至山巅石坪休憩,凉风袭人,俯瞰山下,道路纵横,残峰如阙,兰风寺在望。穿杂草蹊径下山，经景福钟楼，掠摩崖石刻"鹿山赐福"，渐闻梵音。

在兰风寺吃罢素面，出寺门互道再见，队长淡淡说恐无下次相聚。然正和风抚山，甘露润林，绿宕口、疏涧泉、植草树、筑山道、起亭台、修寺庙，烟霞重绘、娇容再描。山幽幽、路悠悠，引得男女老少健身远足，访古探胜觅乡愁。谁能料：

缘落缘起，山道回首再遇？

满眼沧桑黄陵庙

大江东逝,梦萦三峡。

那年暑游三峡,头天晚宿葛洲坝上游南津关的游船上。翌日溯江而上。西望重岩如阙,江出其中,波光粼粼;两岸叠嶂障目,嶙峋突兀,林木森森。山村、涧溪、虹桥、渡口、航标、渔夫、江滩坠石、往来舟楫,络绎不绝。龙进溪入江处千层峰峦、锦帆待发,"三峡人家"酒旗招展,川江号子山呼谷应。导游炫耀说:"这段西陵峡保留着三峡大坝未建前的风貌。"船过黄陵庙水文站,标尺显示水位66米。中午,船靠南岸黄陵庙码头。

上岸乘车去三峡大坝景区。景区制高点形似一个倒扣的泡菜坛,故号坛子岭。冒酷暑登岭顶,举目远眺气蒸氤氲,三峡大坝全貌影影绰绰;俯瞰左侧劈山开峡,双线五级船闸历历落落。岭前开阔地上,布列着大坝扎根河床的坝址石芯,以及截流用的混凝土浇筑的四面体模型。一捧巨书状不锈钢雕塑，记录着三峡工程的种种奇迹。

车回黄陵庙码头。庙围以红墙，山门灰墙黛瓦，彩绘精雕，门楣竖书金字"老黄陵庙"，两侧有神兽护佑。传庙始建于春秋战国时期，名黄牛庙，祀黄牛神。蜀汉诸葛亮重建，所镌刻的《黄牛庙记》载黄牛神助禹治水之说。唐始建禹王殿，祭大禹，称黄陵庙。南宋陆游入蜀曾泊舟庙下，记"夜，舟人来告，请无击更鼓，云：庙后山中多虎，闻鼓则出"。《水经注》写西陵峡"猿鸣至清，山谷传响，泠泠不绝"。虎啸猿啼早成传奇。建葛洲坝后，黄陵庙高出江岸三十多级台阶。骄阳如火，耀得庙后高处黄牛岩灰白色的崖壁晃眼，委实看不出"石色如人负刀牵牛，人黑牛黄"。巍巍黄陵庙仿佛千岁老人，日夜守望大江西来东奔。看迁客骚人"千里江陵一日还"，听行者苦吟"朝发黄牛，暮宿黄牛。三朝三暮，黄牛如故"。同治庚午年（1870年）洪水曾淹没其身躯，禹王殿大柱上端至今遗有印痕。东顾葛洲坝截流，西眺三峡工程兴起，目睹百年梦想成真。人间岁月如流水，江上巨变覆天地。

夕阳在山，游船辞黄陵庙，西去大坝船闸，随其他四船缓缓驶入第一级船闸，闸壁画有标尺，水位变化了然。这厢里游人拥上甲板争看游船爬高，那厢里货船船员悠闲抛下钓竿。仰望南侧下行船闸中尚处高水位的船只，宛若空中泛舟。东首两扇闸门徐徐关闭，两门间水天渐趋一线直至消失。闸内水涨船高，待与第二级船闸中的水位持平，前方第二道闸门渐开，众船鱼贯驶入第二级船闸，第二道闸门关，再水涨船高。如此四番，闸内水位已达147米。当第四级船闸的前方闸门渐渐开启时，惊见第五级船闸前方的最后一道闸门竟洞开着，原来船过四闸后水位已与坝西相当。

船过第四第五闸室，驶入高峡平湖

  暮霭朦胧、繁灯闪烁。相连两闸室长近600米，左右两壁局促，前方深邃静谧，恍若陷入时空隧道。心中忐忑，不知游船翻高80多米，将入何境？

  游船出闸，高峡平湖似镜开；回首大坝，璀璨光带贯南北。两岸青山隐隐、灯火熠熠；江上轻雾蒙蒙、细波粼粼。

  已越千年。

三峡依然精彩

2011年暑，我和老伴参加旅游团，去看三峡大坝建成后的新三峡。

头天傍晚，就住到旅游船上，船泊葛洲坝上游的南津关。二十二年前，我曾乘船从重庆顺流到南京，当时葛洲坝已建成，记得上次过葛洲坝船闸，前后水位有约20米的落差。翌日天明，游船在西陵峡溯江而上，导游炫耀说："这段西陵峡保留着三峡大坝未建前的风貌。"在黄陵庙水文站看到水位是66米。近中午12点，船靠黄陵庙码头，上岸乘车去参观三峡大坝。

时值中午，骄阳如火。去了大坝景区两个地方：一是185观景平台。地处大坝北端，因海拔185米而命名，与坝顶高程持平。那里可清楚地瞭望大坝的西侧面，东侧面则看不清，坝上又禁止去，体验不出大坝两侧的水位落差。二是坛子岭景点。

坛子岭海拔262.48米，酷似一个倒扣的泡菜坛子，是大坝旅游区的制高点。冒暑登上坛子岭顶，从右前方可远眺大坝全貌，可观坝前坝后的水位落差；从左侧可俯瞰劈山建成的双线五级船闸，上下游水位落差最大达113米，被导游戏称为长江"第四峡"。坛子岭前开阔地上，布列着截流用的混凝土浇筑的四面体模型，取自大坝扎根河床的坝基石芯和一块江底奇石，一部不锈钢铸成的两人多高的"巨书"，镌刻着三峡工程的种种奇迹。

下午2点许，回到黄陵庙码头。黄陵庙临江而建，红墙黄瓦、金碧辉煌，全国重点文物保护单位的石碑竖立在庙门西侧，门楣上方竖书的"老黃陵庙"四字闪烁着诱人的金光。真想进去拜谒，导游却声声催促，说要在4点前赶到船闸处。我只能在门口探头探脑窥测一番，拍几张照片解馋。

游船于4点15分驶到船闸前，4点40分缓缓驶入第一级船闸，分两排共进了大小5条船，游船前面是一艘大型货船，满载黄沙。望见左边下行船闸中尚处于高水位的船只，状如陆地行舟一般。第一道闸门慢慢关闭，水位逐渐上升20米许，待与第二级船闸中的水位持平，前方第二道闸门开，5条船相继驶入第二级船闸，第二道闸门关，再重演前戏。如此四番，水位已达147米。由于大坝上游水位未在最高位，在第四级船闸的前方闸门打开时，发现第五级船闸前方的最后一道闸门也洞开

站在坛子岭顶俯瞰劈山建成的双线五级船闸

着,游船长驱直入,在夜幕中一气通过宽 30 多米、长近 600 米的第四、第五两处闸室,穿越"第四峡",进入高峡平湖。

说时快,那时慢。游船翻过大坝,已 7 点 45 分。回首大坝,一条长长的璀璨光带,横亘在平静的水面。两岸灯火闪烁,江上雾气弥漫,该进舱休息了。

第三日清晨 6 点,游船行驶到巫峡十二峰。前番过三峡看北岸神女峰上的"神女",如细木棍一般,这次由于水位升高,变得清晰可见,甚至看得清微微后仰的姿态。神女无恙,更近人间。近 8 点,游船停靠巫山,望巫山新城,迷迷蒙蒙,山坡上高楼林立,江边耸立着"打造特色渝东门户,建设生态和谐巫山"的大幅标语。几艘灵活的渔船飞快地围上来,用缚在竹竿上的网兜向游客兜售煮熟了的长江鱼虾。游客要在此换乘两层小游轮观光大宁河小三峡,峡口的水位标尺上清楚地显示出147米,而最高蓄水位175米线以下是裸露的岩石,少有植物。

下午3点,游船驶近夔门。在船上可望见北岸石壁上"开辟奇功"四个楷书大字石刻,那是夔门古栈道的遗迹,它在最高水位的水痕线以下,看到便是运气。南岸石壁上望得见隶书:"夔门天下雄,舰机轻轻过"和篆书"巍哉夔峡"两处擘窠摩崖石刻,这是从低处切割移建来的,好像还有观景台和其他石刻,但看不真切。游船驶进江北赤甲山和江南白盐山之间的江面,就过了夔门。夔门仍苍雄,但以前过夔门时眼前天昏地暗、耳边风声呼呼的感觉没了。出夔门看见白帝城,就出了三峡。

蓦然间想起两段描述三峡的经典文字。"自三峡七百里中,两岸连山,略无阙处。重岩叠嶂,隐天蔽日,自非亭午夜分,不见曦月。"现"两岸连山"如故,"隐天蔽日"不再,"老照片"记录的三峡山水,精彩绝伦,弥足珍贵。"更立西江石壁,截断巫山云雨,高峡出平湖。神女应无恙,当惊世界殊。"这是伟人超越时空描摹的"现代油画",美轮美奂,气凌霄汉。

三峡依然精彩。

幽谷曲流入梦来

漂流上清溪，犹入上清境。

上清溪匿身于福建泰宁深山幽谷之中，在重重叠叠的丹霞峰林间任性切割、迤逦穿行。站在镌刻"上清溪"三字巨石的入口处，尚不见溪流，待右行数十步，溪现路左，满川乱石。漂流时乘竹筏，筏由长近5米的粗竹打造，9根竹子并排扎成一小筏，两小筏再联排成一大筏，宽逾2米。筏尾平伸，筏首高昂，筏上分两排固定6张竹椅，待6名游客身穿救生衣坐稳椅上，筏首、筏尾各跳上1名艄公，手执竹篙，一声呼哨，放筏顺流箭去，溅起细浪如喷雪。

坐筏观景，筏循溪转，溪依峰回，人随筏行。夹岸危崖壁立、略无阙处、怪岩奇峰、刀劈斧削。崖上林木葱郁，树藤交柯。谷中闲花幽草，绿苔如茵。人传岭间有野生猴群出没，林深处传来鸟鸣。岩壁裸露处呈赤褐色,遍布或大或小、或圆或扁、或深或浅的槽穴。两处高高的岩穴中,构筑着硕大鹰巢,竹筏轻越鹰隼领地。时见山崖悬垂小股瀑布,犹如珠帘高挂,飘飘洒洒,碎玉坠溪。溪水泠洌,蜿蜒盘桓,从容奔流,汩汩有音。峰回才藏身后画,溪转又展眼前景。

上清溪峡谷

筏上坐的都是熟人,退休后散游东西南北,惯看秋月春风,谈笑间并无拘束。这人说:"湘西猛洞河漂流号称天下第一漂,水道跌宕奔腾,但山景不及此处奇特,且水仗纷乱,有碍观景,老人不宜。"那人评:"武夷山九曲溪漂流宛宛、山明水秀。然上清溪危峡束流,最窄处仅容单筏勉强挤过,抬头天似河,俯首水底天。溪幽谷深、山空水碧,奢望看见长空鹰搏,听到两岸猿声。超然野趣。"

筏上艄公矫捷机敏，对谷内峰滩尽谙心中。立筏首者目不转睛盯着迎面险石，一一点篙避让，化险为夷。站筏尾者年50许，眼角鱼尾纹宛若刀刻。他一边稳稳驾驭竹筏航向，一边滔滔不绝地品说这石那峰，似物似兽。他指着绝壁10多米高处洞口所横竹竿，以及洪水留下的印痕，道是乾隆年间发大水的遗迹。我暗忖发大水确有其事，年代或恐未必。面对崖壁洞穴群，他有能耐从中勾勒出漫画式脸谱，念一串顺口溜，挂勾贪官嘴脸。他有原生态好声音，亮开嗓子吼起地道山歌，山鸣谷应。唱到得意时闭眼拖腔，左手握拳高举，右手执篙平伸，脸上的每一条皱纹都化为笑意。游人半躺半坐，倦眼半闭半睁，歌声好像从幽幽深谷悠悠飘来，直叫人忘了烦恼、忘了疲倦、忘了时辰。醉在歌声里，融进山水间，远离尘嚣地，仿佛入梦境。

恍惚间，浮想起"自非亭午夜分，不见曦月"之句，勾起心底《三峡》绝篇。峡谷洪荒、大江东奔、清荣峻茂、险秀雄奇，不老渔歌："巴东三峡巫峡长，猿鸣三声泪沾裳！"悲怆凄凉、摄人魂魄、撞人心灵。如今三峡两岸连山依旧，隐天蔽日不再，唯有千古文字，将三峡的险峻、壮美、秀逸、苍劲和悲凉驻留世人心头。

梦三峡。

旧门故燕飞

甲午夏日雨后，嵊州城西。

路旁停车场立石高逾 2 米，镌刻"崇仁古镇"几个字。环顾四周，没有显赫牌楼，没有熙攘游人，何处入古镇？

立石北十数步踞方形石亭，单檐攒尖顶，石柱上铭仿木楹联："石鼓长松标劲节，菱塘止水照冰心。"迎面来一老者说："是黄氏节烈碑亭，民国十年（1921年）建，亭内原置石碑。"此类遗迹弥漫凄恻，故事大多惨不忍闻。石亭西北不远处巷口的伟镇庙大门闭锁，透过门栅窥看，旧戏台撂芃芃蒿草里。东墙外贴半亩方塘，白墙黑字"太平菱塘"，止水中古庙倒影静邃。由楹联猜度，黄氏在此了却宝贵生命？正欲进巷，忽听身后老者高呼："入口处在南面！"

依停车场西沿南行，左侧公路车来车往，右侧粉墙斑驳栉比，宛若一垂幽帘。南头溪流寂寞，水畔竖民国初年的指道碑，详刻崇仁四方通途。当年此处定是往来衢地。古镇始建于宋，兴于明清，竟已越千年。现存一百多座台门、十多处祠堂庙宇。2006年，崇仁村建筑群被国务院列为全国重点文物保护单位。

西拐入陋巷，巷巷勾连。巷宽2米许，墙脚绿苔茸茸，夹巷高墙斑斑，如苍崖绝壁。卵石铺路，纵向砌三道，中阔边窄，泛冷冷青光，似片片蛇鳞。循巷漫行，老井石窗马头墙，砖雕石刻过街楼，散发隔世气息，宛如触摸尘封岁月，翻看旧年卷帙。路经玉山公祠、大夫第台门、樵溪台门、敬承书房、老屋台门、静轩台门、云亭台门、朝北台门，这些大门或开或闭。恍惚间，想起自己年少时从临顿路老屋去大儒中心小学读书，穿北显子巷，经仁孝里到大儒巷，巷静宅深。三转四弯，难辨南北西东，迷失在童年时光里。

玉山公祠大门紧闭。路人告说崇仁裘氏为纪念先祖玉山公，在清乾隆年间修建此祠。祠内古戏台构建精湛。民国时期，傅全香曾冲破禁止女子在该祠堂戏台演戏的封建陋俗，登台演出。此后，袁雪芬、筱丹桂等相继在此戏台亮相。嵊州是越剧发源地，古镇有越剧故乡的重要文化遗脉。踮脚从墙头漏窗张望，院子内花木扶疏，安宁静谧，似乎隐约传出《十八相送》咿咿呜呜唱声。

老屋台门内天井宽敞，大块石板砌成排水暗道，井、水缸、盆栽、闲草萋萋。四周廊庑相通，窗棂雕刻精致，三开间正房和厢房均建两层，难知浅深。廊下藤椅上坐位老婆婆，老婆婆絮絮叨叨："这里都是大人家，分户合族、聚只一家。"座座台门掩隐沧桑往事，栖息古镇灵魂。

后门塘

踏进后门塘畔的朝北台门，墙门间置一桌两凳，桌上摊数学练习册，一位长者正辅导孙女功课。客堂檐下悬一对红灯笼，梁间燕巢座座，堂前轻燕翩翩。厢房窗板分刻"月明华屋、画桥碧阴、金樽酒满、伴客弹琴"，雅喻四时景。我说："许是读书人家。"长者答："三代留学生，诗书继世长。"

骤下纷纷雨，问询出古镇。回首处：烟霭蒙蒙，往事悠悠，风流总被雨打风吹去；庭院深深，台门幽幽，经年累月与百姓相伴相守。知否，知否？

故燕识旧巢，年年回台门。

唯有青山依旧

世事白云苍狗。

友人年轻时求学杭州,毕业后在浙江几地教书多年,谈起浙江风光,如数家珍。十几年前,他与我闲聊嵊州,说那里是越剧源头,有青山绿水,有王羲之遗迹,相约共游。2014年春上告诉我,他的大学同学相约4月聚会嵊州,邀我同行。正窃喜间,突然一向健康的他罹患大病,急需手术,无缘下嵊州。遗憾中由春入夏,我却随缘去嵊州。

由嵊州城东去,五十里佳山丽水,应接不暇。掠过华堂古村,传王羲之二十六世孙王弘基始率族人聚居此地,历八百年繁衍生息。再行两里,至金庭观。东晋永和九年(353年)三月初三,名士风云际会山阴兰亭,流觞曲水,畅叙幽情,成诗三十七篇,书圣酒后挥就《兰亭序》,韶媚遒劲,谓有神助,何等意气风发，倜傥风流。孰料仅过两年，王羲之即弃官隐退，偕妻、子隐居嵊州金庭。又七年，未及花甲辞世，葬于金庭瀑布山麓。五世孙舍宅为观，至南齐高帝赐名金庭观。兰亭帖在王家传至七世孙智永，其少年出家，后传于弟子辩才。惹得唐太宗眼馋，遂使萧翼赚兰亭。兰亭真迹今何在？扑朔迷离，众说纷纭，传已殉葬昭陵。天下第一行书，演绎千古传奇。

金庭观

金庭观粉墙黛瓦，殿宇森森。观前古木苍苍，观后青山隐隐。东邻石坊刻"晋王右军墓道"，背面"道光二十九年"几字清晰。踱进观内，两侧廊庑陈列壁画书法，书圣殿坐北朝南，殿正中供奉书圣夫妇坐像。殿后右军祠，祠内置根雕书圣立像，矍铄清朗、衣襟临风。西侧清流激湍，雪溪书院重楼飞檐，楼下陈列着书法交流活动时的照片,其中竟有日本的老年大学千里迢迢组团来此留影。

书圣墓就在雪溪书院后的山坡上。出金庭观边门,沿墓道缓步上山,路畔流水潺潺、绿苔茸茸,举目峰峦重重、林木欣欣。过白石桥,越数十级石阶,山坳中一捧小巧方形石亭单檐飞角,亭中竖石碑,镌刻"晋王右军墓"几个字,背面"大明弘治十五年"字样依稀可识。亭后古丘石围,冢顶幽草萋萋。墓址虽世有绍兴、诸暨、嵊州之争,然可瞻拜者仅金庭。墓前西侧数棵樱花树窈窕婀娜,刻隶书《兰亭序》。书圣若有灵,当叹奈若何。

沿墓道下山。东南侧乱竹杂树、荫翳遮天。爬山虎缀满土墙,圈盘着一处院落,围墙南北两门洞开,入南门,劈面见木牌,书"墓庐"。东晋升平五年(361年)书圣病逝,子孙在墓侧筑室为庐,世代守墓尽孝至今。传现墓庐主人是书圣第五十六代裔孙。院内碎石铺地,南北两处陋房,泥墙斑驳,屋顶蔓草肆行,由檐口悬垂,参差披拂。北向屋内灶具杂物,南向屋置简陋床铺,几缕日光穿屋顶瓦缝漏洒,一名六旬许的汉子里外忙碌。我连问几声:"先生可是书圣王羲之的后裔?"不知是他没听见,还是不愿搭理,并无回应。我喏喏着退出墓庐。《兰亭序》有句:"后之视今,亦犹今之视昔。"人间岁月东逝水,浪花淘尽风流。春风秋月、烟树衰草、寂寂庭院、一抔黄土,渺渺使人愁。

友人若问嵊州事,我道青山依旧。

月落平安寨

桂林山水，名闻天下。龙脊梯田，称绝桂林。

龙脊梯田景区在桂林市北百千米的龙胜各族自治县，包括平安壮族梯田和金坑红瑶梯田两个景区，总面积60多平方千米。2007年8月，我与人结伴去了那里。

景区售票处设在金竹壮寨的一条短街西口，街两侧商肆林立，销售山货土特产、民族工艺品。街北溪涧清流汩汩，乱石磊磊，虹桥飞南北。溪涧对岸梯田茫茫，小径悠悠，蜿蜒入深山。沿街东去至二龙桥景区乘车处，路边设摊妇女多来自附近黄洛红瑶长发村，头绾硕大发髻，乌黑油亮似团云。人传若松开发髻，发如瀑布几可及地。

乘景区专车北去，6千米山道盘盘七十九弯，至平安壮族梯田观景区大门口。原木修建的门楼重檐三间，质朴无华，檐下书"龙脊"。进门缓步前行，远近皆山，梯田层层叠叠，将山头遮掩得严严实实。山路以石板铺就，时遇外国游人和身背竹篓的当地人。峰回路转，幽幽山坳，环抱着平安寨。

平安寨一百来户人家皆壮族。村寨里小路纵横交叉，干栏式吊脚楼依坡而建，赭色木墙黛色瓦，高低错落、鳞次栉比。底层或石片砌垫，状似地堡；或立柱支撑，凌空若飞。楼下溪流潺潺，数只鸭子觅凉游戏。几处壮家人挑出的平台上，摊晒着辣椒、玉米，红若宝石黄若金。阿蒙家、揽月阁、七星伴月、龙脊人家、欣欣农家乐，装点吊脚楼。仰望高处远山连绵，暑气氤氲，绿树掩映吊脚楼群，有楼竟高七层，村民、游人、马匹如行壁上，宛若海市蜃楼。

穿平安寨，山道弯弯，右贴崖，左临谷。路旁搭几顶凉棚，半搁山道半悬空，三两游客品茶闲谈摄影。冒酷暑登山寨后观景台，举目眺望，峰峦逶迤起伏，梯田无边无垠，犹如恢宏雕塑驰骋天地间。观景台左侧两条葱茏山岭自北向南肆意奔来，山口衔含平安寨。正前方相邻山头上，七小块圆形田地突兀峰巅，左四右三，守护着山间弯弯的月亮田，故名"七星伴月"。遐想春耕时节，烟雨纷纷，云霭谷中出；水田漫漫，老牛山上耕。白日如镜镶群峰，月夜似银撒山峦。如梦如幻，神奇龙脊。

龙脊梯田始拓于元，峻于明末清初。莫道愚公移山是神话，龙脊壮、瑶之民是真"愚公"。数百载风风雨雨，几十代薪火

"七星伴月"

相传。筑梯田、建村寨,顺坡就势,与自然和谐相处,艰苦卓绝,成就农耕奇迹。先人们恐未想到,当年为稻粱谋而开拓的梯田,如今形成浓厚的少数民族文化气息,演化为奇特的景观。一处遗产,双份资源,时代奇迹。

最羡春山花月夜,借宿揽月阁,把酒临窗,吟一曲明月几时有?听壮寨晚唱,清辉浸龙脊。月落山巅七星伴,问婵娟何在,天上?人间?

不敢高声语,恐惊天上人。

又到问茶时

柳荫渐浓菜花黄，又到雨前问茶时。

西湖群山，真容难描。若从灵隐寺附近上山，掠三天竺、中天竺、上天竺，折入狮峰，沿"十里琅珰"步道南往，翻五云山，可直抵云栖竹径。漫步山际，看西湖镜开、叠嶂四围，闻古刹梵呗、幽篁泠泠。五云山巅真际寺遗址前，千年银杏生机勃勃，壁间镶嵌镌刻毛主席手书《七绝·五云山》的诗碑："若问杭州何处好，此中听得野莺啼。"这条山道中段称琅珰岭，岭下龙井村，隐映在群峰怀抱中。

龙井村北枕狮峰，山麓依崖贮一泓寒碧，崖壁刻苏东坡题"老龙井"，旧时与虎跑、玉泉并称西湖三大名泉。九溪源自老龙井，挟九坞涓浍匆匆下山，困在石板砌成的沟渠中，小心翼翼穿村南去。村尾处溪流突然摆脱束缚，如同脱缰之马。远眺前方峰峦夹峙、草木蔚秀、游人稀少、车辆绝迹,卵石如玉铺就曲屈幽径,不沾尘嚣。溪水或左或右,或从路面肆意漫溢,又有峰间纷纷细流汇合,是谓九溪十八涧。

在村尾右拐登坡,三转两折,小道深处,便是茶农老徐家。十七年前,我与他因茶缘结识,几乎年年三四月间问茶龙井。明张岱写老龙井有"南为九溪,路通徐村"句,猜度老徐家是世代居此。记得老徐告诉我,西湖新十景的"龙井问茶",就语出村里一位长者。我最近三年未去,2015年忽然任性,趁春日呼朋唤友结伴前往。

适问茶时节,家家门外叮咚水,户户堂前炒新茗。徐家庭院北倚狮峰,南瞰山坞,老徐闻讯出门相迎。掐指算来,他年届七秩,明显较前苍老,唯笑容依旧。几年前东邻迁离,堂前院子东扩,搭棚置茶桌,空地摊篾席,晾着刚采下的青茶。西侧檐下,自动炒茶机正唰唰地将茶叶杀青,茶香在空气中弥漫,老徐说龙井茶最后还需手工成品。他老伴正在厨房忙碌,五年前她罹患癌症,如今仍内外操劳,我见她比之前胖些,她说老伴关心,儿女孝心,助她渡过险境。

老徐沏上好茶,一饮洗尘,二饮解渴,三饮消倦乏。众人问毕茶事,老徐率四五个帮手,去东厢为我们包扎茶叶。春风拂面,阳光和煦,闲看屋前山坞景。满目茶树如绿浪,数十名采茶女子身背竹篓,鱼贯走入茶园劳作,勾起我由此上狮峰的回忆。我曾两度踏龙井茶园蹊径登山,退休前北上灵隐,退休后南下云栖,竟时跨十年。我第一次打扰老徐家正值元旦假期,看到老徐的外孙女甜睡在摇篮里,如今却已是高中学生。问茶时节又曾借宿他家二楼,深夜飘茶香,拂晓闻莺啼。日出日落似漫长,冬去春来如梭飞。老徐儿子亦成家添丁,全家八口,其乐融融,儿女辈个个孝顺,工作都在城里。西厨北墙上悬挂老徐双亲遗照,目光慈祥,伴着些许迷离,犹问:田园牧歌般的龙井问茶,如何传承?

几时再听野莺啼。

三生圣迹隐南明

明张岱西湖大石佛院诗,笔底纵横驰骋。"余少爱嬉游,名山恣探讨。"写泰岳,写普陀,写天竺,写齐云,写"自到南明山,石佛出云表。食指及拇指,七尺犹未了"。

南明山在浙江新昌县城西南,谷幽山深,离闹市仅一箭之地。石佛雕凿恰"南朝四百八十寺,多少楼台烟雨中"之时,由僧护、僧淑、僧祐前后相承住持,跨南齐、南梁两代,历三十年,世称三生圣迹。

20年前,我在新昌夜宿,翌日早起,不经意间从熙攘街市进入大佛寺,匆匆游览,心想择日再来。越三年,春节期间我偕妻、女赴新昌,大佛寺外围正在整修。2014年夏再去新昌。

清晨细雨,淅淅沥沥。从人民西路南折,穿"石城"门楼,过"大佛寺"牌坊,夹道树木葱葱,溪流淙淙。掠白云湖、悟真亭、锯解岩，至双林石窟。路东危崖刀劈斧削，新建卧佛殿高悬绝壁，殿左右崖岩镌刻护法力士，两侧栈道如双翼展飞。拾级而上，窟内岩体雕巨型卧佛，现释迦牟尼涅槃之境。伫立殿前凭栏四望，崖下雾气蒙蒙，绿荫如盖，游人如蚁；北眺古城，烟云明灭，遥想诗仙梦天姥，不知黄粱何地；西览远处，密林黄墙，山巅止塑大佛头，日夜笑颜看世间；南望层林叠翠，奇岩突兀，幽谷苍茫，掩翳大佛寺。古迹新景，气息相承，空灵飘逸，似隔凡尘。

下殿缓步前行。"南朝古刹"，石坊高耸。"东晋高风远，南朝圣迹南朝寺；盛唐翰墨香，一路风光一路诗。"谒佛心广场，进大佛寺山门。放生双池映山色，水天空碧伴梵宇，池畔岩坡刻弘一法师书"南无阿弥陀佛"。穿"石城古刹"坊、天王殿，两峰夹蹊径，西侧石壁铭米芾题"面壁"。洞天骤开处，蓦见大佛殿。

大殿贴苍崖而起，斗拱飞檐，楼阁五重，逐层收缩呈塔状，巍巍壮观。檐下悬金匾五：逍遥楼、弥勒洞天、三生圣迹、宝相庄严、大雄宝殿。佛道同存。殿内弥勒大佛结跏趺坐，颜容慈爱恬静。刘勰的《梁建安王造剡山石城寺石像碑》，记造像之艰辛，"天工人巧，幽显符合"。他赞石佛乃不世之宝、无等之业。大佛通高 16.3 米，人称"江南第一大佛"，与北魏皇室所建云冈"昙曜五窟"大佛南北辉映。大殿内悬蔡元培所撰楹联：理哲家言同源西圣，华严法界现象南明。语妙理精。

辞大殿进内院，宋代古银杏枝繁叶茂，树顶香樟招展，一粗壮女贞已与银杏合体，又有桂花、榆树各一，五树连理。旁有精舍，悬"天然胜景"匾，门联"客上天然居，居然天上客；人过大佛寺，寺佛大过人"。虽属陈联，或有别意。人乃天地过客，终将回归天地。春去春回，花开花谢，秋风秋雨，月晴月阴。春花秋月无了时，大佛慈颜观尘世。因果轮回，天地人生。

张岱西湖大石佛院诗有句："而我独不然，参禅已到老。入地而摩天，何在非佛道。"

禅意难尽言。

白云生处有晚晴

乙未年消夏龙登台。

龙登台在浙江安吉长龙山巅。大巴抵安吉下高速南去,掠天荒坪镇、穿千米隧道、到大溪村。农家乐的谢老板如约在候。

大溪村溪涧贯南北,峰峦屏西东。谢老板遥指东山顶上,云雾缭绕,铁塔高耸。"那里就是龙登台!"

坐上谢老板驾驶的面包车,车循山路盘旋。长龙山海拔860多米,路回难记几多曲,谢老板却说:"自大溪村至山顶外长龙村共116个弯,一位上海客人几次随我车进出细细数得。我在村口第一家。"

谢家坐东朝西,临街一幢四层楼,设前厅、客房、餐厅和活动室。二楼有一仿古遮阳平台,檐下悬灯笼,栏旁置桌椅。由外楼梯登平台,经二楼前厅进内院。东望峰峦逶迤,遍山翠竹；南侧双池相连，水中畜鱼。山涧清澈，淙淙东来，穿池西去，日夜欢腾奔流。池南鸡鸭游荡，菜畦葱绿。北侧即是供我们投宿的小楼。溪畔田园，深山农家，远峰有色，近水有声，无酒亦醉人。

晚饭后在平台抚栏闲看。绿丛中点缀幢幢红瓦灰墙小楼。电线上歇数十只轻燕，或啄羽似整衣，或受风高低飞。路上散步者三三两两，空旷处跳广场舞者兴致勃勃，多是皓首人。西眺远山，东坡朦胧，上空尚明，白天黑夜正在山头悄悄交接。

是夜，窗外风飒飒、水琤琤，如七弦泠泠。骤起咣咣金石声，余音嗡嗡，如击玉罄，莫名何物鼓鸣。天籁伴我入梦乡，忽闻窗外声如潮，起身探寻，急雨嘈嘈如大弦，谁家晓鸡报天明。

早餐后沏茶一壶，在平台与老伴依栏对坐，神安气定品茶赏雨景。雨如注，山涧奔势急，檐下水串线。西山坞雾气蒙蒙，似云非云，似烟非烟。风骤起，撩开烟帐一角，雨峰时隐时现。

老伴同事史老师也在平台闲坐，三人畅聊天南海北、说古谈今。史老师年逾八秩、清癯矍铄。近几年他年年来此，山上暑日最高气温29摄氏度，不需空调，绝少蚊虫，山泉甘洌，空气清新。谢老板趁雨偷闲过来攀谈。他告诉我们：进村公路1980年才修通，过去山上进出唯有一条如悬绝壁的山沟，乱石磊磊、潭瀑众多、路隘苔滑、山陡水险，勾连外长龙、大溪两村，现已开发成号称"藏龙百瀑"的旅游景点。村里有位耄耋好婆，山下孝丰镇人，年轻时随夫上山居住，后几次三番欲回娘家，可怜未出山沟就被拦回。白发老媪今犹在，逢人喜说今昔。

傍晚雨停，最宜去龙登台观云。依路北行，至村尾折入幽幽竹径。篁竹无垠，绿翠染衣衫；蝉鸣不绝，寒露滴清音。路尽头断崖处即龙登台。极目放眼，西北岭巅天荒坪水库大坝影影绰绰；俯瞰谷底，大溪村、曹家坞房舍道路历历可辨。公路南北纵贯大溪村，辗转百旋跃登长龙山；一条岔路在村头西拐，蜿蜒穿曹家坞攀水库，宛如双龙盘桓崇山峻岭间。竹海浩瀚，层峦叠翠，白云如絮，悠悠游弋，西天晚霞，殷红绚丽，惹得千嶂似沸涛，收尽一天风雨。

人间晚晴。

在龙登台俯瞰谷底

夕照屐痕 | 139

寒山一瓢月

秋意侵寒山。

寒山在天平山北，支硎山西。山本无名，明高士赵宧光（字凡夫）奉父遗言卜山葬父，偕妻、子隐居此山。因支硎中峰有寒泉，名亦清远，遂命之曰寒山。赵宧光自夸在寒山"营筑三四年，而荆榛瓦砾之场皆成名胜矣"。时人亦称："山不知何名，字山以寒，而单之志之，自凡夫始。"评寒山："吴阊之间，几与虎丘、天池池声域外矣。"山水魅力离不开其所载的文化，文化如江南二寻春风、氤氲春雨，给一座荒山植入生命、注入魂魄。清中期后，寒山形胜渐衰，庭院俱毁，只留下如梦往事、遍山石刻、纷纷烟霭、幽幽青山。

家炎先生世居苏州，退休后探寻摩崖石刻，足迹遍及郊野。2015年秋高气爽日，我随他去寒山。

清晨进天平，初阳染枫林。我俩缓步御道，穿童梓门一路下坡，左拐进法螺寺山门。家炎先生多次来过寒山，他说先去寻找传为赵宧光手书的"寒山"石刻。寺依山而建，循石阶上行，东折入野径，跄过木跳板，脚下杂草遮掩，不知山谷浅深。拨开乱竹，尽头处岩壁陡险，壁上擘窠大字"寒山"依稀可辨，石刻几乎湮没在岁月长河里。

由寺内侧门入西院，路旁石坎浑然天成，"阳阿"篆刻赫然在目。现法螺寺似非重建在原址，赵宧光所撰《寒山志》记空空庵，"为涅槃岭门户，二石坎，曰阳阿，即奇不逮瀄滵，而与幽宅相前后也。道旁凿石井，以饮渴者，曰种玉浆。傍井听家童为山坫，柴门篱下，插以酒旗"。我猜赵宧光待客的小宛堂旧址也应在近处。天朗气清，山风飒飒，我傍"阳阿"走过。人道青山归去好，寒山曾有宧光归。秋风仿佛送来隐士吟诗声："问余何意栖碧山，笑而不答心自闲。"

贴西墙北去，野草纷杂，几及人高，四下静谧。掠僧人坟茔东折，拨开苍崖前杂树，崖壁现五处碑刻，在斑驳陆离的阳光下闪现几分诡谲。其中落款"乾隆丁丑仲春御笔"的五言诗碑清晰可辨："泉出寒山寒，秀分支硎支。昔游曾未到，名则常闻之。……孰谓宧光往，斯人如在斯。"乾隆对寒山仰慕已久，读至末尾两句，飘忽难解，我莫名感到斯人踪影。

出寺西行登寒山岭，怪石磊磊、草木榛榛。家炎先生遥指东首山巅，危石耸立，裂隙纵贯如合掌，说石上刻"芙蓉"，是谓芙蓉峰。在似路非路处披蓁历莽，跟跄攀登。凄凄断垣、粼粼潭水、苍藤老树、孤云群鸦、嶙峋山石、几节残径，诉说着曾经的山地园林。石壁峭立处铭径尺大字"千尺雪"，清人记"明赵宧光凿山引泉，缘石壁而下，飞瀑如雪，不减匡庐"。家炎先生告诉我，十多年前他首次到寒山，壁下尚有水流，只今唯见蓬蓬蒿草、隐隐水痕。北向近处绝崖刻赵宧光父亲拂水岩诗句："奔泉静注千寻壑，飞瀑晴回万仞峰。"西转至另一山崖，崖顶蔓藤缠悬，上端一方乾隆诗碑保存完好，落款"题寒山千尺雪长句乾隆辛未仲春御笔"，末两句"雪香在梅色在水，其声乃在虚无间"。乾隆醉倒千尺雪。

过"丹井"崖刻，至山巅石坪。坪上天生水沼，径逾1米，水深半米，荇草摇曳，清可见底。家炎先生盯着沼旁卧石端详，突然一声欢呼，从背包中取出茶杯舀水泼石，石上显出篆刻"贮月瓢"三字，寻常水沼，顿时点化成神品。先生叹道："寒山遗存数十处摩崖石刻，寻觅全凭爱好和缘分，此石刻我也首次寻到。人生苦短，欲海无涯。世事纷纷攘攘，用心去做一桩。纵有弱水三千，我只取一瓢饮，也有明月在瓢。"

蓦然间，我想起《寒山志》洋洋洒洒四千字，絮絮叨叨说遍寒山胜景，却无"贮月瓢"三字，不知是何因。

我欲问明月，明月应知情。

色追鹅黄细胜柳

八月甘肃，如梦时节。

几回欲看大漠落日、祁连积雪、塞外雄关、河西走廊，听高昂板胡、铿锵秦腔、戈壁风啸、敦煌鸣沙。今暑遂心愿。

第一站去天水。虽赖现代交通工具，但毕竟山高路长。朝辞江南飞兰州，车抵天水夜已深。同伴戏相诌：夕阳苍山秦州路，白发相携陇上行。

入住酒店时，已经饥肠辘辘，街对面牛肉拉面馆灯火通明，香气诱人。老徐邀我吃面，惜我人困思睡，无力前往。

翌日清晨到街口转悠，农副市场熙来攘往，拉面馆里人丁兴旺。老徐喜滋滋告诉我，昨夜他率数人去拉面馆吃夜宵，外加干切牛肉，物美价廉，惹得我顿生羡慕、妒忌。

旅程东起天水，西去夏河，北上武威，经张掖、嘉峪关至敦煌，折回兰州，辗转几千里。或遇长途行车垂头丧气，或逢错过时辰腹中鼓鸣，总有人提起那碗挥之不去的牛肉拉面。可恼导游趁机说："甘肃也没什么待客的，就是一个名扬天下的莫高窟，一条驼铃千年的丝绸古道，一碗想吃吃不到的牛肉拉面。"

转眼已到第十天，傍晚离莫高窟，吃罢人皆知味的团队餐，乘"敦煌号"卧车懒洋洋东奔。一觉醒来，朝阳普照，车停兰州。众人齐声唤："去吃正宗的兰州牛肉拉面！"

一行人呼啸着，来到定西路一家清真牛肉拉面馆。五开间门面：两间操作，三间店堂。堂内置食桌七八张，门外放小桌椅一溜，店内外人头攒动。

在堂内觅得座位，定睛打量，环境整洁。取面处桌上置一偌大青花海碗，插一长柄小勺，满满一碗红澄澄、香喷喷的秘制芝麻辣子油。操作间里一位后生，头戴小白帽，神情专注，双手舞动，只听得面团在操作板上咚咚几响，面条已如袅袅细柳在空中荡悠。随手下锅，锅里沸水翻滚，捞面后生眼明手快，三下两下，面、汤入碗，热气腾腾的拉面已端至眼前。

手捧面碗浅啜汤一口，七窍透香、两颊生津，窃思此汤不输苏城任何一家面店。人传兰州牛肉面"一清二白三红四绿五黄"，细看汤汁清爽、萝卜片白、香菜葱绿、面条亮黄，抵不住又红又香辣子油的诱惑，进门前嚷着不吃辣的苏州客，竟一个个自去青花海碗里舀辣子油。另切牛肉若干，肉酥面韧、鲜辣咸香，绵绵融融，恰到好处。吃面如风卷残云，一会儿碗底朝天。

吃罢早餐心满意足，兴冲冲看黄河穿城。时近中午众人议决再吃牛肉拉面。去机场途中路过一家面馆，外观气派，楼上楼下，大堂包厢。坐雅座吃拉面套餐，搭配着各色佐味。却嫌面汤味精味太浓，牛肉片嵌着肉筋，桌上小瓶辣子油既不香，又直透小家子气。

人说到兰州不吃牛肉拉面等于没到过兰州，地道的兰州拉面味道在市井街头。这里的牛肉面不仅地道，而且前有天水故事铺垫，后经十天念叨、期盼，更遭一夜火车奔波，能不好滋味？

少吃多滋味，多吃少滋味。

苍槐翠柏伏羲庙

夜色沉沉、繁灯熠熠，车进天水城。朦胧街灯映一壁粉墙，墙上塑大字"羲皇故里"。

翌日，伫立酒店大堂旅游示意图前遐想。天水曾称秦州，为秦发祥之地，古意盎然。渭河西来东去，支流纷杂，孰浊孰清。幽幽陇关古道，"陇头明月迥临关，陇上行人夜吹笛"。苍凉李广墓，"林暗草惊风，将军夜引弓"。古街亭、天水关、木门道，"出师未捷身先死，长使英雄泪满襟"。陇上林泉麦积山，"野寺残僧少，山园细路高"。世传中华人文始祖伏羲生于斯，有始建于明成化年间的伏羲庙。

午后去伏羲庙。旧时天水有五座城池东西排列，各筑城墙，干道串连，号称"五城相连"。西端的小西关城即伏羲城，旧貌尚依稀。伏羲城东门三门四柱，柱头塑太极图，门上建城楼，中门悬匾"伏羲城"。进东门，经商业街，到伏羲广场。广场南沿立巨型红色广告牌，书黄字"一画开天肇启文明"。东、西亭廊回萦，亭南两边各置一巨石，分别铭"开乾""造坤"。伏羲庙北依青山南瞰广场，庙前伏羲路，隔路面戏楼，楼南列九鼎，东、西跨街牌坊高耸，东悬"继天立极"匾，西悬"开物成务"匾。大门前牌坊巍峨、雕梁画栋，悬匾"开天明道"。三座牌坊呈鼎足之势，沉稳庄重。

过"开天明道"坊，即伏羲庙大门。两侧楹联："立极同天德合乾坤百王仪则，开物成务道传今古万世文祖。"门额悬明代重臣、天水学者胡缵宗所书"与天地准"匾。进大门到前院，东、西各植古槐，东侧唐槐，树身中空，系满祈福红布。循路前行，夹道古柏参天，葱翠欲滴。穿仪门进主院，先天殿踞高台，重檐歇山，面阔七间，悬"一画开天"匾。院内翠柏星罗棋布，传庙内原有古柏64株，按六十四卦方位栽植。殿前一株尤为清奇，苍干虬枝，北倾45度，树冠逼殿檐，赖一水泥柱和两钢柱支撑。人说正月十六端详古柏，落叶最多者即是当年喜神树，贴纸人在树干上可消灾祛病。

先天殿神龛内供奉彩塑伏羲坐像，浓眉大眼，身披树叶，双手执八卦太极图。龛前西置龙马塑像，东置河图洛书石盘。顶棚分65方格，正中大方格藻井彩绘河图、八卦；其余64格分别绘六十四卦卦象图。侧壁后墙遍绘壁画，颂伏羲功绩。

伏羲庙先天殿

2007年甘肃省举行公祭伏羲大典，有祭文《伏羲祭》勒石立于庙内，歌颂伏羲创八卦、造工具、教渔猎、兴农耕、制嫁娶，开启华夏文明。

踱出庙门四望。戏台东墙下，一拨老人俯身围观二老下棋，枰上战事酣。西亭廊内人头攒动、白发纷杂，板胡声清脆高昂，一名壮汉声情并茂吼秦腔。东亭廊内琴声起，女子秦腔忸怩开唱。亭廊内老人闲坐聊天，三三两两；见游人热情让座，话古城短长。斜阳冉冉，洒满伏羲广场。

天边，一缕晚霞飞扬。

天半千窟佛

"行经千折水,来看六朝山。"

麦积山石窟在天水市东南、秦岭山脉西段。景点门前的卧石上,刻五代天水文人王仁裕所撰麦积山文,堪胜游览指南,读毕晓知精华大概。远处一道长岭自西北向东南逶迤,岭脊似刃,岭壁峭立,西北端奇峰突兀,状似农家麦垛,又恰如龙首,故峰名麦积山,岭谓苍龙岭。

麦积山高百米,崖顶绿荫似盖,崖壁裸露,色如渥丹。遥望西崖,蜂房户牖般的窟龛星罗棋布,一尊大佛悬立崖面,慈眼俯察凡尘。绝壁上梯空架险,有十几层飞阁栈道,人走其上如蚁游迷宫。麦积山自东晋十六国后秦时开窟造像,历北魏、西魏、北周、隋、唐、五代、宋、元、明、清等10多个朝代的不断开凿、重修。中部洞窟在唐开元二十二年(734年)毁于地震，遂分成东、西两崖洞窟，由高处一横栈道贯通。王仁裕写道："其青云之半，峭壁之间，镌石成佛，万龛千室。虽自人力，疑其鬼功。"

顺山路转至东崖，仰望崖上也立大佛，游人看佛佛看人。进入口处，依栈道小心攀登。栈道时陡时坦，宽处可过二三人，窄处仅容一人，边走边观崖畔佛窟。

王仁裕写道："其上有散花楼、七佛阁、金蹄银角犊儿。"掠下

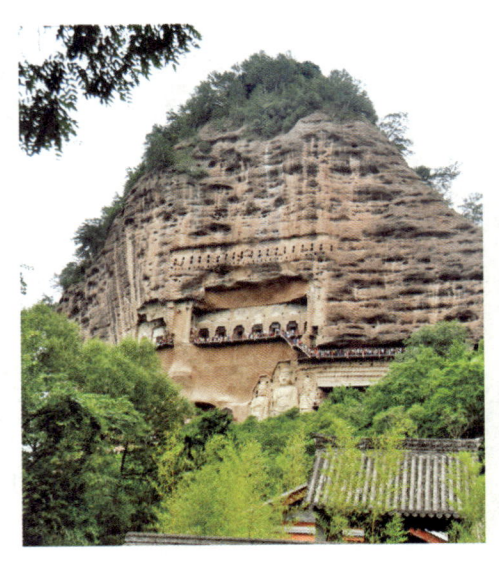

麦积山东崖

七佛阁，从摩崖大佛脚下屏息走过，经中七佛阁、千佛廊，到上七佛阁。上七佛阁亦称散花楼，传系北周秦州大都督李允信为亡父所建。窟廊原有遮檐，现已朝天。七间大型佛龛一字排开，游人在龛外瞻顾。每龛均塑佛、菩萨、弟子等，真人大小，神态或慈祥、或坚毅、或温婉、或微笑，庄严亲和。第一至第四龛各悬木匾，正中第四龛的最是精致，周围刻花草云纹，其间嵌四条游龙，匾上镂雕"是无等等"。是非成败、得失有无，

世事大致如此而已。龛楣上方岩壁嵌一方青石，铭"麦积奇观"。其旁第五龛右壁右侧菩萨右手掌失盗 40 多年，1990 年初复得，并于 1999 年归位，叹为传奇。窟廊东西两端上部开凿耳龛，分别塑维摩、文殊，耳龛前塑金刚力士。东头力士身高 4 米多，赤足立台基，袒露上身，肌肉健美，肩搭帔帛，腰系战裙，左手屈肘拄金刚杵，右手握拳高举，怒目蹙额，张口呵斥。西头力士举止与之呼应。上七佛阁相对高度 70 多米，人传在此散花，花瓣会随气流悠悠旋升。力士脚下有警告：请勿高空抛物！

上七佛阁窟廊西端内壁凿有小门，门楣刻"小有洞天"。躬身穿甬道，到牛儿堂。并排三佛窟，中窟外左侧贴壁立唐彩塑踏牛天王。塑像身高 3 米多，耳大鼻高眼圆，颏下虬髯，嘴唇丰满，双肘弯曲握拳，气宇轩昂踏牛背。神牛卧地，正奋力欲起。

出牛儿堂，沿最高处水平栈道西去，南望重峦叠嶂、绿林如海、山路如带。王仁裕记，绝崖上"有一龛，谓之天堂。空中倚一独梯，至此万中无一人敢登者"。王仁裕自夸"仁裕独登之，乃题诗于天堂西壁。前唐末辛未年也。蹑尽悬空万仞梯，等闲身共白云齐。檐前下视群山小，堂上平分落日低。绝顶路危人少到，古岩松健鹤频栖。天边为要留名姓，拂石殷勤身自题"。写险写景写心情。

向谁问："天堂"何处？西壁题诗安在？更有多少匠师麦积山雪泥鸿爪留踪影，无名无姓？

千笏朝万佛

莫道黄河水不清，碧波万顷刘家峡。

黄河在刘家峡水电站大坝下甩头奔西北，快艇犁开水库湖面摆尾溯西南。那天秋日朗朗，黄河远上白云，两岸山峦连绵，西陡东坦，状如群兽伏地。湖畔草滩偶见牦牛、羊群，少有人烟。山山水水扑面而来，随即飘向身后，宛若淡淡水墨长卷徐徐展开。不久，游艇右拐进峡口，遥望北岸悬崖飞阁，阁西石壁悬三个大字：炳灵寺。"炳灵"系藏语"十万佛"音译。

炳灵寺石窟入口，旅游伙伴们的留影

时已过午，游艇停靠北岸。码头旁有几艘泊船经营餐饮，游人顾不得吃饭，径上二层甲板观景。北岸防护堤后一溜赭色房屋，屋前遮阳伞绽开五色，屋后丹崖槽穴缤纷，如千百只眼睛俯视黄河。对岸山似屏、峰如林，黄河依山湍流。

　　饭后徒步沿河岸东去，路旁垂柳成荫。河边立"天下第一桥"碑，却不见桥影。世传唐蕃古道在此渡河，号风陵渡，当年文成公主进藏曾在炳灵寺小住。桥建于西秦、毁于西夏，原石刻在河对面鲁班滩巨石上，1968年刘家峡水库蓄水，千年往事淹没。

　　循路北折，大寺沟呈南北走向，与黄河相通，去时沟底干

大寺沟西峭壁上，佛窟层层叠叠，栈道曲折盘旋。去时沟里无水，远处是跨沟大桥

涸。两侧红砂岩遍布凹槽，危崖透迤。沟西峭壁上，佛窟层层叠叠，难以计数。栈道贴崖壁忽上忽下，曲折盘旋。南北建跨沟桥梁，形成环游路径。

左依崖，右临沟。沿栈道前行。1号窟仅留石碑，记此窟西秦开龛造像，明重塑，水库蓄水前采集资料，在龛前做了防护措施，后被泥沙覆盖，现在脚下10米处，难见踪影。建于唐开元十九年（731年），高28米的弥勒大佛端坐石壁，佛像石胎泥塑，虽宋、元、明、清历有修缮，但泥塑剥落，面部、双手风化。2011年遵循不改变文物原状的原则，修旧如旧，历两年竣工，再现盛唐风采。大佛右肩高处悬崖有天然洞窟，遗存西秦"建弘元年岁在玄枵三月廿四日造"的造像题墨，天梯久毁，洞内仍保留原始风貌，弥足珍贵。现虽架起五层危梯但控制人入内，仰望洞口，隐约可见上壁十几尊大小佛像正俯视下界。北魏卧佛院最是惊心，原窟埋没在标识处下方15米，水库蓄水前将窟内长8.6米的涅槃像分九段装箱迁出，越三十五年九九归一，复原于与弥勒大佛隔沟相望的卧佛殿。

炳灵寺石窟开凿起于西秦，历北魏、北周、隋、唐、西夏、元、明、清各代增修。佛像以石雕为多。沿游道观赏历代佛窟塑像，西秦的刚健挺拔，北魏的秀骨清朗，隋唐的潇洒丰满。125龛北魏石雕，正壁雕释迦、多宝二佛并坐，面容清癯，纤眉高挑，杏眼微眯，修鼻细挺，嘴角上扬，身躯略转向内侧，双手各有手势呼应，仿佛两位北魏高士潜心交谈，忘了时空。

遥想车辚辚唐蕃古道，马萧萧世事纷扰，俱遭雨打风吹远去，唯遗窟龛苍凉寂寥。看夕阳依山，光影摇曳，岩鸽咕咕归巢。离离石林差差耸立，如千笏朝佛；滔滔黄河汨汨抚岸，似布衣老人在刘家峡踯躅。何处问旧事：传世佛像谁雕？

黄河无语，石林无声。

大夏河畔

2015年8月间去甘肃旅游，一位在河西走廊长期工作过的长者叮嘱：一定要去甘南藏族自治州看看。

午后，大巴在临夏回族自治州境内南行，高速公路两侧掠过座座村落，清真寺塔尖上的星、月，在八月骄阳下闪烁。睡意袭人，待醒来窗外景色迥异。山峦起伏、岩石嶙峋、村庄稀落，我们已进入甘南藏族自治州。此处海拔2500米，阳光炽烈，气温却明显下降。周围群山看似不高，实际上海拔已近3000米。下高速西去，一路上坡，羊群在山坡吃草，牛儿在公路漫步，时见白塔、经幡、寺院。穿夏河县城，过拉卜楞寺，抵桑科草原。

桑科草原在夏河县城南15千米，黄河支流大夏河自南向北地流淌。气喘吁吁登上不起眼的小山坡，极目眺望：白云如絮、蓝天如洗、群山环绕、草原无垠，五色帐篷如宝石镶嵌。远处村庄隐隐约约，犹如海市蜃楼。脚下碧草如茵、繁花似锦。游客信马悠游，牧民策马飞奔。

夏河县城海拔约 2800 米，空气清冽，马路整洁，黄褐色高山看似就在头顶。街道两旁没有高层建筑，外立面色彩鲜艳。晚饭后添衣外出溜达，渐觉寒意。沿路西去，县委大楼楼顶巨型红色标语醒目："科学发展 转型跨越 民族团结 富民兴县"。南折过桥，桥下大夏河西来东去，轻浪欢腾，夏河县因河得名。对岸文化馆前广场，耸立一座雕塑：镶着珍珠的浪花簇拥着红莲，莲花和宝珠托起飘舞着彩带的巨大海螺。音乐声起，一群大妈踏歌起舞，苏州大妈情不自禁进场尽兴。不远处的牌楼四柱三门、重檐斗拱，门楣书"关帝庙"，下附藏文。华灯初上，寒气侵人，路旁帐篷里的回族老汉烤着羊肉串，火苗映红老汉专注的脸庞，温暖守候在旁的苏州游人。小城月色溶溶，美丽、和谐、宁静。

翌日清晨，西去县城 1 千米外的拉卜楞寺。拉卜楞寺北靠凤山，南临大夏河，占地逾千亩。伫立跨河大桥北望，崇楼广宇、金瓦朱甍，转经廊难见首尾。沿寺院中路北行，路旁僧舍联排、小巷纵横，身披暗红色僧袍的僧人来来往往，几名小僧人稚气未脱，边打闹边玩跳跳球。跟随讲解的僧人匆匆看过医学院、弥勒殿、文殊殿、辩经殿、文物陈列馆等处。大经堂前

夏河县城的海螺广场

广场经杆高耸，巍峨殿宇画梁雕栋，屋顶的双鹿法轮和经幢金光灿灿。檐廊下大门紧闭，两侧巨幅壁画，各绘十八回《西游记》故事，细看壁画上"高老庄唐僧收八戒"的高太公家客堂，悬唐诗楹联"明月松间照，清泉石上流"。藏汉文化在此交融。

返回夏河县城酒店午餐，餐厅里陈列着布达拉宫模型，勾起旅游新话题。这人说："藏区风光已领略，但高原反应难受，去西藏山高水长。"那人道："大美西藏，更加旖旎神秘，斜阳在山，莫彷徨犹豫。"

脚步追逐梦想。

天马出凉州

出中川机场,看八月陇右。远山近树、云淡风轻,苍穹下一座雕塑突兀——马踏飞燕。

马踏飞燕原物为青铜器,1969年出土于武威雷台汉墓,1983年被国家旅游局确定为中国旅游标志。武威古称凉州,到甘肃旅游,能不去凉州?

大巴穿过乌鞘岭隧道群,进入河西走廊。河西走廊东起乌鞘岭,西至敦煌,全长1000多千米。南北山脉夹峙,其间宽百千米上下。北侧龙首山、合黎山、马鬃山,逶迤西去。南侧祁连山层峦叠嶂,山巅白雪皑皑,与河西走廊形影相追。祁连山的降水和冰川融水,哺育出镶嵌在荒漠的城镇。时已20点,夕阳仍赖在山头。茫茫戈壁,依依绿洲,漫漫河西路,自张骞凿空,汉武帝设河西四郡,来往过多少商旅驼队?驰骋过多少金戈铁马？多少民族在此交融合流？暮色渐浸、倦眼矇眬，恍惚间想起岑参诗句："弯弯月出挂城头，城头月出照凉州。"蓦然睁眼，车窗外繁灯熠熠，一钩新月照城楼，城头铭"凉州"。

翌日清晨，去城北雷台公园。仿汉大门古朴敦实，门楣塑隶书"雷台"。由正门北望，四棱塔柱高高耸立，柱顶塑马踏飞燕：马首左盼、昂首嘶鸣、马尾飘逸、鬃毛飞扬、三足凌空、右后蹄轻踏燕背，飞燕惊回头。粼粼浅池绕塔柱，轻燕频点水；翩翩斑鸠天边来，径自立马首。河西出良马，凉州有飞燕，合二而一铸神马，何人奇思妙手？晴空湛碧、白云游弋、天马如飞，"天下第一马"刻石立雕塑前。

塔柱后竖两面弧形墙，浮雕驼队往来、佛法东渐故事。穿仿汉牌楼，夹道五对仿汉阙石柱，迎面是99件铸造精致的仿铜车马仪仗俑，背景照壁浮雕车马将士，"马踏飞燕"居前率领。

转到照壁后，进雷台观山门。山门内左前方黄土夯台状如城堡，高约8.5米，南北跨百米，东西宽60米许，壁陡如削，不见寸草。因有明天顺年间敕建重修的雷台观，供奉雷祖，故名雷台。问雷台观初设年代，已无从考证。两座汉墓在雷台的东南角，墓门朝东并列，南为一号墓，北为二号墓。出土马踏飞燕的一号汉墓墓主系东汉"守张掖长张君"，不知究竟何人。雷台分明是汉墓封土堆，是谁主张封土堆上供雷神，或为震慑盗墓贼？

进一号墓，墓室砖砌，覆斗形顶，由甬道、带左右耳室的前室、带右耳室的中室和置棺椁的后室组成。墓室东西长约4米，墓内用粗壮钢管网格般加固，人可站立行走，但两室之间需弯腰钻过，后室禁入。中室东墙顶部有盗墓洞，盗墓者从中

出土马踏飞燕的一号汉墓

室下墓，不知盗走何物。马踏飞燕发现于前室的左耳室，在被盗过的汉墓中出土，岂非天意？古墓里千年往事似可触摸，又难捉摸，犹如看雾霭里的羊群，若隐若现。欲走近细看，羊群远去；如转身离开，羊群却跟随身后。

凉州城头秦时月，应知汉墓旧时情。

沧桑嘉峪关

2009年的一个夏日，大雨落幽燕。山海关老龙头处，游人摩肩接踵。我手撑雨伞，伫立在"天开海岳"碑前，碑后澄海楼烟雨蒙蒙，檐下悬匾"雄襟万里"四字时隐时现。恍惚间空想，不知远在万里之外的嘉峪关，是何等雄姿英发，气吞万里？

越六年，夏赴甘肃。循河西走廊西去，国道312穿过一段黄土长堤，人说是明长城遗迹。时过20点，夕阳仍滞天际，余晖将云朵染成五色，一座座输电铁塔，如巨臂将暗红天穹托起。落日西沉，掠过一条条电缆，仿佛倾情拨动琴弦，奏响大漠夕照曲。

翌日清晨，从嘉峪关东入景区，迎面是一块斑斓卧石，镌刻着林则徐的《出嘉峪关感赋》。林则徐因禁烟获罪被贬新疆，"谁道崤函千古险？回看只见一丸泥"，吟历经千山万水之艰，叹嘉峪关边陲锁钥之险。半抒壮怀，半诉怨愤。进东闸门，闸楼悬"天下雄关"匾。沿外城土墙一路西去，南折过文昌阁、关帝庙，关帝庙前古戏台画梁雕栋，戏台两侧砖墙上，镌刻着一副对联：离合悲欢演往事，愚贤忠佞认当场。台下攘攘游人，争说纷纷旧事。到清代，嘉峪关已由关防演变为关卡。

从南向的朝宗门进东瓮城，内城光化门东向，瓮城和内城的城门并不直通，这样有利于防御。光化门城楼飞檐三重，悬"天下第一雄关"巨匾。穿光化门进内城，正前方远处是内城西门柔远门。城内官兵穿梭，南设演武场，北建游击将军府，大门悬楹联：百营杀气风云阵，九地藏机虎豹韬。城墙高10米许，黄土夯筑，坚固无比。东、西两门内北侧均有马道可上行。城墙脚有卧石，击石声如燕鸣，许是当年将士寄托燕归思乡之情。由东门马道登城头，望关楼重重、箭楼左右、敌楼南北、角楼四隅，犹如碉堡林立。传说建关时有高超工匠神算所需砖块数，待竣工时仅余一块，此砖就放置在西瓮城门楼的后檐台边缘，借以褒扬工匠精神。

下城楼西出柔远门进西瓮城，再从南向会极门出瓮城，城外有城。转到西边关城正门，门洞畔端坐一名壮汉，光头浓须，军士打扮，正仿古代在此查验关照场景。明时河西路，出关无故人。正门城墙砖砌，门洞高大深邃，道宽4米多，用巨大条石铺设，条石上印痕累累，驻留着商旅铁马足迹，刻录着逝去的光阴。

嘉峪关

　　从东闸门始，三拐四折，层层设防，始出得嘉峪关。站在关前西眺，天地苍苍，戈壁茫茫，仿佛传来隐隐芦笛、胡角呜咽声。没有树木，不见飞鸟，几匹骆驼驮着游人散荡着。60米外孤亭孑立，亭中竖碑刻"天下雄关"。黄土夯筑的长城蜿蜒南去，明长城源头第一墩尚在远方，在祁连山亘古雪峰下，在讨赖河谷断崖旁。长城，中华民族的共同记忆，多少民族在此磨砺融合，繁衍生息；流传着多少故事，或磅礴悲壮，或儿女情长。回首仰望城楼巍巍，城头铭"嘉峪关"，险峻、壮美、苍凉，勾人怆然遐想。

　　若问河西今古事，与君指看嘉峪关。

千年莫高窟

敦煌居河西走廊西端，库姆塔格沙漠从西边扑来，源于祁连山冰川群的党河，北流穿城而过，捧出一片璀璨的绿洲。

到敦煌投宿已 20 点，天色尚亮。出酒店漫步东去，时见镶嵌在人行道上的黑色石板，刻着有关敦煌的文物图案：木釜、皮袋、神马、奇兽。有块石板浅雕清泉古道密林峻山，题诗"鸿飞雁落悬泉驿，客来使往阳关道"。夜色渐侵，繁灯闪烁，党河大桥畔仿汉唐建筑林立，两岸流光溢彩，沿河步道旁铺大型瓷画，描绘出莫高窟辉煌。南望天穹，半暗半明，数点星星，一钩新月，隐约鸣沙山倩影。

翌日午后去莫高窟。游人先在敦煌莫高窟数字展示中心观赏两部短片，一为《千年莫高》，转场再看球幕电影《梦幻佛宫》。随镜头，观众仿佛溯岁月长河，读敦煌莫高窟兴衰，赏

莫高窟

经典洞窟内塑像壁画。

　　看罢影片搭车南去 15 千米外的莫高窟。莫高窟前大泉河河床干涸，大牌坊红柱绿瓦，雕梁画栋，雍容古朴，坊额悬横匾"石室宝藏"。穿大牌坊举目眺望，白杨林掩映小牌坊，坊后鸣沙山东麓的断崖被与山体颜色相似的混凝土加固，崖面佛窟密布，南北绵延不见尽头。窟前栈道高低错落如迷宫，巍巍九层楼突兀其中。讲解员身携钥匙，窟门随手开闭，一行人紧跟着参观 8 个佛窟，进窟收起相机，脚步放轻，不敢出大气，怕惊扰早已凝固的时空。

　　第 17 窟俗称藏经洞，位于 16 窟甬道北壁，面积较小，洞口置栅栏，只能走过一瞥。此窟原为晚唐河西都僧统吴洪辩的禅窟，他圆寂后改为影堂，又因故于 11 世纪中叶藏经封洞。1900年，这个密室被道士王圆箓发现。20 世纪初，英籍匈牙利人斯坦因从此洞运走大量珍稀文物。我驻足洞口凝望：西壁嵌一碑；北壁前设一长方形禅床式低坛，禅床上塑结跏趺坐洪辩真容像，一袭衲衣裹身，表情不悲不喜；北壁绘一晚唐壁画，双菩提树枝叶扶疏，西树树杈悬一挎袋，旁立一名唐装侍女，右手执杖，左手执巾似欲取包。我在苏州的一处寺院后堂，曾看到过一位画家描绘的此景，旁款记系摹自张大千临抚莫高窟壁画本。藏经洞内壁画谁作？斯坦因从藏经洞运走多少文物？洪辩垂目无语。

藏经洞陈列馆就在崖下，此处原是三清宫，也曾是王道士的居所，而他的灵塔与三清宫隔河相望。历史如此诡谲，让一位道人守佛窟，发现藏经洞，又将洞内数千件写经、绢画、丝织品卖给外国人。此事众说纷纭，或说斯坦因是中国古代文物的掠夺者，或说王圆箓是千古罪人。王圆箓灵塔墓志多褒词，莫高窟导览图提醒："古来碑铭多溢美，是非功过后人评。"彼时国家羸弱，政府腐败，可怜王道士实在无力担此重责。

快快告别莫高窟。回首间，看天蒙蒙、山蒙蒙、戈壁蒙蒙，佛窟崖前，一片起伏绿浪；凭空想，七百洞窟、千年沧桑，藏经洞内似有幽灵游荡；最心酸，藏经洞陈列馆天井内卧石上，镌刻陈寅恪语："敦煌者吾国学术之伤心史也。"

一声叹息！

西出敦煌

西出敦煌漫天沙。

车行三刻折西北,又一小时许,玉门关景区售票处如关隘扼道。景区门口处挂一楹联:看大漠孤烟长河落日,听塞外羌笛胡角马嘶。惹得游人回肠荡气。

进关隘,戈壁滩上乱草蓬蓬,一座黄土夯就的遗址突兀荒野,据称此地即汉时玉门关所在。路旁耸立 2 米多高的石头,镌刻"小方盘城遗址"几个大字,为汉代玉门关都尉治所。沿砂石岔道北行,踏木板栈道入遗址西门,伫立平台张望,内部如方盘,篮球场大小,抬头见天,四周土墙高约 10 米。出城登砂石岗北望,沟壑纵横绿草茵茵;天地朦胧处的黄土长堤即汉长城遗迹;几十米外的水沼,是传说中的疏勒河遗影;脚下丝绸古道似乎传来隐隐驼铃。吟一句"春风不度玉门关",也不管唐朝玉门关尚在200多千米外的瓜州，也不知有多少离情曾在此抛洒，也不问当年从西域经此关输入玉石之况，是何熙攘情境？

西出玉门关，茫茫戈壁、云垂天低。路南围栏蜿蜒，圈起敦煌西湖国家级自然保护区，内有野骆驼和普氏野马放归地。车再穿行荒漠约一小时，前方出现一溜黄褐色建筑，天际几架风力发电机的叶片，如巨臂挥转。车抵敦煌雅丹国家地质公园。

"雅丹"一词源于维吾尔语音译，意为"具有陡壁的小山包"。换乘观光车进雅丹景区，景区面积300多平方千米，西南与罗布泊相连。车在已开发的北区行驶，游人可下车观景。

雅丹景区

景区内阳光灼灼、酷热难当，狂风无休无止，沙尘铺天盖地，无处躲避。众人赶紧穿长袖外套，戴遮阳帽、墨镜，有备者围上防沙头巾。举目四望戈壁无垠，黄褐色的沙砾山丘高低林立，似塔、似柱、似墙、似堡，不可名状。上无飞鸟，天如罩纱帐；下无寸草，山似悬黄云。数十万年前，此处碧波浩瀚，然几度沧桑，湖泊退缩干涸，湖底的砾石、沙泥等沉积物裸露地表，被强风长期销蚀，间歇性流水侵蚀，重力剥落坍塌，鬼斧神工造就雅丹地貌。不少雅丹体旁有塌落的沙石，甚至看得见沙石簌簌坠下。号称孔雀玉立的雅丹体形象逼真，唯欠色彩；上粗下细的柱状雅丹体，如外星人般孑立荒漠；一大片雅丹体浩浩荡荡、横无际涯。游人说话气短、举步踉跄、方位难辨，乖乖地在圈定区域内拍照、观看，有人不下车，无人敢任性。眼下尚是八月天，如临冬夜，风啸似鬼嚎，垄岗如魔影，岂非"魔鬼城"？而丝绸古道的重要枢纽楼兰古城遗址，还要西去几百千米。

　　遥想汉班超投笔从戎，万里觅封侯，三十六人抚西域，何等胆略，何等剑气；待烈士暮年，一句"臣不敢望到酒泉郡，但愿生入玉门关"，又是何等无奈，何等悲凄。往事远去，岁月如流，浪花淘尽英雄，汉时雄关成遗墟。寂寂古道，漠漠沙碛，孑孑孤城，秦时明月依旧。呜呜羌笛，不须怨杨柳。知否，知否？

　　纷纷游人，已度玉门关。

幽谷生梦境

21世纪初,湖北恩施大峡谷对外开放,其中数云龙河地缝和七星寨两处毗邻景区最是精华。2015年10月,我偕老伴兴冲冲去了那里。

清晨,自恩施城搭车北去,窗外似雨非雨、似晴非晴、峰峦朦胧、清江蜿蜒,掠过几处山头,闪过点点山村,进得景区四顾,地缝如潜龙藏形匿影。直待踏上风雨桥探身俯瞰,不由得倒吸一口冷气,桥下地缝长数千米,平均深度为100米,宽仅几十米,两壁如削、遍崖乱树、光影昏暗、雾气氤氲,贴崖栈道似线。与老伴互道一声脚下当心,循着勉强容得两人宽的石级,扶栏缓步下地缝。

地缝中似梦似幻、神秘诡谲。崖上处处悬瀑飞漱,谷底云龙河肆意奔泻。满谷乱石或大或小,或圆润或磅礴,激流砺璞,飞瀑锥石，锵锵金石声传响不绝。由于饱含碳酸钙的瀑布和水汽长年累月浸淫冲刷，崖上植物枝叶渐被钙化，宛若天然泥塑装点绝壁。溯流北行直至游道尽头，小心翼翼上索桥，踉踉跄跄渡暗河，再下到谷底观景台四望：头顶虹桥飞渡，天留一线，谷中大片崩塌巨石，造化使暗河在此见天，熙攘游人在飞瀑间如蚁穿行。蓦然想起李白高唱的"夫天地者，万物之逆旅也；光阴者，百代之过客也"，使人顿生敬畏自然之心。攀石阶挣扎出地缝，仿佛重返人间。

午后去七星寨，索道站就在地缝附近。缆车在空中飞越，窗外细雨弥弥。听去过那里的友人告知，此行需翻五个山头，山里雾气弥漫、晴雨无常，想看到最著名的"一炷香"景观，全凭运气。

出缆车站觅路前行，石级累累、山道幽幽、迷雾蒙蒙、峰石隐隐。转眼间忽又雨停雾散，山路左临深谷，谷对面高山耸立。右侧山岩在漫长岁月里风化溶蚀，造就了奇特喀斯特石芽群，石芽高皆2米上下，纹理多呈横向沉积状，如柱如塔如巨笋。石芽间沟壑纵横，仅容挤过一两人。俨然远古城堡，亦如八卦迷阵。

忽又雾起如轻纱飘忽，远处山峰隐入雾帐，前眺山腰上凌空栈道如云中天路斗折蛇行。奋力登上前方山坡，一步步挨到峡谷轩酒店。酒店大厅内保留着一座巨大的天然奇峰，酒店外候着三四位身背竹篓的当地妇女。一名竹篓里站着小游客的女子从坡下来到酒店门前,她放下竹篓将小孩抱出,笑脸挥手道别,小孩并不理会,径直向父母奔去,惜父母也无呼应。分明冷落了山里人。

雾时厚时薄,峰时隐时现。一路观赏奇峰异石,湿雾里的小叶黄杨树细叶如翠,崖壁上的迎客松笑迎游人。记不清翻过了几座山头,总算到了大楼门群峰景区。只见路旁指引牌写着:"海拔1704米,您已走过3899步",附一跷着的大拇指。下坡到平台,迎面石峰林立,正欲驻足观看,却见右侧两崖相对,

大地山川群峰

前方石栏旁众人翘首望雾海。突然听得齐声欢呼，似有天人撩开浓雾，崖前 20 多米外"一炷香"如定海神针般浮出。石柱亭亭玉立，高约 150 米，直径 4 到 6 米，顶端缀几丛灌木，中腰细扭，心忧风吹即倾。正惊诧间，浓雾复卷来，"一炷香"陷茫茫雾海中，不见踪影。

告别"一炷香"，一路披薄雾、攀栈道，绝壁异峰目不暇接。双子塔峰、拇指峰、玉女峰、玉笔峰、玉屏峰、大地山川群峰，或玲珑或壮观，天造地设，鬼斧神工。下山自动扶梯站处的"母子情深峰"栩栩如生，犹如一位母亲举着婴儿亲昵。

踏上多节自动扶梯如跨游龙下山，适逢扶梯的末段维修，还有约 2 千米的下山路需步行。时已下午 5 点，山下雾开，炊烟袅袅，村舍历历。老伴走不动了，又不见滑竿可雇。我猜附近的一名汉子是景区工作人员，试去请求帮助，他立即从山下调来一顶滑竿，接我老伴下山，并叮嘱我价格已谈妥。待我走到山下，抬滑竿的山民向我笑指老伴休息处。我连声道谢，觉得帮了我大忙，价格又如此公道，我赶紧溢价付费，略表感激之情。恩施山川美，山里人也美。

回望七星寨，暮霭掩梦境。

风雨廿四弯

秋临洞庭东山头。

家炎先生钟情吴中山水,退休后足迹遍及郊野。暑日里知他欲再走东山廿四弯,我早闻得那里山深境幽,央他待天转凉后同去。他约定中秋日,说道:"风雨无阻,两人成行。"

丙申中秋日雨,淅淅沥沥,时疏时密。上午8点半我赶到东山公交首末站,家炎先生已候在那里。雨中漫步莫厘路,看熙熙市井、巍巍牌楼。牌楼前额书"莫厘阛阓",已到历史街区。左右柱联:"望物外灵峰,紫洲杜渚,天下之至奇也;栖人间福地,割鲜醿酿,吾人亦足乐乎。"赞古镇湖山形胜,百姓安居。

过牌楼左折进西街,掠东山莫厘中学,街面宽为2米,中间铺条石,两侧砌青砖,石板路旁老屋迤逦。一处三开间门面老屋，边上一间经营着杂货铺，店主告诉我这儿原是一间茶馆。抵施公桥，家炎先生指着贴水石碑，记此桥系乾隆四十一年（1776年）由百姓捐资重建。桥下施巷河汩汩东去，光明路与河并进。跨河小桥通民宅，繁枝花果探墙头，漏窗粉墙嵌渔、樵、耕、读四方砖刻。有老者路经此处，说："东山自古读书地，出过两位状元，施公桥是纪念明代状元施槃。"寻常巷陌，浸润东山文脉。

"庙渎"村口

走数十步，传来铮铮古筝声。恰逢连日雨，响水涧集山坞之水由西奔来，涧宽半米，叠石满涧，水流湍急，飞沫溅珠如洗玉，仿佛山外落素练。涧水撞西街北折，激起浪花如雪，飘然注入施巷河。涧旁石板路宽1米多，埠头二三处，石桥四五座，人家尽枕涧。溯涧而行，路随涧水在西头左拐，拐弯处一树青柿伴老井，青石井圈累累绳痕。涧水在前方潜入村落，村口拱门书"庙渎"。涧畔果树葱葱，藤蔓离离，掩映隔岸一跨石桥，几处人家，水乡景色赛园林。

穿庙渎村，村尾立碑"金鸡岭"。右拐迎岭而上，横越山间公路，过河公桥进曹坞村。循村巷前去，民风和善淳朴，民居令人羡。一处院落大门紧闭，透过门上漏花窥看，湖石、果树、花草、小楼，历历可见，门楣砖雕"满园春色"，主人无意锁园景。进另一处宅院，庭院内花木扶疏，卵石路镶嵌"暗八仙"，向阳两层精致小楼，南去又一院落，穿东侧小门到内院，惊现水池假山、仿古厅堂，巨看主人喜色满脸。

出曹坞寻路上山，满目茶树果木，四下坠落板栗，枝密挡细雨，绿浓染布衣。数条细径通高坡茶园，粗壮杨梅树干横路如拱门。路尽头虾蜒岭脚竖一木坊，坊额书"廿四弯"。碎石小路蜿蜒而上，沟通山前山后的古道，此段最为陡峭，路遇弯处都竖牌计数，相邻两弯仅10来米。家炎先生边走边讲刘伯温廿四弯金钉镇龙脉的传说，历一刻钟已到廿四弯。

出廿四弯，只是到山腰。脚下磴道石块砌就，泛出如玉光泽，雨渐大路愈滑，偏有隔叶鸣鸟咕咕催人行。登山巅豁然开朗，俯瞰太湖水天茫茫，雾气蒙蒙，依山傍水参差几百人家。果树夹道，橘子青涩，冬枣撞脸。聊发少年狂，一路呼啸下陆巷。

风雨中秋夜，灯下翻闲书。读到晚明王思任写游洞庭两山，有句："太湖如月，洞庭诸山睨之，则月中之桂影也。"咦！岂非中秋雨中攀月桂？

梦生明月湾

20世纪80年代，我认识了家住洞庭西山明月湾的伟平老师，他与我同一生肖，30多年来交往不断。闲暇时忽然想到，今年已是2016年，他该退休了，顿生一丝牵挂。前一阵，我偕家人去了明月湾。

村口千年古樟

明月湾背倚青山，濒临太湖，村口土地庙香烟缭绕，千年古樟郁郁苍苍，一弯溪水由太湖引来，护佑着古村。明月桥跨溪东西，溪两岸阡陌交通、鸡犬相闻，绿树掩映屋舍，梦里桃源人家。

进村三拐两折，走到伟平家，他已出门相迎。粉墙内庭院疏朗，水池、湖石、老树、盆景、石凳、石桌、菜畦，一帘丝瓜在西厨窗外摇曳。堂前青石阶如玉般温润，伟平说是老屋遗物。正屋三楼三底，明式家具，书画摆设，窗明几净，舒适精致的乡间住家。伟平的一双儿女都已大学毕业，均有出息。老伴为抚养第三代，在小辈家忙忙碌碌。他浸育于山村的风花雪月，将小桥流水、古树老屋、民俗民风、秋夕春晓、太湖烟雨、渔歌唱晚诸景，几乎天天拍照发在朋友圈中，爱家乡的拳拳之心在微信中流淌。他说："屋是老家亲，月是故乡明，退休后就在明月湾过田园隐居生活。"我打趣道："湖光山色被你阅尽，但微信不离，尘心如垢，莫谈隐居。"他说："倒也是。"

伟平陪着我在村里转悠，石板街将全村贯通，古村幽幽、游人攘攘，时见果园老树、古井旧宅，闻得叫卖白果、莲藕。街两侧宅院里百姓安居，小孩活泼可爱，老人怡然自乐，不时有人与伟平打个招呼，恍然间已离尘嚣。

跟着伟平由石板街转入深巷，走边门经后院穿厨房进凝德堂。凝德堂并不对游人开放，因主人家是伟平的亲戚，我曾去过数次，最近一次是八年前。眼前厨房里仍使用着如同文物般的灶头、碗橱、桌椅，一块厚重的金砖茶几。凝德堂的匾额下挂着镶在玻璃画框里的毛泽东主席画像，八仙桌、太师椅好像从未搬动，地面方砖块块碎裂却形状依然。失明的婆婆听见客来起身打个招呼。雕梁上燕巢空空，旧燕新巢在南院新屋。天井内幽草离离，眼前浮现出坐在小凳上拔草的另一位老婆婆的身影，东墙上多了一幅她的照片。西厢房内仍堆着一些老式的农具。堂前砖雕门楼额书"鸿基祚永"和边款"乾隆癸酉仲春月"隐约可辨，折射出昔日风韵。北壁的老挂钟好像已停摆，仿佛要凝滞时光。心中生出莫名惆怅。

古村与太湖只一路之隔，循石板路穿公路桥桥洞到古码头。长在石缝里的两棵老榆树枝繁叶茂，宛若一对百岁老人结伴观湖景。远处三山岛似浮似沉，湖面波光粼粼，岸滩蒹葭苍苍，群鸭嬉秋水，渔船偎码头。买得船家鱼蟹，归来摘瓜割韭，自己动手做饭，今夜把酒叙旧。

晚饭后沿公路散步东去，一路上农家乐灯火辉煌。路灯熠熠，湖风袅袅，伟平漫说他月夜泛舟太湖的往事，让人神往。或进农家乐庭院参观，赞几声盆景湖石；或在卖蟹摊位的长凳上歇脚，聊几句生意短长。飘来丝丝雨，匆匆回宿地。

夜色沉沉、细雨无声，山村万籁俱寂，最是惹梦生。明月湾里梦明月，一叶扁舟看湖烟。

忽闻老鹅嘎嘎歌，催得晓鸡喔喔啼。

夜读凤凰

2016年暑期去贵州，第一站却先到了湘西凤凰。

八年前，我曾由张家界去凤凰，几乎一天车程。下午匆匆游古城，晚上偕老伴去拜谒沈从文先生墓。从住地打车，司机不知墓地在何处，先去电向同行打听，再途中停车三问，我的心随之凉了三回。毕竟，凤凰闻名遐迩，沈先生功高望重。

高铁朝发苏州，暮至贵州铜仁，换乘大巴往东北行50多公里，到凤凰县城时华灯初上。同行伙伴大多未来过凤凰，但都知道沈先生与苏州的渊源，都听说过凤凰的幽远神秘。吃罢晚饭时近9点，众人迫不及待夜探古城。

步行10来分钟即到凤凰大桥，伫立北岸俯瞰河谷，沱江自西北奔向东南。两岸灯光熠熠，蜿蜒如霓虹。沿江酒吧、餐饮铺绵延，酒吧里人头攒动，歌手纵情演唱，乐曲在夜空飘荡。

顺流渐行，两侧摊贩夹道，石板路上湿漉漉。下游的虹桥和对岸的北门城楼流光溢彩，进北门才是凤凰古城。江面横亘60余对石墩，供人踏石过江，名曰跳岩。八年前我曾搀老伴在此蹚过沱江，此次看看汹涌的江水，已经无此胆量。

雨中的东正街

跳岩旁新建了一座景观桥，我与老伴走上桥亭稍事休息。滔滔江水奔流不息，带走了岁月，沉淀了人生。我俩回忆着上次去对岸下游沈先生墓地的情境。苍苍听涛山，幽幽石径斜。一块未经雕琢的天然五彩石墓碑，刻着先生的手书：照我思索，能理解"我"；照我思索，可认识"人"。近处是黄永玉刻的石碑："一个士兵要不战死沙场，便是回到故乡。"先生回到了故乡。

跨沱江到南岸，上数步石阶便是北门。古城墙用大块紫红沙石砌成，门洞高大，城头铭"璧辉门"。八年前，我过此门洞，几名年轻的歌手在忘情弹唱，此时同一地方情境冷寂。穿门洞沿城墙脚东去，沈先生故居就在南面深巷中。黄永玉在《沈从文与我》中写道，沈先生五六岁时，在北门内文庙巷外婆、舅舅家玩晚了，由于街巷幽寂，得由黄永玉的父亲送回家。眼前石板街窄窄、人来人往、商铺壁立、灯火辉煌。几多往事，几多沧桑，唯有古城依然枕沱江。

行至虹桥，天下起细雨，桥畔山坡上的南华山牌坊灯光闪烁。匆忙瞄一眼桥头楹联，右联道："今宵皓月，谁在廻龙潭上，华灯楼船，彩影荡漾，弦歌映山山映水。"今夜无月，有华灯弦歌彩影伴人潮。桥堍出古城的路上，汽车、三轮车和电瓶车如过江之鲫。拦辆出租车，的哥因堵车一脸情绪，我赶紧与他攀谈疏气。他告诉我前几年在宜兴打工，不久前回到家乡，说："你们城里人来此看山水，这里的人想去城市看高楼。"我想起《沈从文与我》书中的一段话："我们那个小小山城不知什么原因，常常令孩子们产生奔赴他乡献身的幻想。""以至表叔（沈从文）和我都是在十二三岁时背着小包袱，顺着小河，穿过洞庭去翻阅一本大书的。"旅游，也仿佛在读本新书。

回住地已半夜，听窗外风紧雨骤，辗转难眠。凭谁问：古城几时入睡？待来早，再读烟雨凤凰。

天际梵净

梵净山蘑菇石，天天在荧屏撩人，待去时，却远在天际。

正逢暑期里周日，清晨，梵净山黑湾河山门前人头攒动，摆开长蛇阵。挤进山门，到缆车站尚有 9.5 千米。排队候车之际，我与一旁兜售雨披的山民攀谈，他说："这个季节山里一天两场雨，早上 6 点光景，下午 2 点左右，早晨的雨已下过，你看地还是湿的呢。"我信了五分。

到鱼坳索道站，还得排队。到缆车上站已过 12 点，缆车行 3.5 千米，爬高 1200 米。悠悠木栈道，在森林中架空穿行，林木苍苍、绿苔茵茵。有老树劈岩而出，树根在石上盘缠。路边科普图片介绍，此山有珍贵的珙桐树和黔金丝猴。气吁吁、汗淋淋挪完蹬步一千，蹭到海拔 2318 米，蘑菇石横空惊现。

梵净山巅，蘑菇石临深谷兀立，高约 10 米，上大下细，状如蘑菇，周围奇峰怪石林立，犹如众星拱月。放眼四望，舍身崖、九皇洞、拜佛台、翻天印历历可见。砂质岩峰呈水平纹理，如万卷天书相叠。一挂山脊悠悠西去，远处红云金顶如右手大拇指般跷着，在云雾中时隐时现。导游辉仔叹道："每次上山汗流浃背，金顶却总是云遮雾罩，今日才一睹真容。"说话间，浓雾骤起，迷茫茫诸景不见，哗啦啦大雨滂沱，急匆匆游人四窜。山里下午果然有雨，山民的话我已信了十分。

撑伞循山脊西去，雨时下时停。到金顶脚下普渡广场，雨大如瓢泼，四下只几处狭窄屋檐，大众无地躲避。同行老友稼祥，年逼八秩，矍铄清朗，鹤发童心，我与他商议：雨如止，上金顶。不料天意催人进，雨竟应声停。两人抖擞精神，互道一声小心，打点装束登金顶。

金顶高八九十米，拔地而起，崖壁如削，岩石嶙峋，草木缀映，山径在"拇指"根分叉，右上左下。上山鸟道依崖临渊如悬索，容过一人。劈面岩崖几乎垂直，凿四五浅槽，够

红云金顶如右手大拇指般跷着，在云雾中时隐时现

夕照屐痕 | 185

挤进半个脚掌。槽之间距离尺许，两侧铁链铮铮。人无法站立，需手拉铁链攀登。走在前头的一名女子见状，索性脱下高跟鞋和袜子藏路边草丛，赤脚上阵。嶝道步步难，山路处处险，路随峰转，虽有台阶，两侧或铁链或钢管作扶手，却无地歇息。顾不得细读摩崖石刻，顾不得钻进悬在半山崖壁的观音洞，只是留心脚下，不敢懈怠。末段路夹在被称作金刀峡的一线裂隙间，峰巅积水向峡内倾泻。至此无别念，奋力攀金顶。

金顶海拔 2336 米，峰顶被金刀峡一劈为二，均仅有一片篮球场大小，各建一殿，一边供奉释迦佛，一边供奉弥勒佛，殿旁巨石如台，天桥飞渡东西。风光在险峰，佳境待雨后。伫立峰巅眺望，深壑风起云涌，山脊人流如线，普渡广场游人如蚁。云雾时起时散，似轻纱，似新絮，似薄烟，惹得点点峰峦如梵天净土飘浮于天际间。远处天空忽然漏出一缕阳光，刹那间染得空谷云雾缤纷，如同仙境。

寻路小心下山。回首处，雾散云开，金顶经洗，苍翠欲滴。老友和我相视一笑，不信竟从天际回。金顶似为我俩竖起拇指点赞。

镇远时光

那年暑期到贵州旅游,搭乘高铁先到铜仁,随即去了50公里外的湘西凤凰。凤凰夜色无限,但游人摩肩接踵,遇雨又堵车,难免生怨言。从凤凰返回贵州铜仁,游罢梵净山那天发车去镇远,已是下午6点。贵州导游辉仔,年轻、帅气,虽在凤凰生出的怨气尚未消尽,但他无比热爱家乡,一路念叨着贵州的好,说贵州山明水秀,贵州玉米比那日里吃的甜糯,黔东镇远堪媲美湘西凤凰,那里也有城垣老街,也有晨雾暮霭,潕阳河萦纡古城,碧水胜沱江,更可泛舟看青山。水是家乡美,月是故乡明,亦人之常情。

在镇远街上吃完晚饭,时近9点,众人并不急着投宿,而是去浏览古城夜景。潕阳河犹如轻纱自西飘来,三折穿城,宛宛离去,北岸称"府城",南岸称"卫城"。潕阳河畔,"府城"

街头，房舍青砖灰瓦，灯火流光溢彩，石板路上游人熙熙攘攘，分不清谁是游客谁是居民。走过县政府，北山头霓虹巨字"名城镇远"如明月挂天；走过博物馆，看看紧闭的乌黑大门，似乎听得见古城跳动的脉搏声；走过复兴巷、仁寿巷，巷口牌楼巍巍，红灯熠熠，幽幽嶝道入深巷，不知巷子里隐藏几多遗梦，几多沧桑？踱到禹门码头眺望，大桥虹飞南北，对岸餐饮店鳞次栉比，临水大排档食客影影绰绰，三层仿古楼台上的霓虹灯大字"美丽镇远，潕水之夜"，仿佛在眨着媚眼。回首处，撞见身畔墙上镶了一句"为了你，这座古城已等了千年"，心中竟会掠过一丝感触。

翌日晨，去城西潕阳河风景区。潕阳河源于贵州瓮安，是洞庭湖水系主要河流沅江的支流。景区内青山夹道，风雨桥般的长廊飞檐叠阁。流水汩汩，港汊里泊了十几条舴艋船，岸边一溜摊贩拾掇刚刚出水的鱼虾。浅水中搭着遮阳棚，竟是供食客脚踩水中消暑、吃小吃的座位。串串油炸桃花鱼，每条有玻璃杯口大小；片片金灿灿虾饼，由点点小虾粘搭。诱惑难挡，买来与老伴共尝。边吃边走到码头，放眼对岸，峰峦间树藤交柯、青翠欲滴，嵌几块嶙峋怪石，露几处青玉般崖壁，天生桥虹跨山巅，俨然天然画屏。

登上天梯号双层游船溯流而行，潕阳河缥碧清澈、水势平缓、轻浪抚岸、波纹如凌，两岸悬崖绝壁、群峰竞立、草木葱茏、树石掩映。大自然的造化如鬼斧神工，将石灰岩山体雕琢成奇峰、溶洞、石笋、钟乳石，让人目不暇接。或飞泉三叠如帘垂崖，泻入玉盘似的绿潭；或双峰联袂、野芳点缀，惟妙惟肖如孔雀开屏；或看似山穷水尽，忽有轻舟驶出重峦叠嶂，疑是来自天边。潕阳河依着山势在山间蜿蜒盘桓，游船每拐一弯，犹如卷起身后画，展开眼前图。河谷内的诸葛峡、龙王峡、西峡，人称小三峡，恍惚间想起长江三峡的前世今生，心中响起了不老的渔歌："巴东三峡巫峡长，猿鸣三声泪沾裳。"勾起了自己心中的些许惆怅。

潕阳河上惟妙惟肖的孔雀开屏石峰

游船上层前部，当是最佳观景处，游人纷纷在此摄影留念。只见一条汉子，随着五位大妈，在船头频频拍照。汉子如变戏法般，一会儿从双肩背包里拿出彩布伞，一会儿抽出丝绸巾，让她们当作道具轮流上镜。五位女子一声欢呼，一字排开站在船头，背对着镜头摆个造型，留下倩俏背影。忽又要与汉子进行六人合影，我赶紧主动上前帮忙。原来是来自成都的一家子亲戚，享受桑榆时光。

镇远如醇醪，千年酿造。

天下西江

看西江知天下苗寨。

西江千户苗寨，藏于贵州省雷山县东北部的深山中，依山傍水10余个自然村寨，经风历雨两千余年，是我国最大的苗寨。苗族尊蚩尤为始祖，西江是苗语音译，意为西氏族居住之处，传为蚩尤九黎部落的后裔。

8月贵州，暑气蒸蒸。站在西江苗寨北门广场上四望皆山，头戴草帽身着黑袍的苗族老汉吹响芦笙，数十名盛装苗族女子夹道列队，手撑蓝底白花遮阳伞，伴随呜呜芦笙踏歌行。十二道拦门酒迎远方来客，一溜儿酒桌酒坛从广场中心直排到寨门。偶有一两名壮汉笑受姑娘用大碗灌酒，大多数游人从两侧的风雨廊避走了。

进苗寨，白水河迎面奔来，水流清澈、浪花跳跃，七座飞檐翘角的风雨桥虹跨南北，沟通两岸人家。古街溯河东去，游人熙熙攘攘，载客车来来往往。街两侧的吊脚楼多为三四层，暗红色的木板墙在阳光下闪耀，一路商肆绵延：餐饮店、旅店、土产店、茶吧、纪念品店、蜡染坊。传来的芦笙悠扬，古街上苗族妇女盛装走过，身佩银饰叮叮当当。芦笙场上，这厢里苗族女子随芦笙声而起舞，那厢里游人喜眉笑眼试穿苗家衣裳，照相机留住热闹时刻。

　　西江苗族博物馆前，竖立着"高山流水"敬酒铜像：五位女子笑吟吟唱苗歌，第一位女子将壶中酒注入第二位女子壶中，第二位的酒壶再注入第三位的壶中，如此五叠，第五位女子右手壶中酒方始注入左手酒杯敬客，酒杯下方虚席以待留影游客。

西江千户苗寨

博物馆内介绍西江苗族的历史传说和生活习俗。我猜西江古街本是苗寨日常集市，旅游兴起，化为展示苗族文化的走廊。

由东头一号风雨桥过河，河畔山坡吊脚楼高低错落，远处层层梯田，近处滚滚稻浪，乡愁浸润田园风光。登西寨门观景台，俯瞰河流谷地，苗寨万千气象。天蓝云白、重峦叠嶂，两道宽大的山梁形如犄角，白水河在山梁间萦绕蜿蜒，山坡上吊脚楼鳞次栉比、层层叠叠、户户相连、寨寨相望，参差一千人家。苍翠欲滴的守寨树守护着吊脚楼，守护着米酒腊肉、服饰银器、歌舞风俗、农耕文化，守护着苗家人的民族密码。观景台的巨石上镌刻四个大字：天下西江。生态与文化是西江的魂魄，使得西江名满天下。

红日西沉，一钩新月悄悄挂山梁；万家灯火，疑似满天星斗洒落西江。古街四处响芦笙，苗家米酒、红蛋腊肉、酸菜鱼汤，长桌筵聚集天南海北的游客。走来窈窕苗家姑娘，搭起三叠"高山流水"敬酒阵，歌声不停酒不断，声声漫溢酒香。有条汉子好酒量，神闲气定端坐板凳，任米酒入口，引得围观人群喝彩鼓掌。我暗自思量：眼前只是天天上演的旅游秀，原生态的苗寨长桌筵，当融入多少民族历史和记忆，恐逢苗家节日才在寨子里隆重开场，许是月落西楼筵始散，家家扶得醉人归。谈笑间，席终人微醺，尽踏碎步归，古街流光溢彩，今夜醉卧西江。

吊脚楼里入梦乡，芦笙一声天亮。

红石野谷

2010年,"中国丹霞"列入《世界遗产名录》,贵州赤水跻身其中。2011年夏,我去赤水观丹霞。

红石野谷在赤水市南10多千米的华平河畔,是赤水丹霞的重要景区。下午1点半赶到那里,正烈日当空,暑热难当。进景区循道东去,左临山坡,右濒华平河。约行500米,北折登山。山道弯弯,植被繁密,绿荫如伞,赭石上青苔斑斑。500多米的上山道旁,清泉左右流淌,瀑布前后相随。迎宾瀑、溪谷琴韵、犀牛潭瀑布、猿人守瀑、攀岩瀑布、高山流水、佛头瀑、织女瀑布、一线天瀑布、观音瀑,瀑瀑相连,目不暇接,称作观音沟瀑布群。地陪小唐指着一树,羽毛般的巨大叶片,形同华盖,说是濒危植物"桫椤",木本蕨类植物,恐龙时代流传下来的活化石,在此却随处可见。

我和小唐一路攀谈。说起旅游时最宜与历史、地理和语文老师同行，可以尽兴闲聊。小唐说他就是一所高中的历史老师，地理也学得很好，赤水旅游缺导游，趁暑期做个兼职。仿佛是印证他的话，听得一声"借光"，一位少年身背竹篓，从后面超越到我们前面，回头腼腆地叫了声"唐老师"。少年满头大汗，面容幼嫩，背篓里装满了饮料、方便面、饼干等东西。小唐告诉我，少年是他的学生，帮助父母料理山上小店。说话间已到山腰。

山腰开阔地的太阳伞下，有几处供游人休息的桌椅，老板见有客来，赶紧开启电扇。我要了杯茶，坐下小憩。此处可俯观溪水出山，泉声叮咚；仰看峰峦葱郁，蝉噪鸟鸣。三幢双层竹寮，底层开店，经营茶点土产饮料等，上层住人，背后山坡是漫无边际的竹林。其中有一幢就是少年父母经营的商铺，少年将货物放到店里，拿出一捧野果请我们品尝。看得出店主生活艰辛，心祈随着赤水旅游经济的发展，日子逐渐好起来。

休息后一行人沿山腰小路西折，满目山林田园风光。坡上层层叠叠的梯田，种植着水稻、玉米、芋头、红薯。游人在田边行进，脚下流过一道清泉，泉水顺着用剖开的竹子接成的简易水槽，注入一汪清塘。山坡上不时闪出一片果园、几间农舍，忽又穿过竹林，享受一丝凉意。路旁几处"农家乐"刚开张，脑中浮想起东坡翁诵吟的"日高人渴漫思茶，敲门试问野人

天然丹霞壁画长廊

家"的诗境。

路到尽头,蓦然看见天然丹霞壁画长廊横亘眼前。绝壁高逾40米,长约1千米,内凹10多米,色如渥丹,灿若晚霞。崖面条石布满大片蜂窝状的浅坑,犹如鳞甲披身。岩上纹理,似雕似刻,如云如水;地面塌石,似琢似镂,如龟如蛙。崖顶飘落丝丝清泉,搅得崖前水汽氤氲,映衬着周围绿树翠竹,晦明摇曳,是称竹海映丹霞。红色沙砾岩地层经过千万年的风化剥落、水流侵蚀、重力崩塌等,才形成眼前的丹霞奇观。

丹霞谁染?赤壁谁削?天造地设。

岭南春色

丁酉三月，江南春寒料峭。罗浮山中，已是满眼春色。

伫立山麓西望，天边青山隐隐、层峦叠嶂，四周花木葱茏、万紫千红。忽然想起苏东坡贬谪惠州时的诗："罗浮山下四时春，卢橘杨梅次第新。日啖荔枝三百颗，不辞长作岭南人。"少时读此诗只以为荔枝甜美，年长后读出诗人的无奈和排遣，待读到他的《荔枝叹》："我愿天公怜赤子，莫生尤物为疮痏。雨顺风调百谷登，民不饥寒为上瑞。"方体会到诗人的几番心情。

进山门循步道渐行，绕白莲湖，过冲虚观，登数百台阶到缆车站，已是气吁吁、汗淋淋。扶老伴跃上吊椅乘风而上，俯瞰山岭起伏、绿翠遍野、风起云生。与老伴在半空闲聊，世传罗山自古有之，浮山由东海漂来，倚于罗山东北。晚明张岱记：

"罗浮第三十一岭半是巨竹,皆七八围,节长丈二,叶似芭蕉,谓之龙葱竹。"老伴偏问:"奇竹何处有?"戏答:"只在此山中,云深不知处。"

吊椅荡越三个山头,到达轮龙坪。回首来处,云气茫茫、阡陌纵横。举头仰望,鹰嘴岩突兀危立,拔地近百米,岩巅游人影影绰绰。缓气、定神,去攀鹰嘴岩,磴道越上越艰难,近岩顶只能在险坡上觅坎挪步,幸有年轻人伸手相助。踏上"鹰嘴",凭栏极目,只见崇山峻岭,离主峰飞云顶,还有山路几千米。

返回轮龙坪,西侧崖畔巨石夹峙,左雕山神,右刻"登山门"。传来阵阵音乐,一队少年着登山衣,背露营装备,乐曲伴行,气宇轩昂穿门而去。时近下午4点,踌躇间忆起东坡在惠州写的《记游松风亭》,"纵步松风亭下,足力疲乏",而亭宇尚在山巅,如何得到?忽悟"此间有什么歇不得处"?想到此,赶紧回头下山。

车抵惠州城,安顿好食宿,时近晚上8点。酒店在闹市,门前一条10来米宽的马路,车来车往。路对面绿荫掩映着四柱三门的牌楼,竟是惠州西湖东门,门里面流光溢彩,远眺如梦境。西湖由菱湖、鳄湖、平湖、丰湖和南湖五个湖泊相连组成。绍圣元年(1094年),苏东坡携子苏过与侍妾王朝云谪居惠州,他以旷达和洒脱面对仕途中的不如意,在西湖留下许多踪迹。

有时，人即使不能选择境遇，也可适应、影响境遇。

携老伴小心穿过马路，进东门便是分隔平、丰两湖的湖堤，因东坡曾资助筑此堤，后人亦称之苏堤。堤北远处高楼、桥梁的景观灯五光十色，湖面波光粼粼、倒影摇曳。堤两旁老榕树盘虬卧龙、郁郁葱葱。西新亭前楹联隐约可读："西风吹醒凉亭月，新雨催浓古郡春。"沿堤西去，跂上西新桥拱背，桥西土丘般的西山顶上，夜空中的泗州塔被射灯照耀得晶莹如玉。桥畔立诗碑，有"一更山吐月，玉塔卧微澜"句。正值初更时分，可惜不见山月。与西山北连的小山也称孤山，东坡将早逝的王朝云葬于孤山，留下"高情已逐晓云空，不与梨花同梦"的思念。惠州西湖因了东坡的缘分，成为杭州西湖外的又一著名西湖。

翌日清晨，酒店二楼餐厅，人倚西窗前，遥看眼底西湖：远山朦胧，近水氤氲，嵌几撮绿岛，缀数羽飞禽。早餐后，即与惠州告别，心中掠过丝丝流连。

遥看惠州西湖

夕照屐痕 | 199

一水中分白鹭洲

滔滔赣江水，青青白鹭洲。

清晨，出宾馆东门，穿马路到赣江边。清流南来北去，井冈山大桥跨东西。对岸新城迢递、远山隐隐；中流绿洲苍郁、林木蓊郁。路人相告，此乃白鹭洲。想起在南昌到吉安的火车上，时见窗外水田里白鹭翻飞，料此洲有鹭鸟栖息繁衍，脱口吟一句："三山半落青天外，二水中分白鹭洲。"《徐霞客游记》记，崇祯九年（1636年）十二月初，霞客南下吉安，船过白鹭洲，舟人欲泊南关，"余久闻白鹭书院之胜，仍返舟东泊其下，觅寓于书院中净土庵"。他在周边盘桓近一个月，每返城则卧白鹭洲。《徐霞客游记》讲吉安"十里阗阓，不减金阊也"，说书院"较之白鹿，迥然大观也"。

白鹭洲大桥通江洲。桥西埂的正方形台基上，耸立着三层木架结构的钟鼓楼,光绪二年(1876年)白鹭洲书院山长刘绎题门额"古青原台"。桥东堍与一所学校的大门相衔,门额横书"江西吉安白鹭洲中学"。伫立桥头俯瞰,荡荡白鹭洲,南部树林茂密,中部是生活、运动区,北部是教学区。正值2017年暑假,我与门卫打个招呼,进校参观。

校内南北干道绿荫蔽日,行政楼、教学楼、实验楼等夹道布列,楼多以杰出校友的名号命名。路东有碑镌刻郭沫若1965年7月《宿吉安》诗,开篇"面对白鹭洲,葱茏林木稠";另一块花岗石碑刻学校简介。学校发轫于南宋淳祐元年(1241年)创建的白鹭洲书院,近八百年来薪尽火传、文脉不断、弦诵不绝,培育出无数古今杰出人才,其中有世人皆知的文天祥,正气浩然、忠诚仁义,时穷节现垂丹青。路西一处大楼前置校歌牌,有"零丁不叹身名恨,正气唯歌家国忧"句。洁白的大理石上铭校训:"崇尚气节,建功立业。"旁立煌煌《正气歌》碑。学校四下散落着一些著名校友的雕像。徜徉在校园,仿佛浸润在岁月长河,心中生敬意。

学校主干道北接白鹭洲书院旧址,为全国重点文物保护单位。书院屡毁屡修,遗存宋、元、明、清、民国的历代建筑。最近一次护岸固洲和修缮书院于2014年竣工。复建的棂星门石坊四柱三门,石柱铭联:"智水仁山,日日当前呈道体;礼门义路,人人于此见天心。"对学子耳提面命。两侧门额"忠节"

"理学"。坊前的文天祥全身石雕像，戴状元帽佩状元花，笑吟吟地注视着校园，似在诵读校训。书院的传承滋润学校，学校守望着白鹭洲，使书院平添勃勃生气。

棂星门西有复古亭、文山院，东有正气廊、浩然亭。穿棂星门、越泮池，迎面中山院，门楼楹联："陵谷经几迁，此地依然为砥柱；江河同万古，斯文有幸见回澜。"显现书院底蕴。中轴线上屋宇重重、庭院深深，道心堂、六君子祠、景贤祠、逢源堂、云章阁、风月楼、古吉台秩秩铺开，东西碑廊、号舍相围。登洲尾观澜亭凭栏眺望，两水相汇，萦回成澜，推波滚滚北奔，是谓"白鹭文澜"。喝一声："逝者如斯夫，不舍昼夜。"

白鹭洲书院

书院东岸辟"霞客泊舟处"。当年徐霞客借宿书院，朝雾暮烟、风雨雪霁，听过学子琅琅夜读，见过灯水熠熠相融。

今日仍然："一林蕉雨分窗绿，四面书灯映水红。"

塔川秋色

塔川秋正浓。

那年深秋,老友数人,聊发少年狂,不顾年逾古稀,不管山长水远,寻一家户外旅行公司,去皖南秋游。

夜宿宏村,翌日清晨到塔川,已是人头攒动。伫立路边观景台俯瞰:远处青山连绵,云烟缭绕;谷内林木繁茂,经秋临冬,绿的、黄绿的、黄的、红的树叶灿若锦绣。山村在斑斓树木间,在朦胧轻雾里。坡下的入村检票处,怎拦得住秋色外溢?

进村路口浓荫蔽日、古树参天,土地庙香烟袅袅,山路畔流水潺潺。村口楼台飞檐翘角,房舍粉墙黛瓦,马头墙高耸。一行人不急着进村,循着石板路,前往村东的观景台。掠过茶园,路过菜地,穿过才收完庄稼的农田,处处秋色撩人。遇见一位大妈,在路上支起相机三脚架,我打个招呼,侧身经过,随口与她说句："拍照人辛苦，扛着器材，不怕累，不溜达，不计较吃住，只为蹲守光线拍美景。"这句话说得她十分开心，马上答道："是啊，没办法哩！退休后就是喜欢摄影。"登上观景台眺望：山斜郭外，树合村边，云雾氤氲，宛若仙境。领队指着一棵树说："我最近每周都带队来此，那树的叶子由绿转黄变红，终将纷纷落尽。"有人接过话头说："树木展示了一年中的最后辉煌。"我心中竟掠过一丝伤感。

下坡进塔川村

　　下观景台，从田间小路进村。柴篱、石垣、菜畦、农舍，薜荔缠满拱门。山泉汇聚水潭，农妇忙着洗刷。数间茶座，几杆酒旗，农家乐待客殷勤，处处人间烟火。塔川十分秋色，村内村外各占五分。

辞别塔川,走在乡间柏油路上,去东南向的协里。远山隐隐、草木欣欣,路边油茶树盛开白色花朵,草丛里无名浆果红艳艳、蓝晶晶。经横段、过梓路,一径小路引人钻进山林。

山不高,林却密,林以杉、竹为主,灌木杂草丛生,黄灿灿野花镶嵌其中。小路崎岖,勉强容得两人交会。林间多伐倒的杉树,许是秋后山民要建新居。迎面走来三位当地的老太太,惊讶竟有外地老人敢走这条崎岖山路。交谈中得知她们都已年过80,每天走这山路。她们又问我几岁,有没有来过,我说:"惭愧,比你们小,这山路我第一次走,但同伴里有一位83岁的老人。"历三刻钟出山,众人齐声欢呼,在山口留影。领队说:"这是我第一次带老人团巡山!"

出山口,众人齐声欢呼留影。

出山已是协里。山麓"月荷锄归"客栈屋前高高的柿树上,仿佛挂满了红红的小灯笼。张老师说:"客栈名出自陶令诗句'带月荷锄归',恐不应省却'带'字。"我抬杠说:"权当月色落锄头。"领队喝一声："别争了，此处不是终点！"

　　最后3公里也是柏油路。路侧开着黄的、粉的、白的波斯菊，或一条或一片，疏疏密密；挤在篱笆间的可怜冬瓜拼命生长，状如哑铃；墙角红、黄两色鸡冠花独自开得十分鲜艳：植物都有自己的秋天。秋色里，有人开心得躺在路上拍照，有人步履维艰走走停停。望见前头老树旁、小河边，废弃的拱桥上树草纷杂，野地里波斯菊如灿烂繁星，院子里停着来接应的汽车，到了终点。

　　秋色是缤纷的树、五色的花、萧萧的山、泠泠的水、舒爽的风、疾走的云。摄影者捕捉最美秋色，村民在秋色里收获，农家乐主人喜迎游客。我们在秋色里远足，看秋色无限好，叹大江日夜流。辛弃疾感慨："欲说还休，却道'天凉好个秋'！"刘禹锡吟咏："我言秋日胜春朝。"毛主席最是万丈豪气："萧瑟秋风今又是，换了人间。"

　　秋色在各人心头。

沉默的多多

暑假,那夜在旅途,卧铺前并无明月光,却卧着"多多"。

自哈尔滨去满洲里,行程两千里。晚 8 时许,登上哈尔滨始发的绿皮火车,在下铺安顿好,刚准备洗漱歇息,车停西站。

车厢里热闹起来,迎来一拨特殊的旅客,五十来人,其中约四分之三是视力障碍者,半盲或全盲,其余是志愿者。一位 30 多岁的女子,搀着五六岁的男孩,由一条黄毛拉布拉多导盲犬领路,来到我对面的下铺。

火车开动,志愿者们走访分布在各车厢的成员,叮嘱早些休息,而他们还兴奋地摸索着串门。我听出来这是一次组织视力障碍者们去呼伦贝尔大草原的活动,他们来自苏州、上海、杭州、南京等地。志愿者的领头是苏州的。我对面的盲女来自南京。

我与女子寒暄几句，赶紧请问犬名，想与它套套近乎。她边从它身上卸下导盲装备，边告诉我它叫"多多"，3岁，63斤，是从大连导盲犬培训基地认养的。多多很健壮，站着几乎占满两铺间的狭窄通道，摇摆尾巴时横扫左右铺。我担心它在车上大小便，她说不会，上车前已解决。我唤一声"多多"，它不搭理。多多惹人喜欢，不少人过来看它。他们叫唤它，它都不理睬。女子摸出一张湿巾纸，蹲着将床前地面擦一遍，吩咐多多睡觉，多多真就躺下了。周围都是行李，多多睡着一定不会舒服。

购物车推过，女子回头招呼小男孩，拿钱去买一盒方便面和一罐八宝粥。男孩俊俏机灵，生就一对明亮的眼睛，听妈妈的话，不怕陌生人。有志愿者帮助泡好方便面端来，多多嗅到香味，站了起来，有点馋，但没有声响。我说："多多想吃哩！"她柔声安抚它："你已经吃过了，这不是你吃的。"多多居然能听懂，抖抖耳朵又去睡了。

她与我聊起导盲犬的培训，说要求犬的上两代不乱吠不咬人，如果头一个月培训不合格就会被淘汰。申请领养导盲犬也不容易，要实地考察家庭成员是不是都接受它，经济上能不能负担每月近千元的支出。"多多非常聪明，帮我一起接送上幼儿园的儿子。从家到幼儿园的路，它走过一次就认识了。"她夸它。

这时，摸索着进来一位串门的武汉女子，她们是在深圳打工时结识的。我惊讶如此视力还外出打工，她说要生活呗，在深圳做按摩推拿。女子让小男孩打个电话回家报平安。她俩愉快地聊相互的近况，聊这次旅行。女子说："我要带多多去看看呼伦贝尔大草原，让它开心。"

熄灯时间到，四周归于平静。我躺在卧铺上探头看看睡在地下的多多，它闭着双眼，没有声息，好像已经入睡。但自见到多多，我感到它一直处于待命状态，它会随时醒来履行职责。

一夜无动静，没听见多多叫一声。我近5点起床，见多多在地上翻滚，不断换着姿势。待女子起身去盥洗室，多多立即要跟随。她关照它待在原地，多多身体趴在卧铺间内，头却伸出探望着女子的去向，十分警惕，待她回来，它才缩进卧铺间，放心地甩起尾巴。

6点半，车停在海拉尔，志愿者招呼大家下车。女子替多多系上导盲装备，领着小男孩下车。经过邻近卧铺间，多多突然看见另一条白毛导盲犬。它俩互相用前爪打招呼，有点兴奋，或许曾是"同学"。没有声响，瞬间收敛了起来。

我目送这支队伍有序出站，多多领着主人默默地走在队伍中间。列车驶离海拉尔，我伫立窗前遐想：大草原上，多多会在蓝天白云下撒野奔跑吗？恐怕不会，它不是宠物，它有责任。善良的志愿者、与残疾抗争的女子、乖巧的小男孩、沉默的多多，宛若生活中的朵朵浪花，激起片片涟漪，让人心生感动，教人热爱生活、珍惜当下。

天边的小城

从苏州到哈尔滨,2200多千米;自哈尔滨北去漠河,1200多千米。"八千里路云和月",漠河在天边。

北极村黑龙江畔

下午 6 点半,登上哈尔滨去漠河的绿皮火车,在车上要度过 15 个钟头。时在 8 月中旬,我被寒冽逼醒,天已大亮,铁路两侧山峦起伏、渐现秋意。列车行进在大兴安岭,驶过一个个小站,劲松、塔河、盘古,从没到过,名字却熟悉。一位东北汉子推着小车供应着早餐,每份 15 元,稀饭不限量,他不断关照我多舀稀饭,我和老伴两人吃一份。

车近漠河,两位男子指着窗外的山林,说这里是育英林场。育英林场是 1987 年 5 月大兴安岭特大森林火灾的一处受灾地,灾后重栽的树还这么矮,这里每年只有大约五个月的生长期。正想凑上去聊几句,列车减速停靠育英站,忽听得身后清脆响亮的一声:"姥姥!"

回头看去,一个七八岁的男孩正朝窗外招手,小站右侧缓坡的山路上,姥姥下了电瓶车,走到山坡边沿,对着外孙激动地挥手叫嚷。男孩的爸妈闻声从卧铺间出来,向窗外招手。女的自豪地说:"看我妈身体多好,眼不花耳不聋,骑电瓶车追火车。"我问男孩:"你姥姥多大年纪了?怎么会在此巧遇?"男孩说:"姥姥 75 岁了,是我想姥姥,提前打电话叫她来的。"列车启动,姥姥跨上电瓶车驶下坡去。男孩说:"姥姥去车站接我们了。"我奇怪:姥姥真能追得上火车?小孩告诉我,火车还要绕个大弯才进站,姥姥走直线,她先到。

漠河是我国最北的县级市,有零下 53 摄氏度的最冷记录。

而由此到黑龙江南岸的北极村，还有70多千米的路程。在北极村，看的是最北一家、最北邮局、最北客运站、最北哨所等，据说"最北一家"还注册了商标。偏偏近几年有人说同属漠河的北红村要更北一点，于是"最北"引起争论。其实，北极村最值得看的是当地风情，尤其是幽邃的黑龙江。从宿地出大门横穿马路就到黑

北极村的"神州北极"碑

龙江畔。黑龙江流过洛古河村，流过大马场，流经北极村。傍晚江边游人寥寥，白云游弋蓝天，江水澄碧清澈、波光粼粼、寒气逼人，对面俄罗斯江岸山脉连绵、树木葱茏、岩石嶙峋，听得见江水汩汩、归鸟喈喈，神秘、空灵、静谧，仿佛置身天边。

翌日回漠河城。市中心的小山鲜花满坡，雕塑"腾飞"高耸山头。登山眺望，环城皆山，幢幢欧式风格建筑错落有致，街道整洁、绿树成荫，小城美丽宁静。而附近的大兴安岭

夕照屐痕 | 213

"五六"火灾纪念馆里，记录了三十年前的惨痛往事，烈火摧城镇毁生灵。今日漠河乃灾后重生。

纪念馆斜对面是松苑。1971年小城初建，当时主政者留下的这片五公顷的原始森林，在大火中竟奇迹般逃过一劫。坊间有"松苑不烧，因吉祥之地，火魔不忍也"之说。火魔焉有不忍之心？我想一定是特殊的环境如周围房屋低矮且有马路相隔、森林内地面可燃物少等，使这片城市森林幸存。

松苑内小径蜿蜒、野芳遍地。密林深处突然传来欢乐歌声，循声寻去，小路上气球悬浮，斟满红酒的酒杯在地面圈成心形，树间拉起一条红色横幅，一对青年人在朋友们的簇拥下浪漫演绎求婚。苏州的旅游者无意中做了甜蜜仪式的见证。年轻人在小城遭难时还没出生，但他们一定听父母讲起过那场大火，故而选择在松苑举行求婚仪式。

小城有故事。

天下独绝处

细雨蒙蒙，江南秋将尽。

到富阳、登鹳山，谒郁曼陀、郁达夫兄弟双烈园，山下富春江白浪滔滔。崖上镌刻南朝吴均《与宋元思书》，与两名同伴崖前驻足，朗声诵读全文。"风烟俱净，天山共色，从流飘荡，任意东西。自富阳至桐庐一百许里，奇山异水，天下独绝。"相顾拊掌一笑，下山沿江徐行。

富春江江面宽阔，舟楫穿梭，"水皆缥碧"，岸旁水下有激流涌出，"急湍甚箭，猛浪若奔"。过龟川秋月、登云钓月，到严子陵垂钓处，想百里外桐庐有严子陵钓台，敢情东汉高士是在这天下独绝的水路上游钓？难怪眼前礁石下，一排钓竿、五色雨伞，渔人斜风细雨觅趣。人传元黄公望在鹳山江边被仇人推入水中，亏得樵夫相救，遂随樵夫隐居山村，朝看江上扬帆，暮听渔歌唱晚，阅尽富春四时景，"逐旋填劄，阅三四载未得完备"，呕心沥血，画就《富春山居图》，发轫七百年传奇。望断云山隔秋水，画师曾住何地？

今去桐庐，实难扁舟从流漂荡。车驶高速公路，半个多小时已到桐君山下，分水江和富春江在此交汇，山踞"夺得一江风月处"。相传黄帝时有老者结庐山中，悬壶济世，指桐为姓，遂地名桐庐，山名桐君，尊为药祖圣地。登山南望，雨似游丝，云似散烟，富春江如练穿城，江上双桥影影绰绰，两岸高楼林立，极目处青山如屏。

登桐君山南望

严子陵钓台在城南 15 千米的富春山麓，游人需从水路进入。翌日清晨船行江上，两岸青山隐隐，烟岚弥弥，几处山村镶嵌山间，下游富春江水电站大坝飘忽在薄雾里。船近钓台景区，望见离山脚 70 多米的山腰处，有两磐石耸立，东为严子陵钓台，西为谢翱台。景区有严先生祠和碑园等，可惜清以前古碑仅存 7 方。传东汉高士严子陵助刘秀起兵，后归隐江湖。范仲淹赞其："云山苍苍，江水泱泱，先生之风，山高水长！"但不知几人真信东台能放钓线。南宋谢翱在西台哭祭文天祥，并作《登西台恸哭记》。文天祥死后谢翱"悲不敢泣"，三年后过姑苏，"望夫差之台而始哭公焉。又后四年，而哭之于越台。又后五年及今，而哭于子陵之台"。以竹如意击石，竹石俱碎。东台标榜出世楷模，西台哭祭入世典范。谢翱或有微意。

由钓台上溯 20 多千米，建德市梅城镇南峰塔下，新安江、富春江、兰江三江汇合于此，此段水路一关三峡、逶迤曲折，亦名七里泷，风景最为人称颂。天渐放晴，从梅城姚坞码头登船顺流漂去，"夹岸高山，皆生寒树，负势竞上，互相轩邈，争高直指，千百成峰"。重岩叠嶂，参差错落，各露秀色。近处的轮廓清晰，苍翠欲滴；稍远的渐渐模糊，如淡淡墨绿色皴染；更远的如轻墨在宣纸化开，似幻似真。水面漂来几艘船，船旁掠过世外村，宛若驶入《富春山居图》。游船西折入胥溪，入口处南岸栈道蜿蜒、石壁危立，崖上刻"子胥渡"，传伍子胥在此渡江投奔吴国。船靠乾潭码头，春秋时此处已入吴国境。游人纷纷上岸，我等留恋富春山水，随船溯流返回姚坞。斜阳熠熠、江水瑟瑟，端的富春夕照图。怆然近黄昏。

遥想桐君悬壶济世，伍子胥奔吴复楚仇，严子陵披裘垂钓，谢翱西台哭祭文丞相，黄公望《富春山居图》神品传千秋。风流人物，烟波江上留遗踪，道不同，谋不同，览物之情亦不同。最是《与宋元思书》中句："鸢飞戾天者，望峰息心；经纶世务者，窥谷忘反。"犹如醍醐灌顶，深山闻梵钟。

奇山异水、奇人异事，天下独绝。

观石听涛云水间

戊戌初冬暖阳，橘林染红，银杏披金，芦苇戴银。结伴去三山岛。

投宿小姑村。午后与介、稼二老在宿地附近租两辆四轮脚踏车：这车我与老伴并稼老伉俪，年龄之和逾三百；那车三人介老领衔，年龄相加二百三。气昂昂，聊发少年狂；喜滋滋，追风绕岛行。

左依山、右濒湖，七十二峰山色做伴，三万六千顷湖光相随，环岛路串起点点珠玑。秋已尽、冬方临，望小姑山、行山、大山苍苍茫茫。随意停车，任性游荡，走一段乡间小路，登几级崎岖山道，果林深处群鸡啄食，树头鸟鸣，隐隐粉墙黛瓦，疑似桃源境。

拐进"太湖三山岛"牌楼，山坡上草木离离蔚蔚，新建的三峰寺藏匿于绿荫。寺始建于唐懿宗咸通十三年（872年），幸遗旧时八角井，补缀香火空缺。在游道来回寻觅唐井不得，蓦然回首，果树下、菜畦间，碎石野径尽头，古井静候千年。

参观三山文物馆。1985年，岛上出土大量石器和哺乳动物化石，将太湖流域人类活动时间再度推前。文物馆管理大妈叹口气："今天就你们几人来看。"离馆嘟囔一声"罪过"。

仿佛老牛破车，停停踏踏、踏踏停停。介老夸道："岛西南角有十二生肖奇石，惟妙惟肖，但需涉水。我曾乘舟看过。"我说："四年前我曾去那里，因湖水阻隔未能如愿。"于是一行人去水边探望，有民工指路说："只管骑车过去。"将信将疑前行，见路旁立六角石柱，镌两行金字，曰"吴王在时道，太湖三山口"。水中筑起吴王堤，堤侧栏杆置十二生肖石雕，堤南堤北由飞龙桥相连，桥畔建水榭，供游人赏石歇息。进水榭眺望，对岸崖壁刻"观石听涛"，水中龙形石不负飞龙桥名，头身爪尾俱全，如潜龙欲飞。几人在吴王堤来回观赏，竟将十二生肖石全数发现。正谈笑间，稼老一声叹息："堤上游人来来往往，可惜少有人驻足观寻。"

环岛一圈就一个半小时，回到宿地休息闲聊。我说："三山岛奇石当首推板壁峰，堪称镇岛之宝。"介老说："板壁峰最妙是赏夕照，观朝容。"说罢，起身前去。

出门右拐数十步再右折，便是去往板壁峰的小路。山脚下竖几块湖石，分刻着"板壁峰""吴中第一"。拾级而上，山道幽幽、落叶纷纷，过普济桥，紧走几步，到板壁峰处。

斜阳洒落山坳，板壁峰茕茕孑立，东西向铺陈 20 多米，高 10 多米，厚只一二米，岩壁陡峭、裂罅纵横、藤蔓攀缠、青苔斑驳，横看如天然翠屏，纵看似砥柱擎天。84 岁的介老说："我多次来过板壁峰，第一次看到板壁夕照如此之美。"

夕照下的泽巖两山

翌日晨，从原路上山，板壁峰浸润在朝阳里。登上蓬莱亭，东望太湖云霭氤氲、远山茫茫；西眺泽山巖山似巨龟浮水、波光粼粼。一位五六十岁的老者，带领游人来到蓬莱亭。老者一口软糯的吴中普通话，说话间流露出对三山岛别样的喜欢，我猜他是本岛人。老者指着板壁峰，细诉三山岛的发展，"蓬莱亭可东观太湖日出，西看夕阳铺水，三山岛就像蓬莱仙境"。

回头问二老："待到燕归时，相约看日出？"

此山幽且奇

幽幽花山。

苏州古城西去 30 里有奇山,东坡花山,西坡天池山,二山合璧。

1965 年我刚大学毕业,在横塘镇参加"四清",曾随人从枫桥沿塘河走进高景山开山村住过一周,得知如再往西,可去灵岩。来年 10 月工作结束,我自恃知道大致方向,择一秋高气爽日,约三位廿几岁的小伙子去远足。清早乘公交到枫桥镇,一路问讯步行,近傍晚才走到灵岩山脚。依稀记得经过观音山、贺九岭,登贺九岭东关南去,第一次看到天池山,天池山败残幽冷。

自此以后,我记不清多少次去过天池山、花山。二三十年前,若去花山,当是骑自行车,那时高景山尚如翠屏玉立,绕过高景山,车寄山脚农家门前竹林。花山海拔只 171 米,却如入深山，长林翳日、野芳侵道、蓊郁幽邃、树石参错，碎石鸟道旁流水潺湲，奇石星罗棋布，摩崖石刻将山色点化。莲花峰顶巨石危如累卵，环顾诸山皆如俯臣。山门内石崖刻诗曰："华山陆拾赛峨眉，谁人识得祖师机。晓得里头玄妙诀，元来便是上天梯。"花山似此诗扑朔迷离、野趣隐秘。

如有汽车搭乘，可自天池山进山。有次在天池山麓，遇见一位老人在出售油印的导游图，上有天池山几景之说，其中记"犀牛望月"，问在何处，答开山毁了，让人叹息。后来又听一位地理老师说起莲花峰幸存的故事，让人庆幸。也曾听过当时的守山者闵老师讲述部队义务疏浚天池，他自己收集香樟籽培育樟树林的故事，让人感动。山半天池清澈，绕池皆山，"嶙峋峭挺，半似鬼工"。寂鉴石屋沧桑高古，莲花峰磴道陡峭险峻。有处崖壁石刻点赞最是贴切：宛如桃源。

登花山

进入21世纪，天池花山容光焕发、醇韵未减，交通更加便捷，我也已退休，重阳当过老人节。传老子《枕中记》云："吴西界有华山，可以度难。"重九本有登高消灾之典故，去花山最宜。去年重阳结伴去花山登高，在山半怡泉小憩，翠岩寺遗址残颜苍凉，庭院里板栗老树四世同堂，想起年轻时带儿女登莲花峰的情境如在眼前，叹岁月如白驹过隙。

　　几年前坊间传天池山仙掌峰重现江湖。闻得光宇老师退休后好探幽访古，有博客"斗笠斜阳"，存博文五百余篇，戊戌岁末，央他带领去访仙掌峰。仙掌峰在竺坞，从大路折入便道，松樟参天争日，"连峰列岫以引其前，重冈复岭以障其后"，景致

仙掌峰前仰视

迥异。行百十步，光宇说到了。只见路侧卧石如砥，广可间屋，并不见异峰。光宇指向南头，乱树丛里另有两石依卧石相挨而立，均高七八米，宽三四米，厚半米许，说："这就是仙掌峰。"

攀上砥石，仙掌峰前野树葛蔓摇曳，杂草掩盖，沟壑不知深浅，无计再靠近。伫立峰前仰视，东石印手掌，西石遗足痕，堪称奇景。足印石左下方刻字六竖行，凝神可读右一行末"仙掌峰之"，右三行"陈虎文作琴诗"，右五行末"一时之雅集也康熙己"。或许康熙年间某天风和日暖，几位文人在砥石席地而坐，喝酒作诗抚琴，酒酣有人学米芾拜石，有人搭梯在峰上书丹刻记，凝固了这三百年前的瞬间。

海上蓬莱，淼淼不可见；武陵桃源，迢迢无路寻；天池花山，姑苏天堂人间。

探幽支硎山

己亥早春，连日阴雨，蓦地撞见晴天，随光宇老师去支硎山。

支硎山南傍天平山，曾是东晋高僧支遁道场，山多平石如砥，故名支硎。白居易写此山"晚晴宜野寺，秋景属闲人"。

支硎山中峰寺隐匿在松石间

站在观音山路和金山西路交叉口西眺，桑畦村落、山丘连绵，观音山路阻隔城市喧嚣。支硎山采石宕口壁立千仞，半山腰中峰寺影影绰绰，观音净院就在山脚宕口前。

从观音院内持杖登山,林木苍郁,溪流潺潺。宕口断崖间渗出涓涓细水,湲湲淌下山去。前人记支硎山有寒泉,山麓石刻"寒泉"二字,字径丈余。光宇说道:"山上水沼倒有好几处,但几番苦苦寻觅'寒泉'石刻未果。"山路旁支径通坡上三间旧屋,磴道绕过旧屋,石阶尽头松树掩映梵刹,山门额"中峰寺"。

进山门穿天王殿,四下寂静,飘出一缕残香,传来几声犬吠。香花桥左右石栏分刻四字,曰"随缘悟性""道正心明",说的是佛教,世事亦大抵同理。东首石亭南北并立两通旧碑,字迹漫漶,拼合的碑身大体完整。凝神读出北碑碑额是"中峰讲院修造碑记",南碑是"重复晋支公中峰禅院记",碑尾有"居士文震孟撰""寒山赵宧光篆额""遁士文从简书""住山释广陵明河滇南读彻同立石",落款日期"崇祯己巳正月"。光宇说:"读彻即诗僧苍雪法师,于明末清初复兴中峰寺。由碑文可窥法师与文人交往甚密。"

出山门东去,卧石上刻"南来堂 李根源书"。光宇讲:"李根源寄寓苏州时,曾三次驾舟游历苏州西郊诸山,访古寻胜探幽,记录旧事逸闻,留下五卷《吴郡西山访古记》。他是军人出身,对方位和距离敏感,我信任他的记载。"中峰寺曾有南来堂,清代文人李果《游支硎山中峰记》说:"面东有南来堂,前明万历中苍雪彻师从滇南万里而来,因以名之。"又记:"有泉曰寒泉,在南来堂之前。"环顾四周,杂草野树、山石坟茔,寒泉何处觅?或已毁于采石。

由"南来堂"石继续上山,巉岩林莽荒径,转到中峰寺后,折入灌木丛,草丛中一方楷书石刻"苍公遗蜕",径尺大字丰而不肥,上款"民国丙寅秋",下款"吴荫培题刊"。几步之外又一方隶书石刻:"南来彻大师,讳读彻,字苍雪,云南呈贡人,复兴中峰寺者也。著南来堂集,钱谦益为撰塔铭。民国十五年四月,乡后学李根源题志。"两方石刻均保存完好。李根源也是云南人,曾两次到中峰寺寻访苍雪法师遗踪,他自己也为后世留下踪迹。中峰寺几度沧桑,幸存古碑石刻,补缀千年香火。

钻出灌木丛,惦记着要去峰巅看大石如砥,于是继续登峰。山顶褐赭色大石不着一草,气象恢宏。李根源评:"华山以幽胜,天平以秀灵胜,灵岩以轩豁胜,中峰则以雄伟胜。"西南望,天平山、花山苍苍茫茫,峰峦逶迤。吴地文化宛若江南氤氲春雨,滋润城西山岭。

穿过一片树林,已是山坡边缘,下坡路看似并无险状。光宇却提醒:"下去就是寒山岭,满坡沟壑残径,难行!"正犹豫踌躇间,走来四名女孩,看见七老八十的我们,面露惊诧,打个招呼,风似的下山去了。耄耋介老朗声道:

随缘悟性,去访寒山石刻。

杭州印象

己亥清明时节,问茶龙井。

茶农老徐比我小两岁,我第一次去时,他的外孙女正甜睡摇篮,如今已是大学生。往年来去匆匆,今年投宿一夜,偕老伴看春日西湖。

杭州汽车客运中心在九堡,与地铁一号线无缝对接。在地铁服务台递上身份证,工作人员客气地问声去哪里,随即将身份证和车票双手递出。地铁里,我对老伴说起前年我从杭州回苏州,在定安路地铁站上车后,看到站牌上有"九堡"和"客运中心"两个站名,正好车厢内站着一位穿地铁员工制服的女子,我随口问:"九堡长途汽车站是不是客运中心?"答:"是。"到客运中心出站,她特地从后面追上来,为我指点出口处。

说话间,车到龙翔桥站。学会在外地搭乘公交车是一种生

活乐趣，去杭州前我在手机百度地图上将线路大致查明白，出站本想找27路公交车去龙井，哪知老徐的儿子已候在地铁口。乘上他驾驶的小车，山路弯弯一路闲聊，知道他二胎添了儿子，小徐脸上写满笑意。车进龙井村，路旁溪水潺潺，户户飘茶香，家家炒新茗。龙井村尾，绿树隐农舍；九溪径首，

九溪

茶园遍山丘。春山烟树夹溪涧，南去几十步即九溪十八涧，西坡狮峰山麓就是老徐家。

　　老徐夫妇迎出来，一年不见他俩又苍老了些许，采茶炒茶诸事早已请帮工。我莫名想起十多年前，那天借宿老徐家楼上，老徐夫妇在楼下开夜工炒茶，氤氲茶香送我入睡，忽被老徐轻轻唤醒，见他手拿泡着新茶的玻璃杯，说："你尝尝，这就是

你要的茶。"此情此景,仿佛就在昨天。岁月如流水,心里竟闪过一丝伤感。

龙井问茶事毕,小徐送我俩去虎跑,下车与小徐道别。虎跑长松夹道、草木蓊郁、山泉淙淙、鸟鸣林间,使人心旷神怡。踏幽径到滴翠崖前,游客寥寥,容人驻足细细观赏,赖后生扶老伴到"虎跑梦泉"洞口舒心留影。游虎跑如此从容还是首次。

进城的公交站在虎跑门口马路对面,自斑马线小心过马路,来往汽车十几米外就减速让人。在杭州,我没看到汽车蹭上斑马线与行人争道。上4路公交车,向司机出示高龄卡,下车就是预订的宾馆,在房间里落定,商量晚餐去奎元馆吃面。

华灯初上,街色朦胧,乘公交车到奎元馆。门前楹联豪迈:"三碗二碗碗碗如意,万条千条条条顺心。"底楼店堂宽敞,客人熙熙攘攘,没有售票处,没有取面窗口,刚在方桌旁坐定,服务员手持移动终端到桌前,点餐付款转眼间搞定,坐等送面到桌。我忽生杞人之忧,不会移动支付的人咋办?环顾四周竟没有发现。

同桌坐一位杭州本地男子,主动与我打招呼,问:"哪里来啊?"答:"苏州。"他立即褒扬道:"苏州好地方!'上有天堂,下有苏杭',苏州还在杭州前头。"我也客气一句:"大概为读起来顺口一点。"他说:"退休了四处走走好,自己三年后退休了也要出去走走。"又郑重其事说道,"这面馆是百年老店,名气大得很哩!你点的片儿川是这儿招牌面,浇头由雪菜、笋片、瘦肉片等烧制,鲜美无比。"临走不忘说声"慢用"。一碗普通的片儿川,吃出"人间天堂"交流。

　　回宾馆房间,边喝茶边与老伴闲聊。老伴说:"杭州公交车对外地老人免费,虽是小钱却感到体贴,所遇人事也处处顺心。"我说:"五十年前我来杭州,在公交车上问售票员一个什么去处,她如念越剧台词般回我一句:'我也不是地保!'经济发展,社会前进,城市变温暖了。"

　　睡在床上迷迷糊糊商量明天游程。一早乘头班游船去三潭印月,岛上定然人稀气清。待大批游人上岛即返西湖岸边,搭乘游览车绕湖一匝,穿柳浪闻莺,越苏堤六桥,过白堤断桥,看滚滚红尘。

　　西子湖畔梦西湖。

吴根越角

水乡相连,古镇相望。

择得清凉天,结伴去黎里和西塘。轨交无缝对接专线车,轻松抵达黎里汽车站。81岁稼老的75岁门生汝老师早在那里等候。换乘镇区公交,须臾间到古镇。

由南头进古镇,鼎新桥桥拱如半月,下桥东折,紧衔登瀛桥,桥面四条石梁,双桥合璧。汝老师说:"古镇丁字形市河长约5里,多古桥河埠缆船石,风韵蕴藉。"85岁的介老

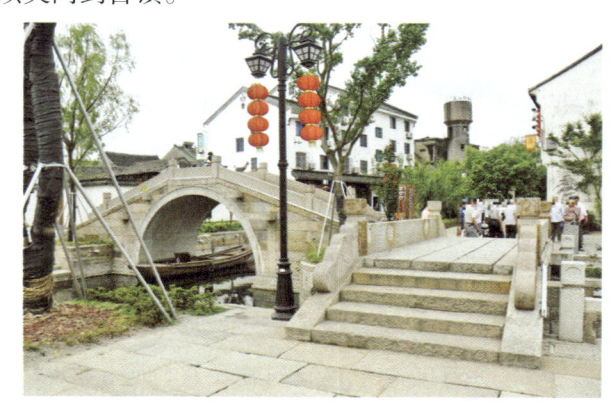

黎里古镇的双桥

说道:"我女儿就出生在黎里外婆家,那年暑假,我每天去河埠头挑水到岳母家。"岁月如流水,一去不复返。介老仿佛说着昨天的故事,听起来却远在天边。

漫步中心街,石板路、券门洞、马头墙、廊棚,古意盎然。路北粉墙黛瓦、鳞次栉比;路南沿河石栏勾连,对岸街景隔水在望,尽是枕河人家。临街店铺美食纷呈:油墩、套肠、烧卖、糕点、辣鸡脚,乡土气息浓厚,惹人生馋意。房舍间多弄堂,如新蒯家弄、中心弄、大观弄等。汝老师说:"古镇有明弄暗弄一百多条。镇上周陈李蒯汝陆徐蔡八大姓,都有姓氏命名的弄堂。"

柳亚子纪念馆就在中心街,馆内关于柳亚子先生和南社的藏品丰富。第五进二楼西首箱橱间的复壁,是先生1927年躲过军警追捕的藏身之处,先生身藏复壁,耳听嘈杂搜捕声,口占《绝命词》二十八字,有"长啸一声归去也"句,竟镇静如许。1945年秋国共重庆谈判期间,毛主席书赠先生《沁园春·雪》,先生击节赞叹,吟《沁园春·次韵和毛主席吟雪之作》刊载报刊,《沁园春·雪》公开发表,引起轰动。1932年10月,鲁迅书赠先生的条幅,有"横眉冷对千夫指,俯首甘为孺子牛"联。1949年4月,毛主席《七律·和柳亚子先生》诗,有"牢骚太盛防肠断,风物长宜放眼量"联。两位伟人的名联时时教诲后人。人中麟凤柳亚子,增辉古镇。

午后由黎里乘公交东去，打个盹的工夫，已到西塘古镇西头停车场。在游客中心打听预订的旅社所在，问讯处的女孩满脸笑容，抽出一张导览图，用笔标明行走路线，然后将图递给我，叮嘱如有人需买票，去旁边机器上办个手续，次日仍能进镇。走到南苑路跨街牌楼处，瞄见门楣上四字"吴根越角"。世传吴越相争，伍子胥为运兵马粮草，在此开挖胥塘河，遗下如网河道，成就古镇躯壳。牌楼下检票口的青年边笑吟吟打招呼边查验身份证。西塘凡验票查证之处，工作人员无不笑脸相迎，进老屋参观时还嘱咐留心门槛台阶，暖意自生。

临水而居的西塘人家

傍晚进镇，穿苏家弄，越环秀桥，沿河东去。不时看到"今日有房河边喝茶"的水牌，弄堂口旅舍招牌揽客，"韵染江南""水秀龙庭""河畔小屋"，这些店名都好听。暮色渐浸，河两岸千盏灯笼胭脂色，熠熠相映水中天。烟雨长廊游人摩肩接踵，商肆连绵逶迤。忽明忽暗的酒吧里歌手倾情献唱。河畔饭店坐满边吃边观夜景的食客。游客都融入西塘的夜景中。试问古镇几时入梦境？

　　翌日清晨天阴，仍穿苏家弄，右拐踏西街东去。西街有西园，古木芳草、碧水萦绕、短桥渡津，假山畔长廊依偎，过街楼相衔，飞度苏家弄至西半园，别有庭院胜景。园内设南社陈列室，彼时西塘也有南社成员，如柳亚子曾来西塘。文化遗产当是古镇之魂。

　　东出西街，持导览图循河游荡。不知跨越多少古桥，经过多少河埠头，窥探多少水弄、街弄，踏进多少老屋访幽，空想古镇生活淡悠悠。行至万安桥头时近中午，登西塅饭店小楼，窗外游船欸乃，流水汩汩，万安桥上游人穿梭如流。

　　吴根越角，黎里西塘，众人纷纷话长短。或说黎里文化沉积胜于西塘，西塘景致略胜黎里；或说西塘已难见百姓生活，土产也少地方标识，不及黎里有个性；或说旅游经济西塘胜一筹。忽有人叹道："惜乎少了烟雨景。"午餐方罢，窗外飘细雨。

　　凭栏东窗，依水看，烟雨西塘。

千溪遍万家

雨肥莲叶,江南五月。

几位七老八十的旧友,在虎丘冷香阁茶楼谈说春秋。有人说电视上曾播过湖州小西街,想去看看;有人说还没白相过南浔;有人善书道,欲买几管正宗湖笔;有人年轻时曾在湖州师范教书,勾起故地怀旧。遂起意,结伴去湖州。

我不止一次到过湖州。20世纪80年代,我出差湖州,早起步行到骆驼桥畔买诸老大粽子,谁料须用浙江粮票或上海粮票,我只得先去此店的糕点柜台央求,将全国粮票换成浙江粮票,总算购回粮子。换粮票的顾客多了,商店经理便急吼吼出来叫停。现在想起来像天方夜谭。

出湖州汽车站,熙熙攘攘不辨东西,曾在湖州教过书的介老也是一脸懵懂。旁边是游客中心,去南浔的公交在此发车,问讯处的几名女孩谈兴正浓,没耐心听我问讯。门口打扫卫生的女子倒是湖州口音,笑着说:"就在马路对面乘 13 路公交车,记得顺便看看我们湖州的闹市区。"13 路公交车司机主动告知下车车站,并指点去小西街方向。此时寻常百姓寻常举止,胜过城市形象代言明星。

小西街东入口处被整饰得古朴典雅,人行道畔半亭依墙,悬匾"小西街"。粉墙上嵌杨温莫钮许诸姓,想来都是此地旧时的大户人家。巷口山墙镶嵌砖刻"小西街历史文化街区"。走进小西街,巷深人稀,左右常有弄堂叉出,店铺大多闭门,来得似乎不是时候。穿北侧弄堂,上石桥跨溪流,对岸称状元街区。伫立桥头四望,北岸路河并行,沿河设埠头;南岸的埠头在人家后院,临水凌空郁郁葱葱一株老桑。东西两头遥见高楼。正踌躇间,忽听得介老高声呼唤:"快随我来!"

介老寻回六十年前的记忆。他兴奋地说:"东去就是衣裳街,我每次从苏州到湖州,下汽车后都要经过衣裳街,正是热闹所在。"众人随他而去,衣裳街蜿蜒延展,叉巷如足舒伸,诸老大、丁莲芳、王一品斋笔庄等老店一一浮现。一行人买粽的买粽,购笔的购笔。寻到骆驼桥,已是通衢平桥,桥栏石板上镌刻着桥名,街心花园里有不锈钢骆驼群雕,与我的印象已大相径庭。三十年变迁,道路改观,城市繁华,旧貌只在记忆中。

午后，乘两元钱的空调公交，坐着打个盹，就从小西街这边到了南浔。找到预订宾馆，安顿妥帖，漫步去古镇。

南浔古镇的百间楼

进古镇沿河北行东折，越廊桥至百间楼。人说楼建于明代，至今保存完好。放眼望去，河两岸小楼粉墙黛瓦、鳞次栉比，洋洋洒洒逶迤三四百米。过街骑楼跨路而立，券门重重；风火山墙层出叠见，形式各异。走在石板路上，仿佛穿行在岁月长廊，两岸石桥虹渡，河中小船游弋，搅皱老屋水中倒影。居民来来往往，或步行或骑车，点头招呼，心平气和。三三两两学子蹲坐河边专注写生，几处民舍小店，点缀河畔风情，分明是江南水墨长卷，清朗、淡雅、宁静。

投宿地在皇御河畔，比邻始建于清同治元年（1862年）的颖园。园虽不大，结构紧凑，依水建亭台楼阁，名木假山曲桥石径俱全。紫藤虬蟠锁山道，山巅一领梅石亭。花墙旁斜立百年老樟树，遍身藤萝苔藓，翁郁枝叶探身园外，向路人展示旺盛生命。养心榭依水而建，与假山隔水相对，仿佛苏州艺圃延光阁，古镇人将颖园攀比狮子林。

翌日，为寻访古镇南部小莲庄和藏书楼，早早来到餐厅。东窗外颖园如画，回首西壁一帧书法，录清代嘉庆年间曾任浙江巡抚的阮元《吴兴杂诗》："交流四水抱城斜，散作千溪遍万家。深处种菱浅种稻，不深不浅种荷花。"那是旧时湖州。眼前古镇，正是如此柔和俏丽模样。

橹声欸乃，棹歌抑扬，广惠桥头雇乌篷，随流南下小莲庄，只见：一池莲叶催荷花。

飞瀑绝顶人家

度尽百道弯,登顶长龙山。

2019年大伏天,酷暑似火烧,随众人去安吉长龙山巅农家乐消夏。五年前我与老伴去过,投宿在谢老板家。他告诉我,长龙山海拔860多米,气温较平原低一些。从山脚海拔500米的大溪村到外长龙山自然村的公路,1980年才修通,二三十分钟的车程,蜿蜒盘旋116道弯,却盘活了山村。这次去仍住他家。

谢老板笑迎出来,他50来岁,精悍的身板苍老了些许。谢老板说:"山上家家农家乐。我家去年投入200万元,改造房屋,增添设施。儿子回来帮忙,将农家乐挂到了网上。"临街四层楼整饰一新,餐厅、厨房集中在一楼,二楼前厅设活动室和休闲平台,三、四层是客房。经前厅进内院,东望峰峦逶迤、遍山翠竹，清澈山涧穿池西去，淙淙声昼夜不绝。南眺篱笆沟渠、菜畦豆架、觅食群鸡。北侧即是我等借宿的小楼。远峰有色、近水有声，溪畔田园、山里人家，惹出菊篱之情。吟"采菊东篱下，悠然见南山"，是老人消夏的好去处。谢老板叹一声："现在一年四季忙到头啊！来避暑的，来度假的，来看雪的，来过年的。老人喜欢，年轻人也喜欢。可怜我最近天天早上5点忙到晚上10点。"辛苦伴随开心。

午后，我与稼老数人去游藏龙百瀑，谢老板开车送我们下山。车上聊起老话，他说没通公路前，一条峡谷间的山路勾连外长龙和大溪两村，现开发成藏龙百瀑景点，危谷险路变为聚宝盆。他叮嘱："山里晴雨无常，遇雨躲雨，脚下小心。看见老银杏树就到了山顶。"

转完116道弯，车到大溪村。只见溪涧贯南北，峰峦屏东西，东面山顶铁塔高耸，我告诉同伴："那里是外长龙村北头的龙登台，海拔861米。旧时大溪村逢年过节花灯调演，在台上可观阵势，可闻锣鼓声。爬山高度超过350米，借得夏日长，慢慢走上去哎。"众人边笑边嚷："苦也！"

越藏龙桥，进藏龙百瀑景点的门楼。山路溯涧而上，夹道树木竹林茂密，遮天蔽日，深浅难窥，平添一丝诡谲；涧中乱石磊磊、潭瀑众多，湍流汩汩奔突，生出几分幽秘。走到"神龟听瀑"处，突然落下雨滴，雨渐密，水声亦渐紧，一行人赶紧进廊桥躲雨。

20分钟后雨渐停。走出避雨处，只见涧水猛涨。稼老指着道："先前左侧有暗渠导流，现在涧水在渠口汹涌反吐，山涧变得急促、空阔。山上一定下了大雨！"

小心翼翼再往上走。前方多为依涧而筑的凌空栈道，宽仅容两人交肩，逢壑架桥，遇崖搭梯，宛转山谷间。几段在险要处修建的栈道，路面只是密密焊接的粗壮钢筋。一块巨大坠石嵌落在峡谷上方，名之"仙人桥"，桥下涧水如蛟龙般蹿出。谷中处处瀑，路旁重重泉。瀑布宛若潜龙搅水、水石交响，或双瀑合流，或遇阻分燕尾，或撞石激起漩涡，或三转四折奔泻。两侧崖上瀑布竞出，似悬玉帛，似挂银链，滚落涧谷，喧闹出山去。数不清有多少瀑布，顾不得看景点说明，盯住脚下，扶栏徐行。

长龙飞瀑

渐行渐感疲惫，忽闻隆隆声如万兽咆哮，循栈道登上平台，见长龙飞瀑横空出世，泻出青峰间。飞瀑宽二三十米，落差六七十米，如织女断机、素练天降、三折跌落。仰观飞瀑、身沾水丝、面受飞沫、状若喷雪。稼老叹道："壮哉飞瀑！值得两个多小时的脚程。"

悬索桥横越飞瀑，众人鱼贯碎步蹭过，不绝瀑声相送相伴。忽抬眼，山头千年银杏招展枝叶，桃源人家拾掇人间烟火。转首看，竹海茫茫锁涧谷，闯出藏龙窟，方知入山深。回住地，老伴问："适才暴雨如倾盆，路上可遇周折？"却笑道："待晚风送爽，去龙登台看云。"

天上翁达

深山匿小镇。

己亥暑,竟发少年狂,兜转甘川青三省交界处。大巴自甘肃天水发车,掠岷县、哈达铺,宿宕昌;从宕昌西进甘南藏族自治州,经腊子口镇抵迭部;由迭部横穿四川阿坝藏族羌族自治州一隅,溯白龙江到郎木寺;由郎木寺南下,经若尔盖、红原、马尔康,西折进甘孜藏族自治州;由色达北上,进入青海果洛藏族自治州,过班玛、久治,又回甘南藏族自治州;过玛曲、夏河,终于转到兰州。跋涉2000多千米,多为海拔3000米以上的山间公路。数不清经过多少藏寨,却记住了川西甘孜藏族自治州大山深处的一个小镇——翁达。

9月3日,一早从阿坝藏族羌族自治州的红原县城出发,去甘孜藏族自治州色达县的翁达镇。随车逐白云,连天山复山,近 400 千米的路程，难得一见城郭。此去为参观色达喇荣五明佛学院，色达县城海拔约 4000 米，故选择在翁达镇过夜，但小镇海拔也有 3300 多米。

下午 5 时许，车停翁达镇尼奔达雅大酒店。酒店其实不大，三层楼，没有电梯。老伴有高原反应，又一路颠簸，茶饭不思，只想赶快休息。房间在三楼，我盯着一堆行李杂物发愁。老板年轻人，见状也不吱声，拎起我的行李箱就上三楼。我扶老伴慢慢上楼休息。

安顿好老伴，天色尚明，我去街上溜达买氧气罐。下得楼来，遇见老板聊上几句。他姓王，汉族，康定人，在这里承包起了酒店、饭铺和小超市。小王告诉我康定可是甘孜藏族自治州的州府，他先指西再指东，建议我："先往那边走，再往这边走。"

翁达镇北依杜柯河，重岭屏南北，国道贯东西，夹道房屋连缀，多为一二层，檐下和门窗框饰着鲜艳的藏式图纹，有的外墙就用原木堆砌。不一会儿就到了镇西桥头，正道西往色达，岔道南向上山去格萨尔藏寨观景台，桥下涧水汹涌北泻杜柯河。

路南广场停辆小车，一位藏族汉子与我打招呼，问："哪来的？去不去观景台？"我一字一顿答："江苏苏州。"苏州游客在外口碑好，他有反应。我又说："我这把年纪还能上观景台吗？"他说："也是。"站着闲聊，说到藏传佛教。我告诉他，我们那里有汉化佛教，也尊释迦牟尼为佛祖，也讲轮回，与藏传佛教有差别。他说："对的。"聊得开心，竖起大拇指，笑着合影。

翁达街上

由西头折回逛到东头，旅社、饭店、医院、杂货铺、小超市、幼儿园、中心校、派出所、农行服务点、广电服务网点、镇政府，都在这条约300米的街上。三三两两暮归的老牛、小牛当街踯躅，偶尔驶过的汽车才会将它们惊动。一对可爱的双胞胎弟兄在童车里戏耍，年轻的妈妈说家里还有个3岁的哥哥。看见有老师走出校门，问候一声老师好。去中心医院寻觅氧气罐，传达室藏族大妈问清事由，说医生下班了，便带我到隔壁店里买小罐氧气，手机扫码付款。返回酒店，65岁的厨师正在用高压锅为我老伴熬粥，我将一碗粥端到房间，老伴总算有点胃口，喝了这碗粥。

寒气侵、暮色浓，我与老伴在房间里闲说小镇见闻，窗外突然响起炸雷，暴雨骤至，狂风大作。微信群传来消息，徐先生一行四人晚饭后去街上散步，突遇风雨受阻，一辆小车见状掉转车头送他们回酒店，车主坚决不收酬谢，让人感动。徐先生抓拍到一张照片，副驾驶位子上的秀气男童，睁大一双清澈的眼睛，看着窗外的陌生爷爷、奶奶，好像在想发生了什么。

而今遥想川西，云遮雾罩，重岩叠嶂，翁达如在天上。

天边扎尕那

千重岭、万重山,扎尕那在天边。

扎尕那,藏语意为"石匣子"。大巴驶离甘南藏族自治州迭部县城,夹路重岗叠岭,在一小山包前的局促之地,有棵人造老树的树干拦路横空扫过,即是景区大门,旁立巨石竖刻"扎尕那",下方添一行小字"海拔2652米"。

车到停车场,下车四望皆山。旅游简图上标出三条线路,西线去东哇村和拉桑寺,海拔3000多米,四个藏寨依海拔从低到高为东哇村、业日村、达日村、代巴村,亦统称扎尕那村,行政驻地在东哇村。中线去念甘达哇神山公园,可搭电瓶车到一线天,再往前是云深不知处。东线去仙女滩、仙女湖,东线和中线之间有栈道沟通。人们习惯将藏寨以及周围的山脉、峡谷等一起唤作扎尕那。景区无边无际,游玩时间仅下午半天,年岁也不饶人，只有先乘电瓶车进神山再说。

过停车场旁短桥，桥北群峰刺天，桥下涧流翻滚，桥东堞经幡招展处，即念甘达哇神山公园大门。我挤在售票处购买车票，窥见刚下山的电瓶车都需用溪水冲刷冷却轮子，想必道狭坡陡。上电瓶车，左临涧、右贴崖，掠老虎嘴，穿一线天，前方路畔群马待雇，已抵达终点。

下车同伴四散，身旁只我和老伴等5人。前望峰崿峥嵘、野径入谷，回顾两崖对峙、天开一线。我估计脚下海拔约3200米，主张再往前挪几步，众人应诺。进沙石小路，路左寒涧深沟，水声汩汩浪花喷飞；路右重岩叠嶂，险峰岌岌猿猱难登。

上山电瓶车的终点站，海拔约3200米

仰看山巅灰岩冷峻，山腰以下植被茂密柔和，崩塌处碎石遍地，暗忖神山总有些脾气。走了百来米，同伴说走不动了，我央求他们在原地休息，容我再向前一刻钟。

我独自前行，一路乱石磊磊、林木蓊郁，坡陡山深人稀。涧水忽横越山路，涧上扔八根并排原木作桥，桥那头路边巨石上垒一微型玛尼堆，旁置醒目警示牌，书"您当前处于景区未开发区域，景区马牛羊成群放养，均未驯服，野性大"云云，读来有点心惊。过桥路随水转，见三名少年在前方拐角处回转。我蹭到拐角处探望，山崖边挺棵枯叶萋萋老树，树丛里辟条沙砾纷纷沟壑，此即去路。老伴催促的电话及时响起，我收住脚步。

搭电瓶车回程，女士们去山下休息，我和老王中途下车，循木栈道东去仙女滩。时当秋天，天晴气爽、旷野茫茫、栈道悠悠，三羽鹰隼在高空盘旋，栈道那头的高山草原一直延伸到山脚，那是仙女滩。

木栈道那头的高山草原一直延伸到山脚，那是仙女滩

放眼环顾，只见群山围合，身后和左侧即刚才进去的大山，神山的高冷孤峰傲视着凡人。遥望前方数峰如拱，或密林覆盖、如泼如染，或岩树相间、如皴如点，似曾在国画里相识。右侧极目处万峰争高、嶙峋突兀，几处峡谷神秘幽深，山麓参差四捧村寨，绿树攒云、阡陌纵横、房舍梯田历历可辨，恍惚梦里见过。村后高坡上拉桑寺金光熠熠，公路宛如哈达从山外飘来，蜿蜒穿村又飘去云外。斜阳中面迎藏寨下山去，远近高低看了一眼扎尕那。

扎尕那村

夜宿迭部城，迭部藏语意"大拇指"，喻被山神用拇指在崇山峻岭中摁开之地。晚8点，天色尚明，马路尽头的山峦树木青葱，城市广场依地势高低分上下两部分，各有一群藏民围着圆圈跳锅庄舞，看热闹的有俗有僧。主干道穿过广场，下广场有座"毛主席在迭部"巨型雕像。1935年9月12日中共中央在迭部俄界召开紧急会议，随后突破腊子口，攻占哈达铺，翻越六盘山，长征胜利在望，毛主席吟咏："今日长缨在手，何时缚住苍龙？"

扎尕那风光险峻壮美，受不同文化滋养的人会有不同感叹。坊间传近百年前有西方人闯入扎尕那，惊叹《创世纪》的作者若曾见过此景，会把亚当、夏娃的诞生地放在那里。读过《桃花源记》的会说此处宛若世外桃源。世世代代在扎尕那繁衍生息的藏族同胞，浸育藏族文化，笃信藏传佛教，一定有自己的故事和感叹。

想听听中国藏族的扎尕那故事。

白龙江头

半日里，我从甘肃走到四川，又从四川走回甘肃。

2015年暑，呼朋唤友去甘肃。甘肃山水壮美，历史文化底蕴深厚，旅程也漫长。东起天水，西去夏河，北上武威，穿河西走廊抵敦煌，再折回兰州返苏。有人说想去郎木寺，但看地图自夏河南去还有约200千米，只能作罢。回苏后偶与老友闲聊甘肃之行，他说："我去过郎木寺，好像在四川和甘肃共辖地？"

须臾间到2019年秋，我和老伴又参加友人组织的甘南游，从天水出发，在甘川青边界兜转2000多千米，多为海拔三四千米的藏区。其中有段约100千米的旅程，自甘肃甘南藏族自治州的边城迭部西去，横穿四川阿坝藏族羌族自治州若尔盖县一隅，至郎木寺。

是日，早上6点半即从迭部发车。出酒店举目皆山，车溯白龙江而行，有些路段正值修路，尘土飞扬，尘埃里忽又冒出彪悍牛群踯躅，待赶牛者吆喝几声，才慢吞吞给汽车让道。总算一路顺利，9点多抵达一小镇，镇名唤作郎木寺。

郎木寺镇海拔约3780米，一镇跨两省，分属甘南藏族自治州的碌曲县和阿坝藏族羌族自治州的若尔盖县。镇上有两座历史悠久的藏传佛教格鲁派寺院，甘肃的唤作达仓郎木赛赤寺，四川的唤作达仓郎木格尔底寺。"达仓""郎木"，藏语意"虎穴""仙女"。两所寺院又都被称作郎木寺。

老虎洞前白龙江

下榻的酒店门前即是白龙江，一桥跨南北，江水在满川乱石间闪转腾挪，奔向嘉陵江。自桥堍北望，上坡路的尽头就是甘肃郎木寺。缓缓行至寺院山门，金顶赭柱牌楼正门额书一串藏文，东侧门额英文"达仓郎木寺"，西侧门额中文"郎木寺院"。由西侧门进寺，迎面祥和塔高耸，重重殿宇依山势铺展，殿顶金光熠熠，远处青山依依。我瞥见寺院景点简图的东北角标有"老虎洞"。接待的中年僧人神情谦和，跟随他参观了大经堂、宗喀巴殿等殿堂，他细声慢语介绍本寺风物，言语里绝无谁家是正宗郎木寺的俗念。我扶着老伴气喘吁吁勉力登上层台俯瞰，郎木寺镇四围皆山如陷金盆，西南峰峦尤为蔚然深秀，殿宇隐隐，我猜那里是四川郎木寺。

回酒店，老伴高原反应致茶饭不思，说："下午我就在酒店休息，你去镇上买点葡萄糖口服液。"午后我独自外出溜达，越过白龙江，桥南即是古镇市口，餐馆旅社商店鳞次栉比，远处红霞山宛若灿屏。在壁立商肆的缝隙间寻见医院，挂牌"碌曲县郎木寺镇中心卫生院"，知我仍身在甘肃。进去完成老伴交代的任务，回头觅路去四川。

在支巷口遇见一位藏族大妈，我恭问哪儿是四川郎木寺，她热情地指着巷子里解答，我明白了去向，但只听懂"信用社"三字。疑惑间按所指才走数十步，突然看见白底黑字"四川农信"的醒目招牌，我顿悟大妈是告诉我，看见四川农村信用社，就到了四川。信用社的东山墙竖"郎木寺四川景区"指示牌，罗列出郎木寺、郎木洞、达仓洞、白龙江源头等景点。

街对面川菜馆照墙上涂广告语："您在甘肃，我在四川"，用餐当可隔省呼取尽余杯。西跨一步进四川，再数百步穿四川郎木寺牌楼。

循路漫步前去，鹰隼在头顶翱翔，路左白龙江伴行。此段白龙江如同清澈浅沟，沟上散落数座独梁无栏简桥，竟有人将小车开进沟中清洗。路过一处大院，外墙嵌铭牌"郎木寺古迹文物馆"，院内殿宇十来座，大雄宝殿飞檐四重，华丽巍峨，但殿门紧闭，我去廊庑下浏览眼花缭乱的壁画，忽然有位俗家衣着的青年领一拨游人开门进殿，我随喜跟入。殿内供奉藏传佛教诸佛，藏香味漫溢。年轻人将游人领至正堂第五世格尔底仁波切真身舍利佛龛前，说是安多藏区保存最完好的肉身法体，已历两百多年。他也只讲四川郎木寺的前世今生。

出文物馆，循白龙江向峡谷深处徐行。江面渐宽阔，水流变湍急，对岸蓝天白云下草甸如绿毯，远处山峦氤氲。恰逢周日游人熙攘，望远处几名僧人在描有藏文的崖壁前比画，我猜那儿许是郎木洞。前方水边山石上置卧虎塑像，崖下广洞如屋，那是达仓洞无疑。两名藏族儿童站在洞前短桥上让他们父母拍照，有背倚老虎洞，脚踏白龙江之英气。过桥再往前，谷险流急、径野人稀，如入虎踞龙盘地，生出凄神寒骨意。行到路穷处，当是江源头。且住：

转身回甘肃。

黄河天际流

陕北民歌发天问："你晓得，天下的黄河几十几道湾？"

诗仙醉里《将进酒》："君不见黄河之水天上来，奔流到海不复回。"

黄河的水，黄河的湾，孕育中华民族的乳汁和摇篮。

万里黄河发源于青海省巴颜喀拉山，蓄势于潏东流，由青海果洛藏族自治州的久治县流入甘肃甘南藏族自治州的玛曲县，"玛曲"藏语即黄河之意。黄河似乎不愿就此告别青藏高原，在青甘川三省交界处徘徊，绕玛曲转了400多千米的圈子，又返回青海，世称"黄河首曲"。在地图上看"首曲"好似一段开口向西的抛物线，抛物线内是玛曲，抛物线的顶点位置是四川阿坝藏族羌族自治州若尔盖县的唐克镇，那里当是观赏黄河美景绝佳处。己亥年孟秋，我偕老伴去唐克看黄河。

自若尔盖县城去唐克的公路两侧草原无边无垠，起伏的山坡看似不高，但海拔都在 3500 米以上。号称"黄河九曲第一湾"的景区在唐克镇北数千米处。到景区下车四望，阳光炽烈、天空湛蓝、群山连绵、满眼葱翠，路旁有处相对高度看似仅百米的"小山"，称作法螺观景台，山巅突兀一座三层楼阁。游人可自西坡搭乘单向自动扶梯登顶观览，再沿南坡长长的木栈道步行下山。上观景台的 14 台全封闭自动扶梯首尾相接，总长度 500 多米，状如卧龙。底层扶梯起点标海拔高度 3447 米，且在遥远的川西北边陲，堪称"天边云梯"。踏上自动扶梯，十几分钟送我到山巅。

由观景台俯瞰黄河

气喘吁吁登上楼阁最高层,其名巴颜喀拉台,标海拔高度3610米。身在若诗若画的四川若尔盖,西望甘肃、青海,玛曲静卧在"黄河首曲"的怀抱里。放眼远眺,无遮无拦:白云涌动,一层层、一朵朵,似海浪、似华盖;苍天穹窿,笼盖着无边无际的草原,隐隐山丘犹如绿岛浮碧海;极目处高山横亘,首尾不见,融入天地间,大河在天际突现,真个是"黄河之水天上来"。黄河如野马在辽阔草原上肆意撒欢驰骋,奔观景台而来,由远及近的一连串S形拐弯美轮美奂。南来的白河就在观景台下默默注入黄河,两河汇合,随即北折西去,母亲河宛若哈达翩然返天外。

时近下午4点,待夕阳西下,此地当可睹"长河落日圆",可惜无缘见识,要赶到四川的红原县城投宿,遂扶老伴缓步下山。下坡的木栈道台阶低浅,坡缓路长,苦望不见尽头,多亏沿途设多处长椅和观景点。老伴高原反应,我与她唠叨着在高原行路的要诀是"慢",一路走走歇歇。她说虽然有点累,但看到了经常在电视里出现的此地黄河实景,磅礴壮美。我说在此登高静观,仿佛听见谪仙人在云端里高唱:"夫天地者,万物之逆旅;光阴者,百代之过客。"人生短暂,老来岁月静好,有机会出来看看祖国的大好河山,最是舒心。山坡上经幡招展,小花火绒草盛开,行云的投影在山峦间游弋,索格藏寺的佛殿金光闪烁,山峇里隐匿藏寨。遇见一位藏族大妈领着孙女,小女孩向游人频频敬少先队礼，大妈指着远方的几处藏寨，一一告诉我它们的名称。南去又西折，不知不觉一步一步走到山下的白河畔。

下坡的木栈道台阶低浅，坡缓路长。左侧是上山的自动扶梯，山巅是巴颜喀拉台

近处的白河，看上去比黄河还宽些，在藏哇村的脚下静静注入母亲河。白河中港汊繁杂，分割出块块绿洲，不时掠过几羽戏水的禽鸟。凉风轻拂，不染尘世喧嚣，只闻天籁。正出神流连，忽听有人催：上车啦！赶紧抬头应答，却见黄河，远上白云间。

辗转川青藏地

2019年9月，辗转川青甘藏地。

离开四川甘孜藏族自治州色达县，已近下午5点。山路迂回曲折，我闭目端坐车上，昏昏沉沉。

车进青海果洛藏族自治州班玛县城，郭外皆峻岭，群山抱一城，海拔约3970米，是此行夜宿海拔最高处。想到明日要辗转青川，赶紧早早歇息。同伴中忽有人高原反应急需就医，领队出酒店拦辆小车，碰巧驾车者是医院领导，途中一番安排，待到医院，医生早就候着，妥善处置后再送回酒店。医院领导说："医院本是救人苦难，你们老人家来此一趟大不易。"不肯收分文。

次日旅程艰辛，眼瞅着大巴吃力地盘山登高，我坐车里身穿羽绒服仍觉寒冷。两小时后，车停海拔4398米的隆格山垭口。打开车门,传来阵阵欢呼声。下车望去,只见藏民们边欢呼边簇拥一名汉子,赤手空拳攀上高高的立柱,五色经幡散落四周,我猜他们在张挂风马旗。

山头地面宽敞,立石刻"年保玉则主峰观赏点"。年保玉则在果洛藏族自治州久治县,群峰多在海拔4000米以上,相传是果洛诸部落的发祥地,备受藏民尊崇。我气喘吁吁挪过50多米草地,伫立崖边放眼:看千山丛沓,状如群兽伏地;想万里芜野,隐匿多少秘境?天际雪峰皑皑、浓云滚滚,年保玉则的数十个山峰突兀嶙峋、逶迤成岭。漠漠六合如陷洪荒,油然生出敬畏造化之心。

离开隆格山垭口,忽见立柱旁的经幡已全部移走,顶端露出"连续下坡"的警示牌,原来是在整治公路标识,前方7千米连续弯道下坡。车进久治县城,街道整洁,青山为屏,海拔约3600米,今日在此投宿。午餐后去莲宝叶则。

莲宝叶则是藏区一座著名神山,在四川阿坝藏族羌族自治州的阿坝县,与年保玉则同属巴颜额拉山南段支脉,离久治县城有2小时的车程。瞥见一旁特设的县藏医院救助站,暗嘱自己当心。

乘车溯流上行,夹路峰峰相衔,险峻欲堕。莲宝叶则景区停车场海拔4200米,而去扎尕尔措湖还需步行来回3千米的木栈道。赶紧关照老伴切莫多动,就在停车场休息观景。我身着

夕照屐痕 | 263

羽绒服,持杖入深山。

　　谷中栈道平坦、溪水相伴,两侧群山相接、岩石裸露、草树稀落、危崖如壁。山巅怪峰林立、无峰不险、无石不奇,或前呼后拥或孤傲突兀,似人似兽,似佛似仙。人说此地有格萨尔王的遗踪,可惜无指点。路边磊磊巨石,岁月悠悠磨砺,是山头滚落,抑或是冰川遗迹?石上遍绘五彩吉祥图案,法螺、莲花、狮虎、双鱼、神猴、仙鹤,林林总总。有画菩提树下白象、金猴、玉兔、神鹰层层相驮,好似《格林童话》中的"不莱梅的音乐家"模样,可惜不知此中典故。峰回路转,走到栈道尽头,扎尕尔措湖豁然在眼前。

扎尕尔措湖

扎尕尔措湖略呈圆形，崇山峻岭环拥，蓝天白云映衬，神山明镜，清幽空灵。湖左岸山峰陡峭；右岸缓坡处经幡白塔、石峰刺天；对岸绝壁如削，连绵石峰似城垛，犹如万仞宫墙；近处溪流泻出湖口，宛若迎送游人。湖中巨石参差，鱼形石上绘五色八字真言。野径绕湖，濒水贴山，长约3千米。藏地山水，绝色丹青，惹得游人纷纷点赞留影。有人建议绕湖一周，我道如此高海拔，见好就收吧。

回久治住地，老伴边看湖畔的照片，边讲停车场周围也是好山景。明日北渡黄河，进入甘南藏族自治州的玛曲、夏河，踏上归程。2015年我俩到过夏河，故料此行无大碍。两人躺在床上聊藏地山水壮美，藏俗风物奇秘，不虚此行。忽又怨海拔高、饭夹生，想起苏州那碗焖肉面。渐入梦境。

梦回姑苏。

自宝鸡赴汉中

己亥霜降日，秋老雁声切。

清晨，出宝鸡火车站，冷雨凄凄。一行人精神抖擞，开始穿越太白山去汉中的旅程。大巴南去，瞥一眼窗外宝鸡城：远山隐隐、渭河滔滔，满城秋雨秋风。驾驶员叮咛："路上拐弯多，系上保险带。"

太白山属秦岭山脉。车进山，山道在溪谷间七折八弯，道旁时见尚在坚守的放蜂人。坡上树叶由绿转黄，秋冬正悄悄交接。突然间车内齐声欢呼："下雪了！"

车越爬越高，雪越下越密，四野茫茫、积雪皑皑，俨然是冬季。山路最高处海拔 1600 米左右，而太白山最高峰的海拔 3700 多米。远望天边，重岩叠嶂、迷迷蒙蒙、峰峦山林尽披银甲。众人开心嚷道："不枉秦岭行！"

大巴下坡，雪花渐渐销声匿迹。进太白县，车停路旁空旷地，须按规定休息20分钟。农家院落倚山临路，并不上锁，犬吠阵阵，不见主人。大门上左秦琼执金锏，右敬德持钢鞭。院子里几间平房，豆架菜畦，晾晒着红彤彤的辣椒、黄灿灿的玉米，渗出醇厚秋意。众人欢笑着拍照，好一阵子，冒出一位大爷，我与他打个招呼、聊会儿天。他说有一儿一女，儿子在外开车，女儿在县里银行烧饭，此地白天就他一人。他问："你们哪里人？"我说："江苏苏州，退休了出来耍耍。去汉中，要在留坝拜谒张良庙。"他告诉我，往前过加油站就出太白县了。我问门前这路啥名，答："姜眉路。"怕我听不懂，用手指在手心里一笔一画写给我看。"由留坝县的姜窝子穿越秦岭到眉县，沿褒斜故道修筑，三国时诸葛亮领军出征经过这里。"他说。看姜眉路循峡谷蜿蜒伸展，夹道群山连绵不绝，想远去的岁月里褒斜道定是金戈铁马、鼓角争鸣，叹一声可怜六出祁山事，至今村老说评。

与大爷道别上车，出太白，进留坝，抵张良庙。下车细雨淅淅，寒意如初春。张良庙在秦岭南麓紫柏山下，始建于东汉末年汉中王张鲁统治时期。遥看紫柏山紫云缭绕、翠屏仙隐，山前国道车往车来、红尘凡间。路边就是坐南朝北的张良庙牌楼，条石基座、青砖券洞、重檐飞角、肃穆端庄，门额砖刻"汉张留侯祠"，旁立清道光辛巳年（1821年）"紫柏山汉张留

张良庙拜石亭

侯辟谷处"碑。林则徐谒留侯祠，有"但借先生半弓地，不须辟谷也登仙"句。穿门即进履桥，寓张良祀上敬履故事。庭院内殿宇重重、香烟袅袅、草木翁郁、古木森森，摩崖石刻碑题楹联不知其数，且多有武将题刻。恐是留侯功成身退，触动时人心弦。落款"民国四年一月率军过此，陆军少将旅长冯玉祥书"的碑刻记："豪杰今安在，看青山不老，紫柏长存，想那志士名臣，千载空余凭吊处；神仙古来稀，设黄石重逢，赤松再遇，得此洞天福地，一生愿作逍遥游。"碑上有镶补痕迹，传将军再访张良庙，曾命人凿没数处，后人重补，令人遐思。拜石亭畔立民国己未年（1919年）仲秋陕南镇守使管金聚书

"英雄神仙"碑，寥寥四字评留侯，或许一吐自己心情。亭内并无黄石公的化身黄石，只正中嵌一碑，额题"大明"，刻明嘉靖年间名臣赵贞吉《怀山好》诗，有"年少怀山心不了，年老怀山悔不早"句，世事大抵如此。

辞留坝，傍晚抵汉中市区。汉中市北依秦岭，南屏巴山，汉江逶迤穿城，暖润似初夏。城内灯杆饰个偌大的"汉"字，都说到了"汉人老家"。定军山麓，长眠着"出师未捷身先死"的诸葛丞相。石门栈道，多少英雄豪杰都付明月清风。只待来日造访。

一路领略两汉三国，一日掠过秋冬春夏。

醇醲阆中城

街灯初上进阆中。

投宿酒店的地址很是威猛，唤作张飞北路，离古城 2000 米许，约上几位好友打车去古城。时近 7 点，北街上万家灯火。耳闻阆中米粉有名，街头有爿"金粉世家"专售此物。店堂内高桌高凳，顾客不少不多，进店择座坐下，老板介绍牛肉米粉，说中碗八元，原汤不辣，正合众意。有人嚷道"不吃牛肉"，老板说可以。米粉上桌，盛在广口搪瓷茶缸里，外壁印着五十年前的图案，让人感觉店铺有些年头。缸中汤汁很浓，原是熬煮的牛骨汤，偶有牛肉一粒，米粉如家乡的阔面盘潜在汤里。店里牛肉、卤蛋早已售罄。腹中鼓鸣，尝美食直须八分饥。

出店南行，街宽四五米，青石板铺地，两侧商肆壁立，无非风味小吃、烟杂饮料，并无喇叭喧嚣。行人来来往往，有游客也有居民。抬头见三层高楼耸立街心，楼底通衢贯穿四方，悬匾"中天楼"。由此东拐，走到"状元坊"牌楼，左右边门上方分别塑凸字"陈尧叟　陈尧咨""尹枢　尹极"，当是阆中状元大名吧。牌坊那头已是大街，回头至状元街北去，再西折学道街，贡院和川北道署前的广场上，两列三行龙形立柱相对如门，门内置仿古青铜大钟，钟身铸金文"良"，分明是古城图腾。广场上两大拨舞者舞兴正浓，那是百姓生活着的阆中城。

中天楼

回到酒店，将古城夜照发到旅友群，发现群里有人夜游滕王阁，美照纷呈。山麓巍巍，牌楼四柱三门，额书"滕王阁"，上山台阶累累不见尽头。山上滕王阁冷光幽艳、琼楼玉宇。方知阆中嘉陵江畔玉台山上也有一座滕王阁，也是唐滕王李元婴始建，也是"层峦耸翠，上出重霄；飞阁流丹，下临无地"，也有"落霞与孤鹜齐飞，秋水共长天一色"之景，可惜少了王勃的奇事奇文。可见山水景色还需文化铸魂。

次日晨，径直去古城西门犀牛码头。嘉陵江水抱城汨汨南流，镇水石犀空望明月百年。墙上城楼重檐飞角，城头铭"澄清"。进澄清门东行，路旁银杏树树秋色，老树枝叶苍苍虬蟠，须臾间到汉桓侯祠。

汉桓侯祠俗称张飞庙。蜀汉张飞守阆中七年，人赞其为"虎臣良牧"，因伐吴事被害致身首分离，身躯葬于阆中，乡人建祠祭祀，已历一千七百多年，虽遭兵燹，屡废屡兴。现存汉桓侯祠为明清时重建，由山门、敌万楼、大殿、厢房、墓亭、墓冢等组成。祠中多匾额楹联碑刻，大殿外廊西墙嵌隶书碑，刻："汉将军飞率精卒万人，大破贼首张郃于八濛，立马勒铭。"传为张飞字迹，前人评其"纯正不曲，书如其人"。雍正年间果亲王题匾"刚强直理"。嘉庆年间的"谒张桓侯墓"诗碑有句："锦屏莫说仙有名，神仙何如忠孝人。"阆中有张飞路、张飞牛肉、张飞铁壶、张飞酒店、张飞护城传说，城南锦屏山纵有八仙遗踪，百姓却视张飞为阆中守护神。

辞张飞庙，在古城转悠。城内街巷纵横，黛瓦平房鳞次栉比。悬匾"状元阁""侯家大院""来德书院"诸庭院，其实都是客栈。"赵庐"门前,读楹联"古俗长留灯火家家闻夜读,人文蔚起术庠济济尽英才",想贡院里的考生试卷上有"更深惟一月,诗成有孤灯"句,寒窗艰辛。内东街社区门额题"闾阎风蔼",祈愿里巷百姓都有出息,最是暖人心。寻常巷陌,原装古城,醇醲阆中。

一路溜达到城南华光楼,楼起四层,楼底券门通南北,南北门楣遗存红四方面军创建川陕苏区时镌刻的标语,红色足迹。传此处旧称南楼,亦滕王始建,清同治六年(1867年)重建,唐风清韵。上楼木梯逼仄,最后一段只容单人勉强上下。登楼远眺,山锁四面,水绕三方,城郭如丹青。俯瞰咫尺处,嘉陵江急湍猛浪,浮光跃金。南岸锦屏山逶迤起伏,氤氲里楼阁亭榭隐映,疑是阆苑仙境。故杜甫诗赞:

"阆中胜事可肠断,阆州城南天下稀。"

今古石宝寨

2020年疫情来袭，守在家中。想起2019年的那次出游，出发日正逢霜降节气，兜转陕川渝，宜昌收官回家。旅程中的全国重点文物保护单位石宝寨，我先前在江上神游过。

20世纪八九十年代，我有两次从重庆乘舟东下，经过忠县江面时遥望北岸，只见峰峦迷蒙，难觅石宝寨踪影。2011年暑假，我又乘游船沿川江北岸溯流而上，那天下午西出夔门，次日清晨，晨雾掩映两岸城镇，日头从层峦叠嶂的五色云端探出，一道朝阳铺大江，波光粼粼。忽见右前方水边冒出一偌大"盆景"，精致的灰白围墙，圈着一个绝壁孤峰和宝塔般的倚崖楼阁，那便是石宝寨。我伫立甲板，盯着这"盆景"在右舷徐徐移向下游。

过了八年，我由陆路去石宝寨。石宝寨所倚危峰四壁如削，形如玉印，故名玉印山，四周山麓原是石宝古街和民居商铺，石宝寨浸淫在市井烟火里。三峡水库蓄水，老街搬迁到邻近高地重建。旅游大巴直驶至石宝新镇，街道整齐宽敞，中心路口矗立着一座跨街仿古牌楼，中门额书"江上明珠"。穿牌楼前行，几百步便到景区。

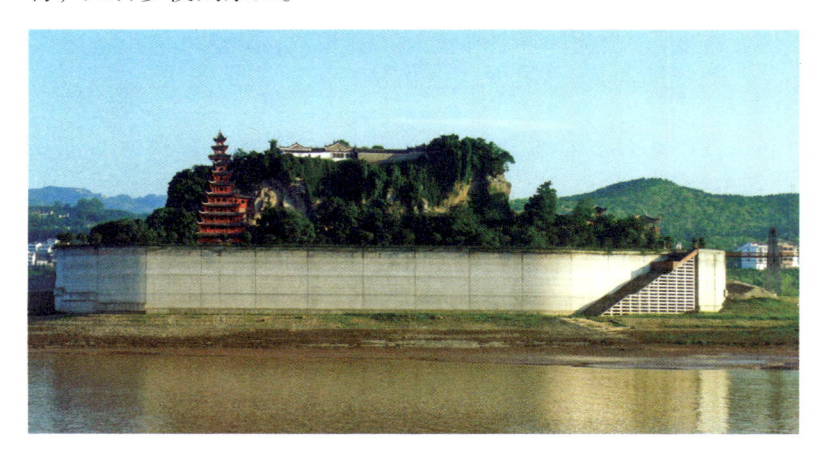

2011年署在长江轮船上拍摄的石宝寨

景区庭院内布列着数口及人高的大石缸，形状或圆或方，外壁雕刻精致纹饰和戏文故事，工作人员告诉我，这全是本地传统工艺。一旁橱窗里陈列着石宝寨老街拆迁和"贴坡围堤"施工时的照片。

过庭院踏上长长的悬索桥，桥下水势浩荡，桥那头是围堤顶部。围堤如高架路般绕玉印山一周，游人可从容来往。循路到石宝寨正面，凭栏看墙下九层寨楼高50多米，飞檐展翼，每层设窗孔透风望江，逐层贴崖收缩，紧衔山巅。1956年又在山巅顺势依样另建三层奎星阁，竟与下面九层浑然一体。

从墙头下到寨楼前，寨门重楼四柱，描金绘彩，古朴典雅，门两侧装饰着"五龙捧圣""双狮戏彩"等浮雕，门额横书"梯云直上"，由此梯直上九重天。横书之上又竖书"小蓬莱"，石宝寨奇峰嘉木楼阙，犹如茫茫江水中的蓬岛仙境。寨门外立"必自卑"石坊，登高须始于低处，催游人更上层楼。登十几级石阶进寨门，再十几级石阶上石宝寨底层。台阶右侧竖一碑，碑上刻一横线，线上标"175.1"，落款"长江水利委员会立，一九九五年十一月"，此线离底楼地面仅两个台阶，175米是三峡水库蓄水的最高水位。廊庑壁嵌功德碑，记清咸丰年间维修寨楼的事，而乡人偏呼作晴雨碑，因空气湿度会使碑石颜色有异。古今两碑一报晴雨，一示水位，都关乎民情。

寨楼采用穿斗式木结构建造，榫卯孔眼，木石相衔，不用一颗铁钉。实木搭建的楼梯简朴坚实，不难爬。几处楼层内用雕塑等展示东周末年巴国巴蔓子刎首留城、三国张翼德义释严颜和明末巾帼英雄秦良玉等故事，都与忠义有关。六层崖壁存明浅浮雕佛首和清刻观音像。四层壁间嵌数碑，均为杨铮者所书，从碑文可知，杨是抗战期间的当地官员。一碑刻移风易俗四项要求：戒好讼、戒烟毒、戒赌博、戒酗酒。另一碑刻表彰本镇学校一位女校长:"苦练精神唯此人,鸡鸣起床教诸生;游行整队天初晓,唤醒街民自梦惊。"官员利用寨楼教化百姓。

　　至七层由边门出楼阁,一段旧时陡峭山路称链子口。寨楼始建于明万历年间,楼起之前,上山全靠"铁索累累贯山巅,一步一蹲仅容趾"。山巅石坪宽敞,坪上"鸭子洞"相传通大江,曾遣鸭子验真而获名,此洞又附一则明末义军聚山抗清的事迹。巍峨天子殿始建于明万历年间,乃石宝寨现存最早的建筑,额题"绀宇凌霄",比作天上殿宇。保护石宝寨行动,自2005年12月始,历整整三年,才完成围堤护坡、危岩治理等工程,堪称文物保护奇迹。

　　玉印山巅四望皆水,滚滚长江,碧空船影。细思忖,若论今古石宝寨,最是"高峡出平湖",江上现明珠。

暮到白帝

己亥深秋,暮到白帝。

少时中学语文课学过郦道元的《三峡》,竟至今不忘。读到"朝发白帝,暮到江陵",第一次听说了诗城白帝。

后来有机会三次过三峡。前两次经历大致相同,初冬时节从重庆乘船东下,那时三峡大坝尚在筹划,葛洲坝已经建成,江面升高约 20 米。冬日多雾,船从重庆驶出已近 10 点,在万县泊舟过夜。翌日发船,仰望北岸云端群峰,问白帝城在何山头。忽有人嚷道:"前头就是夔门,要进瞿塘峡了!"只见江北赤甲山险峻诡谲,江南白盐山壁立千仞,两山束江,水随山转,湍急浪猛,船被水势推拥拐弯,顿时高山掩日色,天昏风紧,凭空生寒气。过夔门后神气稍定,回首看夔门似已关闭。杜甫诗句最是传神:"众水会涪万,瞿塘争一门。"

2011年夏，我第三次过三峡。那日里搭乘游船从宜昌溯流而上，穿过三峡大坝五级船闸，从坝前水位66米翻高到147米，当时尚未到达水库最高水位175米。时已晚上8点，高峡平湖镜开，游船从容西去，次日天明已到巫峡，神女无恙，更近人间。船上通知，由于报名人数少，不停靠白帝城了。船近夔门，凝视南岸，依稀可见江畔观景台，可见隶书"夔门天下雄　舰机轻轻过"和篆书"巍哉夔峡"两方摩崖石刻，这是从原址切割后搬迁安置在崖壁高处的。游船轻松驶进赤甲山和白盐山之间的江面，几无流速，波澜不惊，款款出夔门。平视北岸江中小山，繁阴掩映楼阁，山腰凌空栈道，山脚黑白相间的信号塔上赫然三字——白帝城。

白帝山

这回从陆路去白帝城，到景区已下午5点，心忧又生变故，幸好景区内有"归来三峡"夜场实景演出，要开放到晚上9点。喜滋滋进北大门，只见水中白帝山亭亭玉立，廊桥虹架南北，远处赤甲山在群峰身后探出桃尖般的山头。斜阳在山，江水瑟瑟，光影催游人。急匆匆进白帝山，瞄一眼忠义广场上迎风站立的诸葛孔明雕像，赶紧从西面栈道登高，十来分钟到白帝城山门。其实城早湮灭，白帝庙也几经兴废，现存白帝庙始建于明清，供游人凭吊说春秋。

转到白帝庙前，五色庙门雍容典雅，白帝庙匾额五龙环绕、雾起云涌，左右墙壁饰宝瓶、牡丹、菊花、云纹等。拱门两柱镌刻民国年间的楹联，上联"万国衣冠拜冕旒，僭号称尊岂容公孙跃马"，借王维句，刺公孙述西汉末年占据蜀地，在此筑城跃马而称帝；下联"三分割据纡筹策，托孤寄命赖有诸葛卧龙"，袭杜甫诗，叹刘备兵败夷陵，白帝城托孤悲凄。庙内西厢有托孤堂，呈一堂托孤彩塑，病榻上刘备形容枯槁，似挣扎着对诸葛丞相说："若嗣子可辅，辅之；如其不才，君可自取。"《三国志》记"先主殂于永安宫"，有学者考证，永安宫在奉节老城。白帝庙主殿明良殿正中塑刘备像，西侧塑关羽、张飞像，东侧塑诸葛亮像。白帝庙不祭白帝，却祀蜀汉君臣。殿前楹联曰："明君得良臣，引四海英雄竞归西蜀；故垒留遗恨，看千秋成败都付东流。"道尽蜀汉兴亡。

庙前断崖观夔门

　　快快辞庙去，庙前断崖观夔门。赤甲山与白盐山隔江对峙，遮蔽大江去路。空中云彩绚丽，余晖染红赤甲山头。江面风平浪静、石矶青青，一艘货船正从夔门内冉冉露头驶出。江山如画，一时多少骚人墨客、豪杰英雄。想公孙跃马称帝，诸葛临危受命，"卧龙跃马终黄土"；郦道元神笔描《三峡》，"至于夏水襄陵，沿溯阻绝，或王命急宣，有时朝发白帝，暮到江陵"，那支不朽渔歌仿佛仍传唱在空谷；诗仙流放夜郎，遇赦白帝，"朝辞白帝彩云间，千里江陵一日还"，豪气遗中流。秋山晚霞、夕照行舟，望江思古今，瞿塘峡口浸薄暮。

　　暮到白帝看夔门。

天坑地缝

己亥秋尾,夜进奉节山城。高楼、霓虹灯、摩托车,人流熙熙攘攘,街道高低曲折、跨沟越壑,状如盘山路。莫名想起因三峡工程而淹没的旧城,杜甫有诗"夔府孤城落日斜,每依北斗望京华",凭空生出些许惆怅。

次日一早,过夔门大桥南去。皑皑白云、蒙蒙青峰、几折山路、数点远村,渗漏出丝丝寒意。小寨天坑隐匿在海拔1000多米的群山深处,石灰岩山体经烈日、风雨、地下河、植物根系等亿万年的侵蚀,塌陷成喀斯特岩溶漏斗地貌。天坑口部最大直径626米,坑底最大直径522米,垂直高度662.2米。在观景台俯瞰,坑内四壁草木丛生,神秘幽深。对面绝壁栈道空悬,在阳光昏明交割处有块平台,一排房舍嵌苍崖。我叮嘱自己切莫造次,下到平台即返,近千级台阶。

左临深渊，右贴危崖，循栈道徐行。待挪到平台，见只有百多平方米，东头依岩搭屋，西头是卫生间，旁立景点指引牌"坐井观天"。就地叠起观景木台，登台扶栏探望，仍无法见底。景点导游小周指给我们看对崖溶洞，洞口野径痕迹依稀，她说旧时土匪恣肆，那里曾是山民避难之地。

东头屋旁，云晓老师在与一位四五十岁的汉子聊天。汉子姓刘，夫妻俩就住这屋里，负责从平台到坑底的打扫，来回3000多级台阶，而生活用品需自己从上面背下来。小周说，坑底有暗河和小型水电站，原也归他管，那时每天早晚都得下去一趟，更为辛苦。我浮想坑底景象：水汽迷蒙、堕石遍地，石蛙仰首观天；暗河汹涌、溶洞幽暗，闪过汉子劳作的身影。

天井峡地缝毗邻小寨天坑，在公路边观景点遥望，峰峦起伏，森林茂密，犹如绿毯覆山岭，数百米外云气氤氲，"绿毯"被撕了道裂缝，那里就是地缝。小周说："天坑、地缝属同一岩溶系统，地缝全长37千米，目前只开放天井峡至罗家坪段，约3千米。如从罗家坪进，下1200个台阶，穿越1000多米乱石块地面的核心区，再上800个台阶从天井峡口出；或反向下去探看后原路返回。"我踌躇着那段乱石路能否应付。

车到罗家坪，游人们犯了难。两位年岁较轻者决意下车，苏州的全陪小谷站起身准备陪护，旁边地陪对她说："只两人就别陪啦。"听她答道："只一人，我也有责任去啊。"这话顿

夕照屐痕

时鼓励了我，与另一位跟着下了车。

五人进入景区。秋阳燥热，峡谷宽敞，山路缓坡下行，农田人家，鸟鸣咕咕，四顾不见人影。峡谷渐行渐窄，两侧密林蔽日，所幸并无歧路。走完最后一级台阶，只见前方山体如被劈开一道缝隙，两崖相对，难窥缝隙深浅。右崖上白色箭头指向缝内；红色路标指反方向，提醒"前方未开发，游客止步"，一条干涸河床伸向诡谲山体。

进缝隙战战兢兢，两侧危崖高逾百米，叠崿秀峰，奇构异形，轻瀑飞漱。崖间仅三四米，窄处只有一米，汪汪水洼，磊磊乱石，碎石铺垫细径。山峻人微，万籁俱寂，恍惚不是凡间。仰望天空仅存一线，恐是"自非亭午夜分，不见曦月"。路稍拐，突然几缕阳光如追光灯般自崖顶射入，已是正午时分。

几缕阳光如追光灯般自崖顶射入

出缝隙豁然开朗，同行者老徐勾起回忆，几年前雨后他曾逆向走到此处，裂缝内水流湍急，无奈原路退出。山路逐渐上升，我想暴雨后雨水会趁势涌入，与两侧崖顶倾翻的瀑布，以及罗家坪泻下的雨水汇合，奔向那干涸的河床，会否暗通天坑？

造化鬼斧神工，凿就小寨天坑，削出天井峡地缝，奇观绝景已列入《中国国家自然遗产、自然与文化双遗产预备名录》。"山川之美，古来共谈"，纵然养在深闺，也盼世人青睐。如若先从罗家坪穿行地缝，后去天坑量力游览，无人会犹豫。

游人抱憾，山川寂寥。

诗意栖息明月湾

山间明月、湖上清风、疏篱深巷、老树农家，去明月湾诗意栖息。

微信群里的大学同窗，都是近80岁的老人。四位省城的同学和去了徐州教书的刘姐，相约2020年重阳时节结伴来苏州，不造访园林，不观光城市，要去太湖古村栖息，我力荐明月湾。那里太湖近在咫尺，有一千多年古村沉淀的肌理气息；那里可渡头观落日，墟里看炊烟；那里更有与我交往三十多年的秦校长，事事可问津。

是日，我早早到火车站迎候，接到5位同窗，稍作寒暄即奔西山。车到明月湾停车场，秦校长早在那里。进景区门放眼望去：古村倚青山，曲水抱古村，一架板桥渡烟溪，桥这头引航旗杆高耸，桥那头参差桃源人家，粉墙黛瓦、鳞次栉比，河畔千年古樟径逾 2 米，枝叶硕壮茂密，犹若华盖护山村。紧走几步到进村券门，门楣嵌砖刻"明月湾"，沿着花岗岩条石铺就的石板街悠悠穿券门。我说："此石板街呈井字形纵横村落，下面排水。当年手扶拖拉机进出频繁，秦校长出主意设此门，能通小板车，但拖拉机开不进，保护了这 1000 多米长的古街，如今成一景。门楣上三字是他从废墟拾来弃砖，书丹后请巧匠刻就的。"

跟着秦校长，沿石板路三弯四转到投宿处。农家庭院向阳门第，清雅的两层小楼，庭中石榴树繁果累累，如缀一树灯笼，垂下几只硕大的红石榴，今晚定当把酒持螯对珠榴。邓老板笑迎出来，他是秦校长的学生，将我们领至二楼。楼面如走马楼般沟通，四个客房东西两两隔空相对，南头设小客厅，最宜共坐叙旧。

在石公山留影，左起：秦伟平、冯圭璋、陈应生、陈震坤、李颖、高伟华农家乐的午餐丰盛，太湖畔少不了"三白"，正遇腹中饥饿，面对桌上菜肴如风卷残云。秦校长说："趁体力好下午先去爬山。"喜滋滋去登石公山，一路上秦校长指着湖光山色，神聊洞石异峰。

　　回到明月湾，正值码头赏夕阳。古码头宽4.6米、长58米，张臂西南入太湖，两株老榆树如精灵般挤出码头上的花岗岩石缝。年年岁岁、斗转星移、商旅去归、渔舟唱晚，迎送多少文人墨客，留下多少逸闻逸事。极目处水天一色，三山岛宛若蓬莱浮湖面。码头上三三两两的年轻人嬉闹着拍照，我们忘了年龄，竟与后生一起抢镜头，伸手摆个造型，仿佛欲托起落日。斜阳熠熠、波光粼粼，怆然近黄昏。

在明月湾村口留影

次日一早，六人围坐小客厅品茶聊天，或谈教书育人故事，或讲跌宕起伏人生，说不完四载同窗朝朝暮暮，道不尽六十年来风风雨雨，我闭眼也能分辨出每人的声音。高校长忽从手机里捣鼓出翻拍的当年系舞蹈队的弓舞剧照，其中我班的三位舞者都在座。看看照片上俊男靓女，瞧瞧眼前白发苍颜，叹风刀霜剑、岁月无情，不免唏嘘。最庆幸晚年幸福安逸，荣辱毁誉早已放下，同窗情谊珍藏心底，话今朝"也无风雨也无晴"。说话间天空飘起微微细雨，秦校长来接我们外出，说："今日宜林屋山下探龙洞，缥缈峰顶观烟云。"

第三日跟随秦校长在明月湾兜转，看古树老井、旧宅宗祠，读门楼砖雕、匾额楹联。六人如上学读书不时发问，秦校长不厌其烦有问必答。凝德堂是秦家老宅，也是村里唯一保留完整堂匾的厅堂，内住秦校长的亲戚，不对游人开放。他带我们从前院看到后院，从地面方砖说到砖雕木刻。我曾多次到过凝德堂，匾额下仍供着镶在玻璃框里的毛泽东主席像，八仙桌、太师椅好似从未搬动过，失明的婆婆听见客来欠身打个招呼，北壁上的挂钟状似停摆，堂前砖雕门楼折射出昔日风光。生活巨变，时间仿佛在此凝滞，心中生出莫名惆怅。

走进礼和堂，东书斋南寿轩已经修复，二十多年前我第一次到此看见的是一片颓废。在正厅外廊，刘姐与秦校长正讨论东西侧门的砖刻门额。刘姐年届八秩，习数学、嗜音乐、善指挥，她说："西侧门上镌'玉润'，主谓结构，东侧门'明珠'，偏正结构，两者不并列。"秦校长说："是的，应为'珠明'，那是修缮时的疏忽。"秦校长与我私聊："你们这些数学老师语文水平都可以。"

秦校长邀我们去他家做客。秦校长家粉墙内庭院疏朗，湖石水池、盆景老树，院角修竹探出墙外，檐下扁豆摇曳窗前。客厅内壁悬书画，摆放着他的根雕作品。我说："秦校长曾开设根雕艺术课，是苏州市劳技学科带头人。我曾陪德国专家考察过他当时任教的石公中学的劳技教育。"落座闲聊几句，秦校长兴冲冲去书房捧出五本他任主编的《石公村志》，明月湾现属石公村。我寻思，先前他已送我一本，这次来我没敢开口，他定是被老教师们所感动，访古探幽直须有好伴。我将老同学的名字正确无误地写给秦校长，他在书上一一题款盖章。众人开心地接过《石公村志》，纷纷说道，今日惜别，明月湾长留心间。

归去，梦回明月湾。

居然蓬莱在人寰

辛丑仲春,瞧着门前河畔垂柳现细叶,红黄粉白次第开。忽听得友人吆喝去三山岛,赶紧跟随。

在东山长圻码头乘渡船驶入太湖,柔风拂面暖,春水绿胜蓝。20多分钟到三山岛先奇码头,岛上无汽车,山庄的黄老板与儿子各开一辆电瓶三轮车在等候。前几年我到三山岛就投宿他家,虽不奢华,倒也整洁。黄老板告诉我:"正逢周日,儿子休息在家,帮我料理呢!"

黄老板经营的一幢三层小楼依山临路,底楼餐厅,二、三层客房,安顿完毕已到午饭时间。餐桌上黄白绿色相间,太湖"三白"、浓浓鸡汤,菜笕、竹笋、马兰头今早才辞田园,满桌春风吹拂湖山田野的气息,须臾间光盘。

一行人大多不止一次来过三山岛,午休后四散活动,我和老伴随着一拨人去溜达。三年前，我尚有余勇与老伴等踩辆四人自行车环岛兜一圈，如今生了怯意，不免暗自叹息。

出门左去，越小姑桥，穿小径过一片油菜地去湖边。空气如洗，碧水映蓝天，畦畦菜花金色，垄垄桃花灿烂，远堤烟树列阵，水上渔帆几点，千条岸柳尽向西。春天染绿了湖山，也润泽了游人心情。

循路信步南去，体会"竹杖芒鞋轻胜马"之意。水边老树返青，树头群鸟欢鸣，牛背石如老牛卧树下，只是懒得近前去。一路逛到吴王堤，飞龙桥虹跨长堤南北，堤东山脚水边太湖奇石林林总总、千态万状，站在桥上观水中"飞龙"，潜龙出水若隐若现。众人指指点点寻觅十二生肖石，好似研究性学习。我的老同事——87岁的介老，与我数次来过三山岛，走到此地照例说道："此处原无长堤相通，我曾乘小舟涉水去看十二生肖石。"我照例答道："我几次到得此地，总因湖水阻隔未能如愿观赏，亏得近几年建了这桥这堤。"两人相视一笑，原来都在追忆往昔时光。

过吴王堤进村落，疏篱深巷、果树农家，长长的小姑码头宛若张臂伸入太湖，远处日头西斜，喜摄影的和爱拍照的一齐兴奋，那边摆个姿势看落日，这边心领神会频频按快门。夕阳冉冉下山，春日无计留，只几场春雨，就绿肥红瘦春去也。

次日早餐，喝着稠米粥，嚼着韭菜薄饼，说要去看板壁峰。

附近便是去板壁峰的樵径,一行人小心翼翼拾级而上,过普济桥紧走几步,西望豁然开朗,远眺水天一色、氤氲茫茫;近处泽巌两山如神龟浮水,点缀着数点渔帆、几段绿堤。本岛岸边树木繁茂,掩映粉墙黛瓦。三万顷湖裁一角,七十二峰剪片山,尽是太湖天下景。

再前行几十步,山坳里奇峰突兀如巨掌插天,即是号称吴中第一峰的板壁峰。我虽没了第一次看到时的震撼,却也默念着明张岱《花石纲遗石》中之句:"见一怪石辄瞋目叫曰:'岂有此理!岂有此理!'"想怡园假山有湖石三爿并立,称"屏风三叠",许是眼馋此峰。人山桥下的花石纲遗址少有植被,粗看疑是灰褐色泥沼,其实石坪如砥,几棵野树钻出石缝,苍凉寂寂。残崖巅的蓬莱亭乃是观日出日落绝佳之处,回头轻声与介老说:"我们那年上去过的。"断崖壁上刻着清人吴庄诗:"长圻龙气接三山,泽厥绵延一望间。烟水漾中分聚落,居然蓬莱在人寰。"一样的行程,一样的兴叹。

下午搭乘电瓶车去兜转,新辟的野外花园,精致的民舍,紧闭的宅院关不住春色,粉墙头有人修剪果树。干道支路条条整洁,时见村民逍遥地骑着三轮电瓶车,在路边随意停放,从车上拎件农具,就去坡头拾掇自家的茶园、果园,桃花源里劳作,平添一段春光。

转到东泊码头,伫立北望,春水侵西山,远峰连碧天,石

残崖巅的蓬莱亭

公山、缥缈峰、明月湾影影绰绰,似可闻鸡犬声。忽忆去岁重阳,我和数位六十年前的大学同窗聚首明月湾,在对岸遥看三山半落尘世外,齐呼堪称人间蓬莱,顿时勾起三分少年意气,相约来春访三山。如今暗暗屈指细数,几人年届八旬,几人冗事新添?方知已非易事。

当时只道平常。

重阳登高记

又到重阳。

小时候重阳节听老人讲重阳登高的故事,东汉方士费长房对弟子桓景说:"九月九日,汝家有大灾,急作绛袋,盛茱萸系臂上,登高山,饮菊花酒,此祸可消。"桓景遵师言,举家登山,待夕回家,见鸡犬皆死。须臾间斗转星移,我已成了讲故事的老人。

茶友群里的老人们,按惯例要集体登高。往年重阳登高首选花山,因了那里群峰拱卫,有险峰鸟道、潺湲涧流、野芳奇石、山半茶庐,犹如进深山老林。更羡那里沾点神仙气,传老子《枕中记》云:"吴西界有华山,可以度难。"正合登高消灾之本意。何况山门内石崖有刻诗:"华山陆拾赛峨眉,谁人识得祖师机?晓得里头玄妙诀,元来便是上天梯。"扑朔迷离、漫溢仙气。只是眼下想想自己，看看诸友，长了年岁，弱了脚力，年长的届87岁，年轻的逾70岁，何处登高为宜？

一番冥思苦想，想起城西灵岩山麓有处倚着苍崖兴建的园林，正门门额悬隶书匾"灵岩山景区"。园内小桥流水、亭台楼阁、树竹婆娑、画廊勾连，傍晚可观众鸟归林，入夜当有明月西楼。园北翠崖如屏，坡上有胜迹升箩石，可喻岁稔年丰，重阳登高就去那里。

是日，数名茶友或乘地铁或搭公交按约到得那里。进门几十步，树木扶疏间，跨座短桥，过条小溪，就是茶室容闲楼。容闲，容得桑榆晚霞闲。茶楼顾老板是熟人，迎出来寒暄几句，

容闲楼，容得桑榆晚霞闲

他早已安排好厢房，宽敞舒适。进厢房前读一遍门口墙上悬挂的篆书条幅"茶能醉客"，心里嘀咕：茶能醉客？山里闲茶能。

众人落座，取出随带茶具，炉上水开，各自动手沏茶，啧啧啜几口香茗，喃喃忆旧岁登高，说几句身体短长，聊几则人间烟火。一年来有几人这病那恙，庆幸入秋后都趋安康。稍歇，三停儿人马有两停儿要去登高，不登高的就在茶室休息或在周围走动，登高去的整理装束持杖出发，最难得的是 87 岁的介老和 83 岁的稼老欣然领衔前往。

北出茶室后门，过九曲石桥，池中不见翠叶荷花映夏日，只存残荷老莲候秋雨。再几十步已是灵岩山脚，不规则石块铺就平整山路，路旁崖壁探露出长长石脉，左端有处楔子般的天然印痕，有好事者在此描眼添齿，宛如张口龙首，下方凿几条波纹，右端如龙尾潜入山体，铭"卧龙石"，神龙见首不见尾。危崖 20 多米高处有片石坪，边缘一巨石看似欲坠，此即升箩石。我年轻时坐车过灵岩山，在公路上就能遥见此石，现山上树木繁茂，此石隐匿山中，需登高方见。

卧龙石处无路可上，曲径蜿蜒东去，直抵园子东北角，有亭翼然嵌于崖间，名倚山亭。由小道上坡过亭西折，坡缓路隘、岩壁苍苍、树林荫翳，最宜一路吟啸徐行，咏一句"我言秋日胜春朝"，小心翼翼踏越数级石阶，登临石坪。

石坪平坦，约半个篮球场大小，略微南倾。升箩石体量巨

夕照屐痕 | 297

大，蹲踞石坪边缘，上下两面近似正方形，上大下小，长、宽、高均逾2米，酷似旧时量谷升箩。此石何处飞来？抑或鬼斧神工造就？遭暴风雨是否会滑下崖去？我等竟生杞人之忧。石坪北崖有民国年间镌刻的擘窠大字"常随佛学"，稼老说如读成"学佛随常"，意学佛要有平常心，倒也蕴含禅意。暗忖今日里耄耋老人登高实属不易，意在健步抒怀交流，不计登多高，也怀平常心。我仰望灵岩山顶，忆想山中景物，牵记山上素面，介老忽说："祈愿来年重阳，共登灵岩山巅。"众人齐赞。一行人细聊慢走，从西头下坡，登高收官，回茶室歇息。

　　春去秋来如旋轮飞转，日月交替如白驹过隙，春风年年绿江南，不染人间白须眉。去日无计追，来日不可期，当下最需珍惜。岁在辛丑重阳，天和气清，林茂山秀，呼朋唤友，清茗容闲，相携登高，共祈康健，实乃心旷神怡之夕照快事也，不可不记。

石湖秋水

时过霜降，秋老江南。

前些时候闻得石湖新郭老街开放的消息，趁着日暖风爽，邀得五六旧友，想去那里喝茶闲聊。明《石湖志》载，隋文帝开皇九年（589年）隋平陈，十一年（591年）越国公杨素移邑于此一带，谓之新郭。时匠人以楮木为城门之柱，杨素问："此木恐非坚，可阅几年？"答："可四十年不朽。"素曰："足矣！此城不四十年当废。"一语成谶，唐武德七年（624年），苏州复还旧城，空遗"新郭"地名供后人凭吊。

从轨道交通3号线"石湖北"出站，步行几百米即进入石湖景区。漫步南去，秋意弥望，逛到"石湖佳山水"石坊处，聊起老话题。有的说旧时公交车在晋源桥西堍南拐处，沿着越溪西岸开来，这儿是终点；有的说晋源桥西堍北折即进横塘古镇，离此仅几里地，南宋石湖居士范成大有句"好风将梦过横塘"。说话间勾起我的回忆，五十六年前我刚大学毕业，去横塘镇参加"四清"运动一年，住在亭子桥东堍临河的一幢集体宿舍里，其间曾骑自行车到石湖，也曾在镇码头乘班船南下穿石湖去越溪。古镇亭子桥西堍十字路口是市口，百姓熙攘，商肆壁立，桥下船队南来北往日夜不断，晚间埠头船家炊烟渔火伴眠。北街尽头是高高的彩云桥，桥那头的长堤上有粮库和古驿亭，老人说古镇形如仙鹤，长堤是鹤颈，古驿亭在鹤嗉处，是刘伯温做的风水，不使鹤飞走。横塘是我参加工作的第一站，心中驻留念想。两年前我遇见一位已退休的学生，他曾任横塘镇镇长，我问现在能不能到横塘那里玩玩。他说："冯老师啊，与你想象的不一样了。"五十六年过去，弹指一挥间，唯待好梦看横塘。

步履蹒跚攀上越城桥，下桥却见新郭老街篱门紧锁。扫兴之余，想起宋诗《游园不值》，姑且在篱笆墙外探头探脑张望一通，挤出两句打油诗：千年往事关不住，新舍老树入眼来。快快转头南去渔庄，守门人告知，木栈道封闭大修，东门处去不了，绝了我买座喝茶的念头，静心湖畔看秋水。

缓步穿过桂树林，金桂盛开，郁郁菲菲，树冠洒金屑，衣衫沾馥馨。南宋词人姜夔写石湖梅花"一夜吹香过石桥"，然"桂子月中落，天香云外飘"，天香何曾输暗香？临湖西眺，天水共色，湖面波平，一碧如镜。水岸朱塔佛寺神宇影影绰绰，上方山茶磨屿浮青滴翠，水中清影瑟瑟如在空蒙烟雨间。行春桥九孔星列，越城桥单拱跨溪，两桥桥洞映着静静倒影，似玉镯，似珠链。水光山色溰漾，十里湖山十里锦绣屏。同行的 87 岁介老叹道："石湖佳山水，数此处为最！"难怪南宋范成大在《重修行春桥记》中记："凡游吴中而不至石湖，不登行春则与未始游无异。"而坊间盛传苏东坡说过"到苏州不游虎丘，乃憾事也"，敢情两位宋贤各说各的不到何地等于没游苏州，隔了时空较劲？偏偏明代曾任吴县县令的袁宏道又发一番高论：

行春桥九孔星列，越城桥单拱跨溪，两桥桥洞映着静静倒影 似玉镯似珠链

"余尝谓上方山胜,虎丘以他山胜。虎丘如冶女艳妆,掩映帘箔;上方如披褐道士,丰神特秀。两者孰优劣哉?亦各从所好也矣。"真正难杀了来苏游客。实在是苏州物华天宝、人杰地灵、秀山丽水、文脉绵绵,暗自屈指数来,能说不到某处古今胜迹等于没游苏州的地方多着哩。

信步至渔庄,随意踏进福寿堂。渔庄系晚清举人余觉所建,其妻沈寿是著名绣女,后世誉称"针神",建此庄时沈寿已故去十多年。堂内有楹联曰:"槛外石湖谁复问千秋诗客,窗间绣史我欲写一代针神。"吟诵石湖的范成大、姜夔等骚人墨客早已仙去,木渎镇尚存"沈寿故居"可聊阅"针神"生平,竟读出一丝凄凉。

由福寿堂南出数十步即渔亭,渔亭临湖,众人在石凳安坐。金风飒飒,亭前老榉树落叶缤纷;烟水森森,湖中天镜阁似蓬岛浮沉。忽然记起刚刚在福寿堂内东西厢房门上读到的两副旧联,一曰"卷帘惟白水,隐几亦青山",一曰"水清鱼读月,山静鸟谈天",远山近水,鱼翔鸟鸣,皆在襟怀间。介老退休后在老年大学教过苏东坡的诗文,忽然朗声说道:"如当中秋夜到此,'与谁同坐,明月清风我'也。"

起身归去,赚得半日秋色,未花一文钱。

夕照鸡笼

那是 2021 年赏枫时节。介老在微信群里连发几张天平山照片，说到了观赏红枫最佳时候，而一班茶友刚去过天平山。介老说准备自个儿去了，我挂记他长我 9 岁，又猜他或另有心思，赶紧响应。

是日，我随介老伉俪二进天平山。循景区步道缓缓行去，一路漫步到高义园牌坊，远眺天平山全景，青山依旧，离我上次登顶已过十年。在山下的听莺阁买座喝茶，说说今昔闲话，聊聊儿女孙辈。用过午餐，起身出景区，介老忽然发话："去鸡笼山看看？"

鸡笼山在天平山景区南侧，应属天平山余脉。2017 年，时任苏州市地学会顾问的蒯元林老师尚健在，他送我一本他编著的《苏州沧桑》，书中写苏州山水名胜沧桑变迁，其中有篇

《天平石桌》，并附奇石照片。缘此，当年我和介老等人曾结伴去鸡笼山寻访天平石桌。

沿木渎健身绿道前行百来步，路旁就是鸡笼山东峰。峰高四五十米，坡上树石互缀，隐约斗折野径。两人正说着时光倒流三十载敢上去的狂言，过来四五位年轻人，二话没说嗖嗖往上蹿去，不觉羡慕地喝一声："年轻真好！"

又数百步拐入泥路，小心翼翼兜转到鸡笼山南麓。举目望去，鸡笼山东西两峰美景尽收眼底。东峰灌木纷杂，黄绿相间，山头怪石嶙峋。午后的金色阳光洒向峰顶绝壁，清楚地映出四个隶书大字"夕照鸡笼"。四年前的冬日上午到此，绝壁背光，介老嘀咕要再来一趟，今日遂愿。

东峰上的年轻人正觅路去西峰，西峰高只20来米，"天平石桌"在峰巅。我央介老的夫人在山下看

西峰上的"天平石桌"

304 | 随园梦

管衣物，再想寻找我走过的上山荒径，介老却已在登山者踩出的似路非路的坡上攀登。路不陡但多沙石，几处"台阶"我实在无计抬腿，只能先膝盖跪上去，再手足并用挣扎站起来。我惊讶他是如何上去的。

山巅是片10来平方米的沙石地，北沿耸立着约5米高的方石，四周陡直，如斧削刀劈，方石上又立五根石柱，再凌空平托起两块卧石，是谓"天平石桌"。迎面绝壁竖刻"五人撑伞"四个擘窠大字，乃坊间对石桌的俗称。石壁下端镌刻一方铭文，说此石曾呼作"七仙张伞"，叹"岂两百年沧桑七颠其二者乎"，石桌在渐变。李根源先生在《吴郡西山访古记》中写道："鸡笼山山石蜿蜒东下，崷崒可爱，惜前人无一摩岩之字，以章奇迹。"今人了却前辈遗憾。《苏州沧桑》中说天平石桌"是由花岗岩岩性和风化规律所致"，"是由三组不同方向的节理控制岩石风化的典型花岗岩地貌"，老友蒯老师曾如此为我们科普地理知识。

清乾隆年间苏州人沈三白写《浮生六记》追怀"浪游记快"。乾隆辛丑年（1781年）重阳，沈三白与好友顾鸿干共游上沙村古园，"村在两山夹道中。园依山而无石，老树多极迂回盘郁之势，亭榭窗栏，尽从朴素。竹篱茅舍，不愧隐者之居。中有皂荚亭，树大可两抱"。"园左有山，俗呼鸡笼山。山峰直竖，上加大石……旁一青石如榻，鸿干卧其上曰：'此处仰观峰岭，俯视园亭，既旷且幽，可以开樽矣。'"鸡笼山麓老树古园，俯园仰峰，一觞一咏，或歌或啸，岂不快哉！

年轻人与我俩聊几句，继续西去翻山越岭。我在北坡找到较缓的下山路，回头见介老竟随年轻人去了，我叫他下山，他唤我上去，不一会儿不见其人只闻其声。我千呼万唤，总算让他回头，不料他说道："跟不上年轻人，他们不见人影了。"

说话间峰上唯余两人，萋草野树，夕照鸡笼。岁月不居，时节如流，天行有常，万物皆变，鸡笼山依然在，却已无沈三白描摹的境地。蓦然想起山麓无隐庵遗址的石刻偈语：

空山无人，水流花开。

独上灵岩

江南秋尽。

辛丑重阳,与朋友们在灵岩山北麓登高至升箩石所在石坪,曾祈来年共登灵岩山巅。壬寅重阳,几人添冗事,老伴抱微恙,拖到入冬,单人独骑去登灵岩山。

那日背个双肩包,装些水和点心,支根登山杖,从容出发。穿"灵岩山寺"石坊,跨几十级台阶,进继庐亭。亭中后墙嵌一碑,落款"癸未(1943)中秋灵岩山寺住持妙真谨泐石",记筑亭始末。邑人何桂芳,辛巳年(1941)夏入山与妙真法师商量完事情下山去,"风雨骤至,中途狼狈,躲避无从,忽生一念曰:此地不可无路亭以憩息行人。"暗自发下善愿,不料不久即病故,临终前嘱其子"承吾志",其子遵嘱,"遂以三千金谋于妙真以从事。时物力虽艰,犹未若今日之飞狂陡涨,令人不可思议也。方冀稍缓，或者黄河可清。"法师方外之人，在日寇侵华期间铭此段红尘痛事在碑上，意思自明。等到1943年夏"鸠工动石"，又遭狂风，"奋勉再造而成其功"。往日里到此总是数步穿亭而过，今日里却读到这一波三折的故事。

辞继庐亭继续登山，青砖扁砌的坡道整修一新，所遇台阶大多只高10厘米，山道旁增建几处休息长亭，慢慢走去不觉劳累。掠过迎笑亭盘折前行，岔路口踞落红亭，亭内正壁嵌赵朴初诗碑，"梵呗断还续，慈乌散复来"说灵岩山寺经风历霜，"柳条见春色，画境逐云开"赞今日灵岩山如画湖山。

由落红亭岔路左行几百步即观音洞，民间呼作西施洞，传勾践和范蠡曾被拘于此洞。观音洞前原来只贴崖罩半座石亭，现亭外新建五间殿宇，气象翻新。洞前立说明牌，指示崖上捕房体，乃花岗岩岩浆侵入过程中周围岩块落入岩浆所致，我首次留意到。洞前牛眠石，只露出酷似脊柱的背部。转回落红亭越百步阶至"灵岩石龟"处，石龟系花岗岩经风化侵蚀天然形成，惟妙惟肖。游人到此不免引颈南眺：道路纵横、房舍历历，箭径河如一线，极目处隐隐山水太湖景。古城西郊以灵岩、天平为中心的花岗岩地貌山峦连绵，树木蓊郁，多古迹，多奇石异峰，时有地质知识科普，久经吴地文化滋润，平添风雅灵气。

歇气缓步再往上，到灵岩山寺，素面馆已由寺内迁至寺外东侧。进入古寺，大雄宝殿庄严巍峨，殿内东西内墙各有一小幅壁画，描摹释迦牟尼成佛前后的两则故事，我读小学时秋游到灵岩山就看到过，还听人说是一个大学生画的。西花园里吴王井、玩花池、玩月池等依旧，人传都是馆娃宫旧物。灵岩山佛教净地与吴宫遗迹交织并存，"只今惟有西江月，曾照吴王宫里人。"

出花园去东院转一下，感腹中饥饿，欲出寺吃素面去。忽见西廊下两位老者，一高一矮，正与一僧人打听什么，僧人朝东指个方向，两人就往那厢而去，我跟着前往，原来房舍内依着崖壁有石阶暗通素面馆。寺楼幽深，云遮雾罩，我莫名遐想难怪故事里唐初骆宾王避祸躲进西湖韬光寺。

我和两老者坐在一桌吃素面，互相攀谈几句。他俩都是东山雕花楼附近村子的人，高个78岁，矮个74岁。高个对灵岩山熟悉，说着老话，矮个只是听。吃面如风卷残云，忽又记起谷公胜君示我的《游灵岩》诗，有联"斋时一碗素汤面，来伴神龟望太湖"，今日正是如此。吃罢我想下山，高个说："后

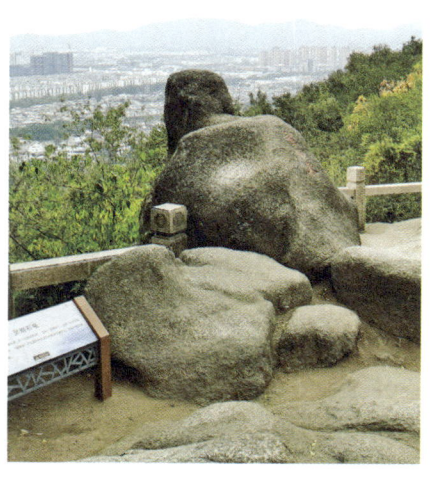

神龟望太湖

面还没去呢。"

三人出面馆向后山走去，到一处墙下，高个说这儿的路原来很窄且有水溢，现已加宽，陡坡旁筑起石栏。走到琴台下，他又说原来这里有铁塔。在似路非路的沙石间蛇行攀登，到"吴中胜迹"石刻处，二老坐在大石上休息说起闲话来。

我奋力登至琴台最高处，放眼北望天平方向，阡陌村落，层峦逶迤。晚明徐枋《吴山十二图记》中写道，"灵岩、邓尉两山，固吴山之殊胜""每谓邓尉以湖山取胜，灵岩以泉石争奇，而一登涵空之阁，陟琴台之巅，以香径为襟带，以具区诸山为屏案，则湖山之胜，灵岩固兼有之矣"。诚哉斯言。

灵岩山，一部耐读的书。

访古画眉泉

友人光宇老师，退休后好探幽访古，一提到苏州的山水，他总是如数家珍，说我苏州的山走少了，我不敢回嘴。壬寅仲冬约我去七子山，《苏州山水志》"七子山"条目下支脉繁杂，有姑苏山、福寿山、上方山、茶磨山、吴山岭、尧峰山等，主峰七子山，海拔294.8米。

次日晨，在越溪街道张桥社区公交站与光宇会合，沿街市北去，偶见人家园子竹篱上公鸡争鸣，浮想"鸡鸣桑树颠"的田园牧歌情景。从三里平路到松毛坞，坞口竹木门楼额书"画眉泉"，门内两侧山坡竹林青翠。依道上行里许，路左沟旁立苏州市文物保护单位石碑，书"回溪摩崖石刻"。光宇说："回溪旧称洄溪，画眉泉在那里。"

循碑侧古道上山，在峰间斗折蛇行，夹路林深树密。枯叶

古画眉泉

铺金。山行一刻钟，左崖露一截残垣，路随坡转，劈面一绝壁，东西长近30米，高6米许，崖顶野树萧萧、乱草萋萋，崖壁瘦蔓摇曳、斑驳陆离，隶楷行篆摩崖石刻参差其间。光宇指着崖顶落款"洄溪道人"的隶书阳刻"古画眉泉"，说起一桩两百五十年前的旧事。

清乾隆年间苏州名医徐大椿，字灵胎，号洄溪。他在《画眉泉记》中写道，"乾隆辛巳（1761）春，奉诏入都，复蒙圣恩，怜其老疾，即放归田。"萌生出隐居山林的念头。"欲求深山僻壤，潜息其中……访得吴山七子墩之下，有画眉泉者。策杖远寻，披荆负棘，得破屋数椽，墙摧瓦落，泉在屋旁。"当时是座破败的庙宇，"于是酬其价直，稍为修葺，仍以老僧一二人守之，以供洒扫，更筑斗室于泉旁，以为坐卧之所，而后其地可得而游览矣"。徐灵胎的山居名一粟山房，也称洄溪草堂，崖前的狭长石坪应是遗址。又记"缘此泉离姑苏台只二里，吴王游览于此，尝取水应宫中之用，此泉之所以得名画眉也",至今石刻下的罅穴中仍冒涓涓细流。徐灵胎描摹:"其山势则两峰如抱,青葱相映,面临太湖,水光可挹,客艇渔舟,风帆如织。隔湖远浦,树影参差,一塔中悬,为吴江之境,我室庐在焉,举目可睹也。"徐灵胎出生在吴江,隐居于此思念故地,如今在此仍能遥见吴江东太湖氤氲气象。他在画眉泉畔逍遥十年,乾隆辛卯(1771),再诏入京,年已78岁,自知身衰未必生还,率子徐燨同行,果至都三日而卒,归葬越来溪。今墓在吴江凌益村。

光宇说:"洄溪清代摩崖石刻保存完好,几年来我寻见28方,所刻多为点化意境。"他指着紧贴地面的"甲申上巳洞庭姜恒庆种树虹桥何堂品泉"石刻说,"这是我从树叶和泥土里刨出来的,算我的发现"。他听人说在崖下沟壑对面有洄溪道人题"梦游处",徐燨题"云根",即刻蹚过深沟去找到。我探头看山沟,苍藤老树乱石荆蓁,应是大雨时泄水之道,欲过无能。空想彼时当有渡桥,主人伫立桥背南眺,可寄莼鲈之思,正合梦游意。

崖间有袁枚题刻"仙境"。他在《徐灵胎先生传》中写洄溪草堂"矮屋百椽,有画眉泉,小桥流水,松竹铺纷。登楼则太湖奇峰鳞罗布列,如儿孙拱侍状",宛若仙境。袁枚曾亲赴洄溪,《随园诗话》中记:"庚寅(1770)七月,患臂痛,乃买舟访之,一见欢然。年将八十矣,犹谈论生风,留余小饮,赠以良药。"又录徐灵胎《自题墓门》云:"满山灵草仙人药,一径松风处士坟。"如今,此联镌刻于徐墓的墓门上,而洄溪草堂唯余满崖石刻、一席石坪、半段残垣、几缕涓流。光宇告诉我,越溪实验小学开展爱家乡活动,有老师带领学生来此,寻幽家乡人文古迹。

我们正欲继续登顶七子山,却见下面山道拐弯处有一30来岁的独行男子正两手各执根竹竿借力攀登。他出神地望着,突然呼道:"看,双峰夹野径,缓步访古泉。多好的意境!"徐灵胎说过"两峰如抱,青葱相映",来人是他的知音。互相攀谈几句,知他是安徽亳州人,已在苏州扎根。"我喜欢苏州的山,差不多将苏州的山爬遍了。那边花圃里的草药,我家乡也有。"他边说边指后方。我心中一震,新苏州人夸苏州园林的见过,夸苏州山林的第一回听见。我赶紧说道:"惭愧,我是苏州人,第一次来这里,是朋友带来的。"忽然想起光宇也曾单人独骑去探访徽州的古村老宅牌坊名胜,在公众号"徽州寻迹"里写下160多篇关于历史、人文的故事。倘若有前世,或许光宇是徽州人,那男子是苏州人吧?

山水魅力离不开文化。细数吴中诸山,虽无高猛者,然或峥嵘、或秀灵、或轩豁、或幽胜,乔林翠竹,丹青紫翠,更有泉石古刹历朝遗迹嵌缀,自是别有风采。

文化是山水的魂魄,苏州的山,有姿韵,有灵魂。

星陨尘世间

天地悠悠,日月匆匆,何处凭吊英雄?

随团去莫斯科旅游。地陪导游是四川青年小曾,留学俄罗斯,语言流利,态度热情。大巴内小曾推介自费项目"新圣女公墓",数拨游客自顾聊天。有位上海游客说"新圣女公墓值得去",却遭他太太白眼,说"墓地不吉利"。

蓝天莹莹、白云袅袅,下午4点,莫斯科艳阳高照如江南午后。新圣女公墓入口处并不显赫,正门旁设左右边门,赭红外墙高处,塑着精致的白色花环和绶带。

一半人随小曾进墓园,森林、鲜花、草地、雕塑映入眼帘。右侧花径通向修道院,城堡式的门洞紧闭。一些墓地有人在整理花草,与先人心灵交流。小曾说:"公墓占地7.5公顷,安息着2.6万名俄罗斯各个历史时期的名人,包括文学家、作家、艺术家、科学家、政治家、高级将领以及战士,堪称俄罗斯政治、历史、文化的缩影。"

小曾脚步如飞,众人紧跟疾行。他领我们看了果戈理、契诃夫、小托尔斯泰、赫鲁晓夫等20多人的墓地。卓娅墓前,矗立着深灰色大理石雕刻的卫国战争女英雄就义时的无畏形象,真人大小,头颅高昂,短发和衣襟向后飘扬,双脚前屈踮起。小曾讲述英雄身世时,声音哽咽,眼眶里飘溢泪花。另一处墓地的石碑上,雕刻一名正在采撷花朵的可爱小姑娘,眼睛微垂饱含忧伤,下刻生卒年份:1936—1944。低处一块简陋墓碑,刻一老年男子头像,下刻生卒年份:1928—2007。小曾说着悲催的故事,8岁娜佳在森林里遇见德寇,德寇逼她带路,她将他们引入沼泽地而被杀害。她的哥哥为没有保护好妹妹而终生自责,恳求死后在她墓前遮风挡雨。故事使人联想到中国抗日抗战中牺牲的13岁放牛娃王二小。牛儿仍在山坡吃草,花儿仍在森林绽放,英雄事迹仍被颂扬。

奥斯特洛夫斯基的墓碑刻他半躺半依病榻的浮雕,脸庞瘦削,右手握拳按书稿,左手搭被角,深邃而失明的眼神空视远方,仿佛正谛听冲锋号响,军帽和马刀伴随身旁。墓前鲜花下压张白纸,蓝色墨水写了句中文,"致奥斯特洛夫斯基:感谢你写下了影响一代中国人的书《钢铁是怎样炼成的》。谈2015.6"。

新圣女公墓是生命的终点,不免悲凉寂寥,却又漫溢着俄罗斯的荣耀、尊严、骄傲和梦想。蓦然想起教育家苏霍姆林斯基著作《给教师的一百条建议》中的最后一条建议,"把自己的教育意图隐蔽起来,是教育艺术十分重要的因素之一"。这里,也是俄罗斯历史文化的课堂。

灿星陨落,抔抔黄土、寂寂雕塑,将如梦往事诉说。

奥斯特洛夫斯基的墓碑及其半躺半依病榻的浮雕

诗画圣彼得堡

清晨,列车抵达圣彼得堡。下车时不禁打个寒战,6月初的气温竟如江南深秋。

街心花园的浮雕

圣彼得堡位于波罗的海海岸，涅瓦河自东向西穿越城市，注入芬兰湾。涅瓦河的无数支流交叉纵横，400多座桥梁勾连街市。大巴行驶市内，窗外不时掠过教堂、雕塑，路旁建筑大多4层上下，外墙装饰古典纹样和人像。街心花园六角塔柱高耸，顶端五角星，腰缠花环，四周镶士兵、伤员、平民的场景浮雕，使人联想到二战时这座英雄城市被围困的日日夜夜。涅瓦大街喀山大教堂，90多根圆柱撑起半环形回廊，廊前立率军击溃拿破仑军队的库图佐夫元帅雕像。阿尼奇科夫桥畔4座驯马雕像栩栩如生。沉稳、从容、苍凉、沧桑，大巴驶入了俄罗斯油画。

涅瓦河左岸屹立着以"冬宫"为中心的埃尔米塔日博物馆、擎天石柱、浮雕壁画、紫金吊灯，金装银裹，美轮美奂，极尽奢华。博物馆罗列天下奇珍：油画、雕塑、壁毯、家具、瓷器、石棺、木乃伊。举目皆宝，应接不暇。阿芙乐尔号巡洋舰就泊于近处，凭谁问：十月炮声，曾震寰球？

临河倚栏远眺，海鸥翔集、船舶穿梭、波涛喧腾，蓝天白云下的瓦西里岛美景尽收眼底。旧时的证券交换所，如同古希腊神庙般壮观。一对高大的棕红色圆柱形灯塔，在"神庙"前的河畔突兀而立。两座狮身人面像，卧伏于河畔台阶两侧的石墩上。豪华邮轮穿过能开合的桥梁，泊靠涅瓦河。普希金曾颂扬："巍峨的宫殿，林立的塔楼/高大的建筑物鳞次栉比/成批的船舶来自世界各地/都奔向这繁荣昌盛的码头/涅瓦河披上了花岗岩外衣/道道桥梁在流水之上高悬/一座座浓荫匝地的花园/遮覆着河两岸的大小岛屿。"游人在普希金诗歌里徜徉。

芬兰湾南岸，坐落着人称夏宫的彼得宫。童话般的教堂金顶在阳光下闪耀。上花园里散落着水池、喷泉、雕塑，修剪整齐的树木如卫兵列队，草坪如毯。黄墙白顶的皇宫前排起长队。皇宫内游人摩肩接踵。俄罗斯大妈忠于职守，边表情丰富地摇着头，边向中国导游抱怨欧洲游客聒噪，也不忘制止少数中国游客触摸展品。北出皇宫，露台地面如国际象棋棋盘，栏杆隔柱上置金饰宝瓶。举目北望，落差十几米的下花园无边无垠，四野森林广袤，俯视脚下无数金色人像雕塑和喷泉，水汽蒙蒙，金光熠熠。中央水池主喷泉塑《圣经》中"参孙搏狮"故事，水柱从被力士掰开的雄狮嘴中直冲云天。众多喷泉如瀑布般跌落水池，争先恐后地涌入一箭河道，泻向天际的芬兰湾。

涅瓦河畔十二月党人广场游人熙攘，街头画家在兜售画作，走过一队年轻水兵，走来新郎新娘。广场中心陡峭巨石上，屹立着1703年决定建造圣彼得堡的彼得大帝铜像，他右臂前伸，炯炯双目直视前方，胯下一骑前腿腾空的青铜战马。1825年血腥镇压十二月党人起义的尼古拉一世铜像，就在附近伊萨基夫斯基大教堂前，仿佛窥探着十二月党人广场，胯下也是前腿腾空的骏马。

彼得格勒、列宁格勒、圣彼得堡。三百年往事诡谲，谁人评说？

岩石中的教堂

赫尔辛基濒临芬兰湾,与圣彼得堡隔海相望。

六月的芬兰实施夏时制,晚上入睡,斜阳在窗,半夜醒来,窗外已明。

早餐后,领队说:"岩石教堂建于 20 世纪 60 年代末,开放时间每日不定,今天是 9 点 45 分。"众人先去其他景点观光,挨到 9 点半再到市中心的岩石教堂。教堂状如一个巨大的地堡,踞马路尽头,球冠状屋顶,弧形石墙用不规则石块砌就,墙头藤蔓悬垂。长方形入口宽而不高,门楣看似粗犷的水泥横梁,顶部散堆石块。没有高耸的塔楼和气派的雕塑,仅大门右上角立一小十字架,悄然融入岩石背景。

教堂前的道路两侧,有许多经营旅游纪念品的小店,橱窗里的展品五光十色,有爿店外还放置着麋鹿标本。趁等候教堂开放之际，我与老伴走进一家店铺。店堂并不宽敞，商品琳琅满目，待挑妥明信片等小物件，用结结巴巴的英语与店内芬兰大妈结好账，老伴说要寄张明信片回家。我们挑出一枚刚刚游览的西贝柳斯公园明信片，印有公园内由 600 根钢管组成的类似管风琴状的巨型雕塑，以及音乐大师西贝柳斯那愤世嫉俗的头像雕塑。再问芬兰大妈寄明信片事，她将邮票售我，要我到街对面去寄。匆匆出店门，发现教堂前广场圈起了警戒线，停着警车等车辆，原来有贵宾参观。

西贝柳斯公园

等待参观的近 200 名游客，七八成是中国人。我询问一位在警戒线上的警察，他身材高大，脸庞冷峻，很认真地告诉我邮局在前面街口。当他明白我只需寄明信片时，立即指引我去附近一家小店。踏进小店，也是一家经营旅游纪念品的。一位年轻姑娘忙拿出邮票，我说邮票已有，她稍迟疑一下，示意将明信片交给她。我连忙在明信片上写地址、贴邮票，签上日期"2015年6月12日"，递将过去，说声谢谢。

出店门在教堂左侧找到同伴，贵宾已经离去，教堂开放。进教堂大门，通过隧道般的走廊进入环形主厅，教堂仿佛建在掏空的巨大岩石之中。四周墙壁是花岗石的天然断面，纹理凹凸；近顶部一圈由形状、大小各异的碎石砌成，看似杂乱无章，却丝丝入扣，不露黏合痕迹。近百根钢筋混凝土支架和金属网架，支撑起径逾20米的玻璃穹窿屋顶。顽石支起圣坛，上置花瓶、烛台和十字架，坛前有一架钢琴，管风琴管悬挂石壁。没有缤纷壁画，没有华彩吊灯，没有圣像雕塑。安坐长椅，环顾石壁，仰望穹顶。有人弹起钢琴，浑厚的声响在身畔荡漾，宛若混沌天地初开，人和神、自然融为一体。

低头步出教堂，思绪如风中乱发。遥想中华苍莽大地，梵宇琳宫经百年风雨者星罗棋布，藏隐洞窟者数不胜数。如莫高窟，七百洞窟，千年沧桑，著名藏经洞内唯见一幅壁画、一通碑文、一尊坐像，西方"探险家"的幽灵似在游荡。崖下藏经洞陈列馆天井的卧石上，铭一句陈寅恪"敦煌者吾国学术之伤心史也"，读者无不心酸。抬头望见街口小店，忽想：明信片几时到家？

行走布拉格

听说,游览布拉格最好步行。

伏尔塔瓦河逶迤南来,东拐西折穿布拉格城北去。河西是小城区、布拉格城堡,河东是老城区和新城区。

地陪老朱,50来岁,身高1.8米,经验老到,谙熟欧洲史,是位移民奥地利的壮实汉子。他瞄一眼旅游团:大多六七十岁,也有八十几岁;秀一下独门防扒秘器:钱包与衣袋用尼龙粘扣粘住;说一声"旅游点当心小偷";露一丝坏笑,振臂呼道:"跟着我,去看布拉格!"

从布拉格城堡北门入城堡,城堡始建于9世纪,已逾一千年。依次游览圣维塔大教堂、旧皇宫、圣乔治教堂,到城堡北沿的黄金巷,捷克文化名人卡夫卡曾居住巷内22号小屋。我没读过卡夫卡的作品,但在初中语文课本中,读过伏契克《绞刑架下的报告》的节选《二六七号牢房》，还记得开头是"从门口到窗户七步，从窗户到门口七步"。

午后，来到伏尔塔瓦河的契夫桥西塬，过桥溯河南行。五月晴日暖风、白云蓝天，对岸绿树掩映、群塔耸立，水面游船穿梭、波光粼粼。一路走到查理大桥东塬。1357年，神圣罗马帝国的查理四世下令修建大桥，历时近半个世纪才告完工。大桥由砖石砌成，古朴、端庄，堪称哥特式建桥艺术与巴洛克式雕塑艺术的完美结合。大桥东衔老城区，西接小城区和布拉格城堡，将两岸的哥特式、巴洛克式和文艺复兴式的建筑连成一体。桥塬十字军广场上的查理四世雕像手持诏书、腰悬宝剑，面容威严地俯瞰众人。

穿过老城桥塔，踏上查理桥面。桥上游人摩肩接踵，老人蹒跚，情侣相偎，难辨游人国籍。卖纪念品的、出售画作的、演奏乐器的，夹道营生。人人喜笑颜开，而布列在桥栏杆上30座雕像中的人物却

查理桥

似乎个个满脸愁云。最著名的是圣约翰·内波穆克铜像,传说王后向神父约翰忏悔,国王逼神父说出王后的秘密,神父不从,被国王命人将他从此桥扔下河去。圣约翰雕像座基上嵌两块浮雕:左是王后跪在告解室外忏悔,前景是卫兵和犬;右是神父被扔出桥外,前景是王后在阻拦卫兵抓捕神父。人们为抚摸浮雕而排队,犬身、神父、王后被抚摸得金光灿灿。一位老妇人口中喃喃有词,虔诚地抚摸着浮雕。我猜不出抚摸浮雕的含义:或是致敬神父,或是祈求幸运,或是其他?坊间有如诗传言:"人,是查理桥上最美的风景。"旅游有诗有远方。

走完500多米的查理桥,折回桥东,穿街走巷去新城区的瓦茨拉夫广场,广场是一条宽约60米的商业街。老城广场上游人熙熙攘攘,马车来来往往,商店林林总总。露天酒吧宾客满座,街头艺人各献其技,四周形形色色的建筑仿佛争着诉说自己的前世今生。最引人注目的是哥特式建筑——旧市政厅,遗憾的是外墙上神奇的天文钟正封闭维修。广场中央矗立着中世纪末死于火刑的宗教改革家扬·胡斯的雕像,雕像身材瘦削、目光冷峻,似乎仍在思考革新。

傍晚回到契夫桥西的大巴上。老朱兴奋地说:"人未走失,财未丢失,不容易!"我突然莫名想起《二六七号牢房》开头两句,赶紧看手机上"微信运动"中的步数:22000!

波兰旧都

波兰有句老话：你可以不去华沙，但不能不去克拉科夫。

克拉科夫在华沙南约 300 千米处，维斯瓦河在城南瓦维尔山下从容流过。公元 11 世纪以后的六百年间，克拉科夫是波兰的首都，直至王朝迁都华沙。第二次世界大战爆发，波兰全境陷于战火，华沙毁成瓦砾。克拉科夫被并入德国版图，成为德军在波兰的司令部所在地。1945 年苏联军队奇袭德军，克拉科夫这个中世纪古城侥幸得以留存。

瓦维尔山上鲜花盛开、碧草如茵、古木葱茏，厚重的赭红色砖墙和维斯瓦河护卫着古老的瓦维尔城堡。蓝天白云下哥特式瓦维尔大教堂的塔楼分外显眼，波兰许多著名历史人物的灵柩都安葬在教堂里。从狭窄陡险的木楼梯奋力攀上钟楼，楼上悬挂波兰第一大钟。倚窗北眺，旧都气象云蒸霞蔚：天空远衔

哥特式瓦维尔大教堂

地平线，苍穹下屋顶红绿相间鳞次栉比，两座哥特式高塔东西鹤立，近处红屋顶黄墙的建筑群是建于1364年的雅盖隆大学。这时拥进来一群可爱的孩子，老师带领他们参观钟楼和大钟。孩子们无忧无虑地欢笑，开心地与我们合影，这是我在肃穆的教堂里看到的最美风景。

　　下山北行约10分钟就到老城中央广场，广场呈正方形，号称欧洲最大的中世纪广场。放眼望去：道路四通八达，建筑形形色色，游人熙熙攘攘，露天酒吧和咖啡馆人头攒动，小贩兜售鲜花，街头艺人献技，画家为游客作画，优雅的女驭手驾着四轮载客马车穿梭游荡。建于16世纪的文艺复兴风格的纺织会馆坐落广场中央，红色的窗框镶嵌在白色外墙，庄重的柱子撑起一排拱门，宽敞的回廊里坐满喝酒闲聊的人。会馆前耸立着波兰 19 世纪最伟大的诗人、革命家亚当·密茨凯维奇的塑像，塑像昂首挺胸，目光坚定地看着前方。塑像前是建于 14 世纪的哥特式圣玛利亚教堂，赭红色的外墙，白色的窗框，两座不对称的塔楼高高矗立，正逢整点塔楼上响起号角，用以纪念中世纪发现入侵者吹响号角报警而被射杀的守夜人。处处感受历史脉搏，恍惚间错当前朝境况。

会馆后建于 13 世纪，70 米高的塔楼突兀，那是 1820 年拆毁的老市政厅的仅存遗物，入口处左右栏柱匍匐一对 19 世纪初雕刻的石狮，面相衰老疲惫，不知何喻？塔楼背面露天酒吧的乐队边奏边唱。我在石狮旁思忖，波兰命运坎坷，自建国起，历经苦难动荡，几度被列强瓜分。二战初期克拉科夫即被德军占领，雅盖隆大学全体教师惨遭杀害，5.5 万犹太人被遣送集中营。近郊的奥斯维辛集中营更是满目凄惨、遍地冤魂：四围带刺的电网不见边际，铁轨如无情长矛插进集中营，一幢幢简陋的木板营房望不到尽头，陈列的照片上受难者恐惧的眼神直盯游人。望晴日当头，想历史的天空竟曾如此黑暗，让人扼腕长叹、黯然唏嘘。回首离去，猛然见侧墙边的雕塑令人惊悚，一颗似被砍下的男性头颅横落石台，头颅中空，没有眼珠，眼睑和上下唇捆三道绑带。

不解雕塑何意？

"神笔" 马良

那还是冬天，一夜飞抵科伦坡，转眼间赤日炎暑。

接机的是位英俊小伙，中文名马良，30岁光景，1.65米的个子，肤色黝黑，眼睛彻亮，牙齿洁白，嘴边蓄圈短须。跟随他登上旅游巴士，一眼看见驾驶室插了面五星红旗，顿时心中泛起暖意。

马良的开场白有点别致，他将斯里兰卡与邻国相比，说道路也有点窄，公交车行驶时也不关门，"但我们的马路比他们干净，我们与中国友好，科伦坡的两段高速公路是中国帮助建的"。

旅行团12人，多人教过书，原来就互相熟识。一来二去，马良融进了我们。马良的汉语四声不分，夹带着滚舌音。他毕业于科伦坡大学经济学专业，在孔子学院学习中文，知道中国的先贤法显、郑和,但不知道玄奘。"英语只26个字母,僧伽罗语54个字母,中文难学啊,方块字看上去都差不多。"他自嘲道。

马良学中文也认真,他随身带着单词本,称是件宝贝。行车途中,聊起乌鸦,他说不喜欢乌鸦,因为人做了坏事,来世要投胎这种鸟。有人告诉他,中国称之为"轮回"。马良急着要我写给他看,我打开手机用拼音输入,他立即记在本上。我接过本打量着,他用拼音记汉语,后面注僧伽罗语的解释,本子上的词大多与游客交流有关,如"水果刀""吃晚饭"等。陈老师与他开玩笑说"捣糨糊"一词,他问我什么意思。我说:"这词有时是贬义的,如指工作马马虎虎,但有时也有点褒义,如指有协调矛盾的办法。"他笑道:"中文厉害,这词不好掌握,不敢用啊!"

每去一地,马良总会在车上拿出一块小白板,用水笔飞快地画出斯里兰卡简图,指出路线位置,向我们讲解景点的历史文化。著名景区锡吉里耶山,涉及约一千六百年前达都舍那国的王子迦叶波弑父篡位的纷繁历史。马良在小白板上写年份、画山、画国王和他的几个子女,演示谁杀了谁,谁在山上兴建宫殿,谁出逃印度后又回来复仇。我好奇地问他:"这招是你发明的?"他说:"老师教的。"他递过来一本《斯里兰卡旅游汉语》,封面上有中斯两国国旗,书里用中文写导游词,汉字下注拼音。张老师问他的中文名字是谁起的，知不知道神笔马良的故事？他骄傲地说："名字是中国老师起的，但故事没听过。"张老师将神话故事娓娓道来，并对他说："你有点神笔的意思。"马良开心极了，主动将手机中的结婚照片翻出来给大家看，说她也是老师；又告诉我们，5月份他将去中国南京进修3个月中文。

旅行团全体人员在科伦坡市政厅前合影。马良替我们拍照，并要求将他PS上去后发给他

一行人愉快地跟着马良，游览了这里的世界文化遗产：锡吉里耶山孤峰突兀，加勒古城生机勃勃，丹布勒金寺的幽邃石窟保存着两千年前的佛教艺术珍品，始建于公元前5世纪的圣

城康提尽显斯里兰卡佛教文化的精髓。从马度河的入海口搭船上溯，饱览旖旎的热带风光：两岸椰林、村庄、猴群，水中红树林、椰子铺、小岛、水鸟、鳄鱼。在雅拉国家公园，坐上撒野的吉普车驰骋100千米观赏野生动物。加勒旧城墙下遇到带着蟒蛇、牵着猴子、吹笛逗眼镜蛇起舞的街头艺人；印度洋海岸目睹传说中的高跷钓鱼；下榻酒店里撞见参加婚宴的喜气洋洋的人群。在南端马塔勒的鱼码头，突然有位船夫用中文问我："斯里兰卡好不好？"我应声答道："好！"

从马塔勒向北返回科伦坡，有段乘火车的短途旅程，铁道沿海岸线铺设，穿过棚户区。车厢简陋，行驶中前后左右四门敞开，有个年轻人不等车停就跳下去，车开动后又跳了上来，仿佛在游戏。中途停站，有位老者步履艰难地上车吹笛卖艺。马良静坐在车上，眼神有点忧郁。车到科伦坡，出站后马良又活跃起来，指着远处海湾的一片雾茫茫说："中国喷砂船正在港口施工。"

机场与马良道别，说声："中国见！"

桑榆为霞

"万寿宫"里夕照明

有句俗话说,"各有各的活法"。退休后,有的老人忙健身、忙家务,有的老人喜打牌、喜旅游,有的老人在贡献余热,更有老人在为年轻时未实现的梦想而努力。生活要义不在"最好"或"更好",在于自己"喜好"。不要看了别人的生活方式,就否定自己的生活方式。各人有自己的家庭儿女、习惯爱好、亲朋好友、邻里亲戚等。这些都是几十年积存下来的,适合自己的社会生态和家庭生态,要充分珍惜。公交车上听到一些老人谈家常,有人在介绍旅游经历,也有人因为看护第三代而走不出去,似乎后者很苦恼,其实大可不必。旅游有旅游的快乐,看护第三代有看护第三代的乐趣;如果硬要用一种生活态度拿去排斥另一种生活态度,就等于自己放弃了眼前可享受的乐趣。

还有一句话说的是,"不管发生什么事情,生活还得继续"。老人会遇到只有老人才会遇到的问题,儿孙琐事,老弱病死,公交车上没有座位,社会上偶发的欺老坑老。这些问题有的可以避免,这需要老人遇事多听听儿辈和老友的意见,三思而后行;也有些是不可避免的,这需要我们抱着积极的态度直面生活。我认识一位老人,已逾八十,大学是学理工科的,但爱音乐、爱读书、爱书法、爱写作,老伴身体欠佳,家务都在他一人身上。他每天早上4点半起床,除了买、烧、洗外,忙里偷闲地锻炼身体,写字画画,读书写文章,听音乐调剂身心,还每周坚持到老年大学听一堂古代文学课。孩子们要为他请家政工,他没有同意。他写了很多文章,也创作了一些书法作品。在2010年夏的酷暑中,他静心读书消暑,写了一本《四季习俗录》,出版后送给老朋友。他的生活很辛劳,但充实、快乐。这样睿智乐观的老人对生活的态度,值得我们学习。

有许多老人退休后爱上了写作。他们有很好的文化修养,阅历丰富,他们或有跌宕起伏的人生,或有阅尽山川的经历。退休后他们远离了是非得失、荣辱毁誉,努力学习写作,在写作中回眸人生、品尝人生、享受快乐,圆自己年轻时的梦。他们渴望交流,有些老人将习作结集付印,分送亲朋好友。我读过他们亲历革命战争的故事,修筑康藏公路的故事,戍边屯垦的故事,1976年7月在唐山突遇的惊天动地的故事,海内外游历的故事，与家人幸福和谐相处的故事，同疾病作斗争的故事，家乡和童年的故事。"万寿宫"专栏无疑为他们提供了一个展示和交流的平台。

叶剑英元帅有两句诗："老夫喜作黄昏颂，满目青山夕照明。"在"万寿宫"，你可以读到人生的真知灼见，也可以读到凡夫俗子的平常小事，感到晚霞灿烂、夕阳给力。

"万寿宫"里夕照明。

寻梦万寿宫

君到姑苏见，巍巍万寿宫。

万寿宫，苏州市老年大学所在

民治路东首，路南赭黄照壁，掩映幼儿园；路北石柱木构牌坊，雕梁画栋，斗拱似花，飞檐如翼，坊额横书金字"万寿宫"。穿牌坊抵宫门，举目眺望，屋宇重重、花木葱葱、庭院深深。仪门屋脊塑"星辉云缦"。过仪门进内院，玉阶碧草、花木扶疏、鸣声上下、曲径通幽，地面正中鹅卵石砌就偌大篆体"寿"字，径逾 2 米。正殿北踞高台，面阔五间，黄墙朱柱，重檐歇山顶。殿正脊中央塑"神龙嬉水"，两侧书"万寿无疆"。清康熙五十六年（1717 年），江苏巡抚吴存礼主持修建万寿宫，作恭迎诏书和举行朝贺大典之处。大江东逝、斗转星移，自 20 世纪 80 年代中叶始，万寿宫里兴办老年大学，转眼间已历三十春秋。若自照壁横穿车水马龙的民治路进入万寿宫，短短十几米，犹如穿越终身学习之路。如梦？如梦！岁月如白驹过隙。

2008 年，我走进万寿宫，供职文史系。文史系的学员多逾古稀之年，东隅已逝、夕阳晚霞。我猜度他们定然是静坐入定长思，少有奋发之为了。事实却不然,写作研究班的学员教育了我。

写作研究班里前后有约百名学员，离退休前职业各异，多非文科班底，多比我年长，学历亦有高有低，却因同一梦想聚在一起。他们不辞辛劳、乐于写作，凭借自身的阅历和睿智，回眸峥嵘往事，洞察世态炎凉。有人锲而不舍夜不入寐，有人斟字酌句平添银丝。他们的作品时时示于报刊，我只要翻阅到，总用心拜读，细细琢磨，点赞梦想，收获快乐。不少学员已将

桑榆为霞 | 341

作文结集付梓。

2010年，我的高中学长张卫（笔名：一壶碎月）老师受聘来校任教写作研究班，课内课外，教书阅稿，潜心投入，孜孜不倦。越明年，《姑苏晚报·怡园》为老年写作爱好者辟《万寿宫》专栏，编辑老师倾心呵护老树新芽，至今有逾60篇文章在专栏内发表。这些文章或品人生百味，或忆岁月如歌，或记读书偶得，或讲旅途见闻，读之有启迪、有回味。陈筱庭学员文化程度不高，经他刻苦努力写成的《荡边摸鱼》一文发表后，又将他在老年大学学习的收获，生动鲜活地写在《我的文章发表了》一文之中，向读者分享他的喜悦。高级工程师、诗人梁春宜的《老人》诗，读来令人荡气回肠："我不知道，你们各自的事迹/但我记得，你们都曾年轻、精神/祖国危难的时候/你们横刀立马，守卫过国门/祖国贫寒的时候/你们饿着肚子，无言奉献着青春/在祖国今天的富强里/有你们曾经的血汗和辛勤。"

万寿宫是老年人的寻梦园。三年前故园西扩，园内古典与现代梦幻般交融。有梦想就有追求，有追求就有努力，有努力就有收成。老年大学虽是归去来兮之地，然闲云野鹤、藏龙卧虎，有多少昔日俊男靓女，在此品嚼岁月陈香；有多少当年文武英才，在此续写精彩人生。

莫道桑榆晚，寻梦万寿宫。

书剑万寿宫

——读《短文抒意》有感

赵长润先生的《短文抒意》即将付梓，嘱我先睹。正值学校暑期，读书消夏，岂非快事！

少时上学两周一作，届时老师手夹粉笔，背手踱进课堂，转身挥手在黑板上潇洒地写出题目，叮嘱当堂交卷。每每遇到作文课，众生搔头摸耳、心事重重，或冥思苦索或奋笔疾书，待等渡过苦海登达彼岸后，读到老师鼓励的评语，心中如饮甘露。但那毕竟是年少时的功课，老大后焉能如此？

六年前，我到苏州市万寿宫老年大学工作，供职文史系。文史系的学员多逾古稀之年，我猜度他们定然是静坐入定长思、闲看云淡风轻，少有奋发学习的作为了。事实却不然，写作研究班的学员们教育了我。

写作研究班里前前后后有近百名学员，少有文科班底，大多比我年长，却不畏苦恼、不辞辛劳、专注写作、乐于写作。有人锲而不舍夜不入寐，有人斟字酌句平添银丝。他们的文章时时示于报纸、杂志，我只要翻阅到，就用心拜读细细琢磨，从中收获一份快乐，衍生一份感动。多谢不少学员将结集出版的图书赠我，有小说、诗歌、散文。赵长润先生本是文字工作者，却也曾潜身此班。他先后赠我《水乡短笛》《天堂烟云》《乡情悠长》三本书。我惊叹他年过八秩，居然还学会了使用电脑写作；羡慕他的丰富人生阅历，为写作提供了广阔的背景；钦佩他几十年笔耕不辍，收获如此累累硕果。

　　赵长润先生笔下流淌得最多的是水乡风情、梦中故里，《短文抒意》延续了他心中的梦境。他出生镇江圌山村，对家乡、亲人有着铭心的记忆，写养育他的山乡云天、樱桃、芦苇、南瓜，写爷爷的耕牛和鞭子，写母亲送他读私塾，写母亲的老花眼镜，都饱含深情，感动读者。他工作、退休在古城苏州，苏州是他的第二故乡，苏州的山水草木、土产风情、人物逸闻，使他魂牵梦萦。他写江南雨、水"八仙"、乡村野渡、小巷春秋、渔歌唱晚、虎山山歌、故交情谊、邻里短长、旧居黎明里、葑门油车场，字里行间别有一番滋味。梦里漫漫人生路，笔端融融水乡情，字字句句呕心血，点点滴滴寄愁绪。我最喜欢读的就是这些乡土气息浓厚的文字，能心领神会，会引起共鸣。在我眼里，他是乡土散文作家。同时，他收集、创作的民谣、民歌、民间故事也集腋成裘,为古城的民间文学添砖加瓦。

老年大学是老人的追梦园。有梦想就会有追求,有追求就会有努力,有努力就会有收获。老年大学虽归去来兮之地,春花秋月、老去读书。然闲云野鹤、藏龙卧虎,有多少昔日俊男靓女,在这里品嚼岁月陈香;有多少当年文武英才,在这里续写人生精彩。在老年大学,如赵长润先生说:"淡泊名利,宽容待人,生活就会幸福。"

莫道桑榆万寿宫,岂知书剑老风尘?

诗书万寿宫

——读《诗韵墨缘》有感

2008年,我到万寿宫里的苏州市老年大学发挥余热,任职文史系主任。文史系有1000多位学员,多逾花甲古稀,虽东隅已逝,然晚霞绚丽。他们离退休前职业各异,学历亦有高低,却缘于同一梦想相聚万寿宫里。2009年春节,我收到一张落款"蒋海波"的贺卡。之前,我曾在学员花名册见过这名字,却不知面短面长。待寒假后开学,我才将人和姓名对应,认识了诗词格律班的蒋海波学员,留意起她发表的诗作。

蒋海波系吉林辽源人,60多岁,身高1.6米许,瘦弱,短发,不刻意修边幅,架一副显得略大的眼镜,镜片后的一双眼睛半是睿智、半是郁纡,半在思索、半在寻觅,仿佛随时会冒出一句诗或一个别出心裁的念头。编辑校报校刊的老师对我说,她写诗词十分投入,往往到小样印出,还要来推敲字句。她点赞过我发表在《姑苏晚报》的一篇散文《"万寿宫"里夕照明》，读后有感而填词《南歌子·读冯圭璋老师散文》："秋实融融月，春华煦煦风。叶凝新露曜笺丛，点染琼林黉苑翰香浓。耿耿凌虚竹，茫茫苍劲松。心帆漫举著从容，璀璨夕阳给力晚霞红。"她开心地在老年大学读书，时而制作灯谜，时而与诗友唱酬。她有时似乎有点心不在焉，有次我偶然在一所医院的挂号处遇见她，见她四下徘徊，不知往哪里走。她告诉我，她是学汉语言文学的，当过语文老师；后来又学了法律，当律师。她告诉我，只有在讲台、在法庭、写诗词，她才在状态中。这话我信。

诗词格律班的学员们在万寿宫里吟诗作词、切磋磨砺。我在学校的校报《万寿宫》、校刊《秋实》和诗刊《秉烛诗语》上，经常能读到蒋海波的诗词作品。老年大学的诗词格律班和书法班有着携手创作的美好传统。蒋海波曾填词《浪淘沙·大运河》："南北莽苍苍，纵贯京杭，两千四百岁痕镶。凿史春秋辉一页，举世无双。漕路好通商，旺运天堂，繁华河域涌诗行。载物疾帆云水阔，源远流长。"铺展世界遗产京杭大运河，歌颂悠悠华夏文明，抒发江南水乡情愫，盛赞姑苏人间天堂。此词被执教书法班的书法家汤大元老师青睐，依此创作一幅书法作品，书、词合璧，相得益彰，并在全国书法比赛中名列前茅。

5月间，我突然接到蒋海波打来的电话，要求为她即将出版的一本书写篇文章。我刚想说我已从老年大学"退休"了,哪知她抢着说道:"随便写点就好,只是留念而已。不管批评表扬,我都珍视。"我知道她的拗劲,只能勉力从命。待我拿到书稿,不禁吃一惊:又是个别出心裁的念头。

《诗韵墨缘》(蒋海波诗词暨师友书法集)汇聚了她的600多首诗词,分列江山览胜、祝贺题赞、感事抒怀、纪念明志和友谊赠予等五个部分。我学的是数学专业,只是喜欢读古诗消遣,并不谙诗词的全部精妙,但我觉得蒋海波的诗词已不愧是学汉语言文学的。她不知哪来的主意、办法和毅力,请近300位书法家和书法爱好者,将她创作的诗词一一化作书法作品,其间经年累月、锲而不舍收集珍藏,下的功夫可想而知。为她诗词欣然挥毫的,有军人、教育工作者、公务员、工程师、经理、厂长等,多数是她在老年大学的师友、学友、诗友和书友。也只有她,发宏愿将这些洋洋洒洒的诗词书法作品整理出版,也不知耗费了多少时日和精力。蒋海波对诗词的执着,对为她诗词挥毫者的尊重,已入如痴如醉境地。

我搜尽枯肠写成上面文字,正窃思可以交差,顺手翻读《诗韵墨缘》样稿,不期跳出两行她的诗句:

"搜尽枯肠墨,仍为觅渡中。"

渭泾双亭

《诗》云:"泾以渭浊,湜湜其沚。"相城区渭塘二中校园内,有渭泾双亭。

2002年冬,我率组去渭塘二中评估验收"江苏省实施教育现代化工程示范初中"。渭塘二中时属渭塘中学的初中部,于当年8月刚迁入渭星街新址。学校西临小河,隔岸望云,树木掩映,校舍青青。步入校内,师生礼答,琅琅书声。读书廊、健康道、相傍的两座仿古亭子镶嵌在校园内。分管初中部的方振荣副校长忙前忙后地张罗着工作。他中等个头,白净皮肤,戴着眼镜,镜片后有一双灵气的眼睛,很斯文的样子。看他走路一拐一拐,问起缘由,是小腿骨折,尚未痊愈。天气阴冷,细雨淋淋,地砖湿滑,我担心他摔跤再受伤,建议他坐镇校长室指挥,他不肯听,仍四处巡看,追求完美,追求精致。

方校长陪我察看校园，他告诉我，渭塘发展，日新月异；精致渭塘，崇尚教育、亲和邻里。新校建成后社会反响良好，外流学生纷纷回归。渭塘二中顺应地方教育发展，承担提供公平教育、优质教学的重任。关心每位教师、关爱每名学生；引导学生向上，做人读书并重；珍珠文化选修课，采珠文学社，学生书法、绘画小组活动，在校园内光彩四射、散发出乡土气息。他说："学校倡导精致教学，努力为建设精致渭塘培育后人。"我们边走边谈，来到校园中的两座亭子旁，亭子尚未命名，方校长问我要个主意。

听着方校长介绍，感受渭塘新貌，想起往事烟云。渭塘旧称渭泾塘，据传境内长江浊流与阳澄湖清流汇合处泾渭分明，故河名渭泾塘，镇、乡遂随河名，1950年才改称渭塘。半个多世纪前，我在苏州市一中读高二，学校组织师生去渭塘参加秋收秋种，时人仍循旧称渭塘为渭泾塘。当地生产队专门派出手摇木船到娄门接送，单程需听半天"欸乃"之声。白天脱粒、开夜工拔油菜。近10人睡一间屋的地铺，屋后疏木几株、屋前砖场一片。晚间在场头小憩，举首繁星满天，耳边秋虫乱鸣，风送收割后的泥土芬芳，幽幽"鬼火"在田野上游弋。生活劳动虽属艰辛，岁月磨洗去苦存甜，梦里梦外，留下渭泾塘旧时江南水乡的淡淡墨影。

泾渭两水，孰清孰浊？自古至今、众说纷纭。红尘世界、物欲横流、鱼龙混杂、清浊难辨。教化之地、扬清抑浊、浞浞其沚、做人根本。善恶不同道、清浊不同流。学校理当颂扬真善美、抨击假恶丑，引导学子抵御诸色诱惑，坚守心灵清澈，提高素质修养，共绘渭塘水乡锦绣。

于是，我建议两亭分别命名为渭亭、泾亭。两亭并立、泾渭分明。追抚渭塘镇的历史掌故，宣昭育人的境界追求。方校长听后面露笑容，拊掌首肯。

渭塘二中于 2005 年 1 月建制独立。后又求得书法家林允祺老先生"渭亭""泾亭"两幅题书，制匾悬挂，校园添景。

浞浞其沚，渭泾双亭。

离　别

　　2015 年 11 月 8 日下午 4 时许，我在车站候车，手机响起，陌生的号码，陌生的声音。电话那头说，她是梁春宜的夫人，梁先生已于 11 月 3 日逝世。袭来一阵悲寒，如冬日淋冰雪。一位兄长般的诗人朋友，离我而去。

　　七年前，我到老年大学供职，在校刊《秋实》上读到几首由俄文译成中文的普希金诗，译者署名梁春宜，心中很是钦佩，便记住了这个名字。我同梁老第一次见面，是在学校三号楼的大厅，他长我 11 岁，高高个子，身材匀称，皮肤白皙，说话低沉缓慢，透出善良、谦逊的魅力。他说他是学工科的，但从小热爱诗歌。他送我一本他的诗集《时光》。

　　我翻阅《时光》，喜欢上他的诗。诗《相遇，多么不易》写道："南山、北山的玉石／激流里一泻千里／在河滩上相遇／多

么不易　渤海、东海的小鱼/在浩渺里游弋/在浅泓中相遇/多么不易　在悠远的历史里/生来，归去，战乱，贫瘠/在和谐的时光里，我们相遇/多么不易　在辽阔的祖国/故乡，异乡，边疆，内地/在这里，我们相遇/多么不易　我不相信神灵，也未皈依上帝/可是，谁能解释/此时此地我们的相遇/多么不易。"万寿宫是老人们共度桑榆时光的乐园，诗人在这里与许多热爱诗歌的友人相遇，多么不易。他的获奖作品《我的大学》中写道："这里是我的大学，/快乐、自由、充满阳光。/我的大学像园林，/校园的小路，/通向古雅的厅堂。"

诗人对老年生活充满诗意感悟。诗《老人》写道："我不知道，我是怎样变成了老人/但我记得，那是一个明媚的早晨/刚踏上公交车/一位青年匆忙起身/示意请我坐下，态度那么诚恳/我婉辞了他的善意/但我接受了他的认证——/我，已是老人。"他忆峥嵘岁月："我不知道，你们各自的事迹/但我记得，你们都曾年轻、精神/祖国危难的时候/你们横刀立马，守卫过国门/祖国贫寒的时候/你们饿着肚子，无言奉献着青春/在祖国今天的富强里/有你们曾经的血汗和辛勤。"他直面养老："我不知道，人老了/还能做点什么？为自己、为别人/但我发现，老人/是幸福指数最灵敏的表针/要了解那里幸福吗/只要去看他的老人/老人温饱/国民肯定温饱/老人受到尊敬/那是他的国民有了自信和自尊。"一代人的共鸣。

5月18日下午，他突然由微信发我诗《离别》："校园里，白果树叶已经金黄／你告诉我，你就要离开学堂／我不愿看落英遍地／我愿让你的诗萦绕心上　快过来，坐在我的身旁／不要让欢聚匆忙变成忧伤／要记住姑苏城　这所学校／还有那喜欢你诗歌的同窗　快过来，坐在我的身旁／你说过，这里有尊严、幸福和欢畅／老师、同学有缘相聚／像天上星辰，准时交流真诚的光芒　快过来，坐在我的身旁／我要轻轻地背诵　你写的诗／你写过：'与过去比，未来就是希望／与未来比，现在是各自最年轻的时光'／快过来，坐在我的身旁／校庆会，同学们正朗诵你的诗章／你的诗鼓励我穿越了孤寂／它也会帮助你渡过荒凉。"当时我没在意，竟与他隔空打趣，说老年荒凉孤寂，何以解愁？你诗、杜康。学期结束，我因年过七旬，离开了学堂。

　　再读《离别》，诗人有预感，离别学校，离别友人，在白果树叶金黄的深秋时光。末一句最是心酸，那边如此荒凉？

　　诗人说过："没有诗人的地方／一定不是天堂。"诗人吟着《离别》离别，彼岸有诗人，不会荒凉。

随园梦

依稀五十载,一梦到随园。

我的大学舍友伟华,昆山巴城人氏,毕业后去省城执教,2016年初建了个微信群,大江南北苦苦寻觅昔日同窗,我有幸入列。为起群名,群主斟酌再三,说道:"世传南京师范学院的旧址是随园,'5'是当年数学系代号,'61'是进校年份。"我们一届学号的前三位就是"561",君子不忘旧,群名"随园561"。博得群内众人点赞。

"随园561"虚拟客厅里熙熙攘攘,天天聊天。说新闻、讲养生、晒照片、忆往事、议教育、谈家常,都是阳光话题,可怜偶尔也会讨论小儿数学题。年少时谁人好音乐、好丹青、好时事、好乐助、好琢磨?虽历经沧桑,却青山依旧。在大学不仅学专业,还与一批优秀同学相伴,终身受益。提起已有十分之一的同学辞世，一片唏嘘。说话间都藏不住对母校和大学学习生活的怀念。

　　1961年至1965年，我在南京师范学院读书，校园布满诗情画意。进宁海路大门，粗壮悬铃木如华盖夹道，右侧图书馆进出莘莘学子，左侧音乐楼飘来悠悠琴声。路至西头分道，绕一百号大楼前草坪左右延伸。座座大楼朱瓦飞檐画梁，镶嵌在绿树碧草间。校内西山林密草盛，我的宿舍在山的西麓，上课地点中大楼在山的东坡，来去宿舍和教室，时而走弯弯山路，鸟鸣蝉噪伴行；时而绕行北麓便道，掠过食堂、篮球场，隔墙闻得汉口西路车辚辚。班里42名同学来自全省各地，苏南苏北，城镇乡村，犹如蒲公英种子随风飞来，有缘在校园里相遇。在国家并不富裕的日子里，我们认真听课，潜心学习，尊敬师长，从不旷课，课余参加文体、公益活动。今天的南师校园里，也许仍听得到我们的笑声，找得到我们洒落的青春。

　　清代在小仓山下筑随园的袁枚写道："凡称金陵之胜者，南曰雨花台，西南曰莫愁湖，北曰钟山，东曰冶城，东北曰孝陵，曰鸡鸣寺。登小仓山，诸景隆然上浮。"似乎小仓山总御金陵。在我想象中，西山就是小仓山。春至西山先绿，炎夏山道洒满浓荫，秋来缤纷落叶，冬日里雪花舞翩跹。日往月来，斗转星移，不经意间看西山匆匆演绎四回春色，已临毕业各奔东西。半是意气风发，半是泪眼惜别，又如蒲公英种子飞散，撒落在从黑龙江到海南,从上海到新疆的广袤土地。岁月如流,白驹过隙,转眼已逾半个世纪,当年同窗安在?屈指算来,个个年逾古稀,想必多老大回乡,荣辱毁誉应早放下,功名利禄也都远去。或许曾有朦胧绿地,已经珍藏心底;或许曾有丝发芥蒂,已经灰飞烟灭。回首看来处,风轻云淡东逝水;平静话归去,"也无风雨也无晴"。祈愿平安如意!

随园纷纷旧事,宛如缕缕轻烟。年年又东风,月月有月明。谁处问,母校如今是何模样?不忍想,同窗如今是何容颜?万物是时间的函数,风雨磨砺经历,分解苦涩,稀释艰辛,提炼甜意,沉淀在记忆。

同学在心中,随园在梦里。

风雨故人来

秋风紧、秋雨骤，故人来苏州。

20世纪60年代初，我在南京师范学院数学系读书，世传学校旧址是清代随园。2016年室友伟华牵头建个微信群，苦苦觅得四分之一昔日同窗，倒也遍及苏南苏北。

班里我年龄最小，学兄学姐们群中聊天，不时流淌出对母校和同窗的挂念。群主道："一别随园五十年，同窗情重忘怀难。今朝微信群中聚，恍若当年娓娓谈。"刘姐家居南京，去了徐州教书，说得豪气："求学在金陵，学成赴彭城。耕耘半世纪，桃李笑春风。"我也诌四句："曾做金陵客，随园度四秋。轻烟遮往事，梦境驻心头。"南京陈老大最是婉约："家住金陵西门口，护城河畔依莫愁。映湖胜景随风动，随园往事逐水流。"

自1965年毕业离校，同学之间大多未曾谋面。群主提议，赖交通发达，在苏州碰头。我想，阔别五十一年的同窗聚会叙旧，当去虎丘冷香阁茶楼。恰金秋十月，千年虎丘打扮得花团锦簇，始于海涌桥的六七十米山道，分明由桩桩故事铺就。断梁殿、憨憨泉、试剑石、真娘墓、千人石，数十步磴道，登冷香阁茶楼。凭栏眺望，桂花纷落，老梅满坡；回首仰看，"旧时月色"匾高悬当头。此处最宜吹香嚼蕊，谈说往事春秋。

我将想法在群里说开，惹出一番议论。群主说："随园里我们相识，微信中诗书畅叙。高铁使时空缩短，期待冷香阁重聚。"无锡虞哥道："五十载，多匆匆。转眼间，皆龙钟。鬓发苍，膝下儿孙满堂。今朝微信群有约，虎丘相聚心激荡。愿此生，友谊永长久，心灵通。"陈老大想起了已辞世的几位同学，伤感道："往日同窗各东西，挥尽年华心未已。风雨春秋满头白，冷香阁里人难齐。"徒生一丝悲凄。

是日风雨大作，苏州的三名同学早早赶到火车站，在出站口处引领企踵守望。不知过了多少趟列车，出来了多少旅客，预定接站时刻已过，却没接到一位同窗。正焦急时，走出两位老太太在犹豫商量，定睛看去，认出是徐州刘姐和南京颖姐。赶紧迎前问候，原来其他人早已出站，可怜竟互不相识。风刀霜剑，凌厉超乎想象。

钟鼓馔玉不足贵，最难风雨故人来。冷香阁里，老同学们你看看我，我瞧瞧你，半个世纪，多少历练，四年同窗，多少

桑榆为霞 | 359

情谊，如今从何讲起？最是高兴，老同学个个身体尚健。虞哥口占四句："随园同窗四秋春，五十一年音讯沉。相遇今朝如隔世，魂牵梦绕情更真。"刘姐说往事，毕业分配主动替代同学去徐州，侠义助人，使人拭泪。几位畅谈与苏州的渊源，颖姐忆童年随父母南下，住在苏州时爬树摘枣玩耍的趣事，大学四年都闻所未闻，暖我心里。远在内蒙古因故未来的王哥微信传书："同学欢聚姑苏城，吾心飞到冷香阁。但愿始今从头越，绚丽夕阳年年歌。"无锡乃姐说得心酸："当年年少离别时，相聚白头谁料知？为见同窗不觉苦，正逢秋雨涨剑池。"令人唏嘘。

2016年10月26日，阔别51年的同窗冒风雨在苏州虎丘冷香阁茶楼聚会叙旧，都已白了少年头

相聚总有分手，共约明年再见。车站送别，看学兄学姐徐徐进站，频频回首，背影渐渐远去，心中顿生惆怅。夕阳晚霞，祈愿平安。

盼！

随园群里的春节

  我的十几位大学同学，于2016年建了个微信群"随园561"。群名是怀念母校南京师范学院，即现在南京师范大学宁海路随园老校区。我们1961年进校，"5"是当年数学系代号，当时的学号都是"561"开头。抚今追昔，留个念想。

  时近岁末，寒梅著春。南京陈哥在群里被尊为老大，他寻梅东郊梅花山，照片精彩纷呈。老大身在六朝古都，忽又想到苏州，忆起去年秋日里虎丘冷香阁的同窗聚会，猜我这几天也许会去那里品茶赏梅，微信群里飞来四句打油诗："梅上枝头迎新岁，熬尽风霜终不悔。冷香阁里寻故旧，倚窗一人知是谁？"无锡虞哥好事成双，孙女读书出类拔萃，被选拔参加在海南文昌卫星发射基地举办的"中国少年微星计划文昌特训营"活动；他自己撰写的16万字回忆录《岁月如歌》脱稿，将其中章节《我的大学生涯》发在群里,众人先睹为快,纷纷呼应点赞。

群里成员都曾是优秀的数学老师。陈老大任班主任的74届高中学生现已陆续退休,时过四十二年,师生在南京同庆楼首次聚会互拜早年,他说感慨万千,学生往往容貌难辨,便发话群内:"年少离校老大回,同庆楼上共举杯。经风历雨多故事,握手笑问客是谁?"他说:"我只是给了学生一个不大的初速度,而学生们依托着梦想、天资和勤奋,在人生道路上不断加速,成就了各自的事业。"十足的理科男调子,地道的教师情怀。我接过话头说:"四十二年弹指过,别时少小白头逢。栉风沐雨苦甘事,尽在'老师'称号中。"陈老大叹道,说出了他的心声。

除夕夜辞旧迎新,丙申年只剩最后几个小时,忽又想到我的这个本命年即将逝去,不免有点唏嘘。看罢春节晚会,诌四句发往群里:"猴圣归山去,天鸡已降栖。迢遥相祝福,再听几回啼。"多听一回就是十二年,多听两回就是二十四年。祈愿学兄学姐健康长寿!

年初四,徐州刘姐在群中晒出学生来拜年的照片。原来她在20世纪70年代和80年代,分别带过两届初高中阶段全满贯的班级。她爱学生,视学生如同自己的孩子一样,呵护他们从十二三岁到十七八岁,这两届学生也对她特亲。刘姐自幼居住南京，毕业后到徐州教书，生活和工作经磨历难，得到学生们的热情帮助。师生情深，令人动容。

春节期间我去千灯古镇游玩，也将照片发至群内。群主老高昆山人氏，一眼认出故乡，勾起他缕缕思念。群主大学毕业后在省城发展，成家立业，直至退休。他常回昆山探望90多岁的母亲。他说："冬去春来五十载，思乡情怀终不改。生我养我恩难忘，乡愁缘由老母在。"

春节期间，群内也玩小儿智力题，潜规则是不准问"度娘"。有人转来题目："锁A、B、C，钥匙1、2、3，锁和钥匙搞乱了，如何试开不超过三次，使锁、钥匙配对？"有人立即冒出升级版："锁A、B、C、D，钥匙1、2、3、4，最多开几次能使锁和钥匙匹配？"直至n把锁和n个钥匙的相配，再抽象为一般数学问题，推出计算公式，用数学归纳法证明。哈哈！原来：

未忘数学初心。

会"说话"的墙

外孙女航航在平江实验学校读六年级。学校西院翻建,工地东沿竖起高高隔离墙。学校管理者善营育人氛围,欲使冷冷的彩钢板墙"说话","涂鸦墙绘最美校园"活动呼之而出。航航喜欢画画,她开心地参加了活动。

航航的作品入选了。她在金黄底色上画大成殿,八百年县学、一百年新学,煌煌气象;绿的、黄绿的、金黄的银杏叶飘洒画面,孩子心中的校园美景经春秋历冬夏。难的是要将画稿绘到宽约2.5米、高2米许的一块墙面上。航航的爸妈做好后勤工作,要她自己想办法完成墙绘。航航开出清单,让老爸去买笔、颜料、刷子。

我曾接触过项目引导教学法,其要义是以学生为中心,以项目为载体开展教学活动。"涂鸦墙绘最美校园"是总项目,每一幅画就是孩子的小项目。我满怀兴趣，看航航如何实施自己的小项目。

每天放学由我去接外孙女。周二课后，航航邀请小汪同学到3号墙板前开工。两人边看画稿、边商量、边用铅笔在墙上勾画，可怜她俩站在凳上也够不到顶端。老爸将绘画用品送来，航航甩开刷子，画大殿屋顶。下雨了，雨渐大，她仔细检查画面后，快快收工。

次日，细雨蒙蒙欲湿衣，老伴跟我去学校。航航又请来小莫同学，让她与小汪同学画银杏叶，自己踩在凳上画大殿。家长们为她们撑伞。近5点，雨渐密，我劝她们回家。两位同学先走了，航航不肯走，继续站在凳上修补，外婆为她打伞举调色板。天渐黑，一位老师过来，关心地劝她明天再画吧。任务还遗大半，我心中生出些许担忧。

周四来了高个子男生小杨，他画高处。航航告诉我小杨画图

天下着蒙蒙细雨，航航继续站在凳上修补，外婆为她打伞举调色板

很好，指给我看他画的银杏叶，讲好在哪里。又来了陶子、小刘等好几位同学，小伙伴们一起动手，画墙前宛若飞来一群小麻雀，蹦蹦跳跳、叽叽喳喳。时过5点，小雨淅淅沥沥，伙伴们各自回家。我对航航说："画的下半部有些闷。"她不吱声。

周五总算无雨。下午我按老时间去学校，画墙前已经开工。新加入的小庄在高处画着，不少同学过来观看。航航用黄色涂描大殿落地长窗，用白色在下方抹出一横石栏，又用绿色连连挥刷，顿时现出萋萋芳草、玉砌雕阑，殿内似有书灯闪烁。毛笔字写得好的小曹在画上两块匾额题"大成殿"和"德润文光"，再去右下角落款：六（9）。时过6点，全部完工。小曹兴奋地说："这是我们班同学自己画的！"航航不忘擦去地面的颜料，收拾好垃圾。我看到她关心班级、爱护环境，想办法克服困难，懂得与小伙伴合作、向小伙伴学习，比看到这幅画更高兴。

我的微信朋友圈里有许多老教育工作者，涂鸦活动的照片勾起他们遐思。盐城市教研室的崔老师评："这活动意义非凡，孩子们的潜力不可估量。"徐州市教育局的赵老师引用《孩子是个哲学家》中的语句说："教人走入一种新的生命形式。"南京的陈老校长一辈子教数学，竟兴来赋诗："孩童涂壁画，落笔显锋芒。乳鸟初张翅，蓝天有志翔。"

百年读书地，涂鸦尽文章。几十米墙绘，灿若锦屏、洋洋洒洒，说着教育者的智慧，讲着校园里最美妙的故事：

孩子们在成长！

随园四月天

阳春布德泽,古稀回随园。

1961年至1965年,我在南京师范学院数学系读书。我的大学同学常在微信群里念叨母校德泽,商议要回离开了五十三年的地方,即现在的南京师范大学宁海路随园校区。聚得18位同窗,择一晚春四月天,相约而往。

是日,上海、苏州、无锡、常州的同学,乘同一班高铁,在同一车厢提前叙旧。出站时只顾说话,又老眼昏花,谁也没看到来接站的南京同学。待几经联系人头聚集,在宁海路校门口守候的同学,已频频来电催问。

自随家仓沿学校围墙漫步北去。想起我初到南京有次外出回校,也是走到这里,可笑竟然不能识路而去借问,那时我18岁,而今重来已逾古稀。街心花园里塑袁枚立像,手持书卷,目光温润。袁枚，清代诗人，33岁辞官后侨居江宁，在小仓山筑随园。现随园仅存名，园已无踪影，人说旧址就在这一带。母校名随园校区，校园浸润诗意。

2018年4月16日，在母校大草坪前的合影

到正门与其他同学会合。看同窗昔日容貌依稀，朱颜已改；喜你来我来，大家健在。几声问候、几番端详、几度唏嘘。南师大门汉阙般的一对立柱仍巍然耸立，只是多了镌有现校名的门楣。老头老太们从边门拥入，无人盘问，无须登记。我正诧异，南京的同学说："校园开放让市民参观散步锻炼。"袁枚的《随园诗话》里写："随园四面无墙，以山势高低，难加砖石故也。每至春秋佳日，士女如云，主人亦听其往来，全无遮拦。"

并索性摘唐人诗句做对联："放鹤去寻三岛客，任人来看四时花。"母校风范追随园。

正门内大道两侧古木荫翳、宛若华盖。大道北侧置 2 米多高的天然巨石铭"随园"，旁立文物保护碑。母校的东半部是金陵女子大学旧址，2006 年被列入全国重点文物保护单位。大道西端草坪是当年拍毕业照的地方，一百号大楼画梁朱柱、形如宫阙，四下里树木槎桠、玉阶碧草、绿可染衣，图书馆、音乐楼以及其他大楼，拱卫着一百号大楼。看到原是数学系的四百号大楼已经换主人，闪过一丝莫名落寞。

一路行至西山北麓的女生宿舍，屋前老树新叶欣欣。女生们开心地围着老树拍照，老树曾目睹她们进出宿舍的靓丽英姿，不知是否相识今天的她们。西麓的男生宿舍早已拆建成高楼。东麓的中大楼正围栏修筑，看不见曾经坐过的教室。西山上多了建筑少了树木，找不到我喜欢走的从男宿舍到中大楼的那段山路。半是怀旧，半是寻觅，似无似有，似幻似真，仿佛在拾掇我洒落的青春。

《随园诗话》记严小秋梦访随园，时半钩残月，树丛中隐约有茅屋数间，一灯如豆。急趋就之，隔窗闻女郎吟"偶起放帘钩，梅梢纤月落"，"伤心怕听旁人说，依旧春风到海棠"，"方欲就窗窥之，忽闻犬吠惊觉"。我若梦随园，定然是从男宿舍翻西山去中大楼上课，山径林密草盛、蝉噪鸟鸣，课堂里同学少年风流,老师在上数学分析,突然提问于我,我站起来答:"五十三载东流水,唯见满园桃李栽。"老师喝断:"说数学!"梦惊。

  醒来霜满头。

十年放学路

幼儿园四年,很快;小学六年,更快。十年如白驹过隙,外孙女航航进了初中。

参加孩子小学毕业典礼是她父母亲的光荣,我和老伴凑热闹挤进毕业晚会现场。站立场子后面,看舞台五色缤纷,演出精彩纷呈;想老师的辛劳,孩子的成长。航航从不会算数、不识拼音,到以全优成绩毕业,成绩记录在孩子的报告单,沧桑却留在老师的额头。"逝者如斯夫,不舍昼夜。"心中莫名掠过一丝伤感。

每天放学接小孩,阿爹好婆是主力军。放学时间,慈眉善目的老人们兴冲冲带着零食和点心,风雨无阻聚集在校门口等待开门,我跻身其间。日子长了,互相聊几句,结识许多朋友。他们退休前或是工人,或是教师或是转业军人,还有一位是上过战场的炮兵副连长,现在为了共同任务走到一起。如果有哪位老人几天不见,还会生出几分惦记。偶尔有人吐几句怨言,听得出不是真意。外孙女读一、二年级时,课堂在学校西院,教学楼内有大幅标语,写着"我爱爸爸,我爱妈妈,我爱老师,我爱同学,我爱学校"云云,说得都对,但环顾四周接娃的苍颜白发,我竟萌生少许腹诽。

从外孙女降生始,她爸妈习惯与她讲普通话,我和老伴约定与她只讲苏州话。待小囡学会说话,果然苏州话和普通话都能应付。她认准爸妈不会说苏州话,阿爹好婆不会说普通话,起劲地两边"翻译",闹出将筷子说成"筷鱼"之类的笑话。都说进了学校,老师同学都讲普通话,苏州话就会隐退。其实,只要阿爹好婆坚守乡音阵地,小囡就不会忘记苏州话。我劝过身边老人,与其同小孩讲不标准的普通话,还不如讲苏州话。老人用行动留住一份乡愁,这不需多费力气。

接外孙女回家乘公交或地铁,我与她商定,如果没有座位,我俩稳稳地站着;只有一座我坐,因为我是老人,你坐我膝上;如有一人一座,需要时你让座。到三、四年级,只有一座时,她就站在我身旁。告诉她碰见与我打招呼的家长要大声问好。回家路上吃东西时不乱丢垃圾,找不到垃圾桶,就暂放在口袋里。她都做到了。好习惯要从小养成,这需要阿爹好婆稍加留意。

放学路上，听孩子讲学校里的趣事，与她聊天南海北，是件很愉快的事。我几乎看过她一到六年级的全部数学练习卷，特别留心她做错的题目，与她分析出错原因，她总说老师讲过了。五年级上学期，她爸到外地进修半年，我送她回家后，督促她先完成数学作业，我将作业全部阅看，有的放矢立即纠错。她会在路上背古诗给我听，能背整篇的《春江花月夜》。我与她聊到绝句的第二、四句要押平韵，四句要有起承转合的意思。她曾开心地告诉我，参加升学测试，有道试题是将打乱了句子顺序的唐杜牧《鹭鸶》诗恢复原状，她没读过此诗，居然运用我跟她聊到的知识蒙对了。有次在地铁上她从书包里拿出英语卷子，问我一道小题，我碰巧能对付，引得邻座点赞，让我有点窃喜。老人凭自己的知识储备和兴趣与孩子交流，总会有收获。

儿女都已独立生活，孙辈也终将会忙碌他们的事情。我怀念儿女孙辈与我度过的美好时光。宠爱孙辈不是为羁绊，而是为放飞。

我怀念与我一起在校门口接孩子的老人。

姑苏味

暖风暖日，孟夏清和。

伙伴十来人，几对旧时同事伉俪，数位退休后结识的新朋，均厌烟嗜茶，于是建个茶群，尊80岁谢老为头。每逢周六茶会，或去园林，或访古镇，或隐近郊山野，偶有聚餐，遵AA制，自在适意。

忽一日聚会，谢老拍案长吁："长远朆吃到三件子哉！"众人齐诺。老赵小我一岁，他大女儿能干，是乐桥南堍苏帮菜馆的老板之一，那里有苏州名店的老人马把关，苏帮菜拾掇得十分地道，菜馆就在地铁站出口处，来去方便。谢老关照菜忌油腻，三件子要去预订。老赵夫妇倾心操劳，他人无须费神。

是日10点，众人来到菜馆，老赵夫妇早已等候。包厢内水沸待客，落座嘘几声暖寒，聊几句闲话，冲一杯谢老捧出的上好碧螺春。79 岁的邓老师携一篮东山枇杷,数场夏雨催得枇杷熟黄,汁甜肉细腻,端的是姑苏珍味。赵夫人打开手机,让一众老人围观她曾孙的视频,十个月的苏州萌娃面如满月、目如朗星、肤如凝脂、笑胜春风,齐贺老赵家福气,四代同堂群内领先。

圆桌上摆开筷碗杯碟、荤素冷盆,每盘菜肴上均置白色公筷,各人用黑筷进餐,黑白分明。或倒杯薄酒,或以茶代酒,各自称心。须臾间,热炒上桌。

头道菜照例是清炒河虾仁,白瓷盘内虾仁粒粒新鲜饱满,宛若一捧玉珠,衬一翠蔬,温润玲珑婉约。可怜我吃虾过敏,已五十多年未沾此物。87 岁的介老坐我左侧,他曾与我一起教书十数载,知我虚实,那年误食他施我的四粒油炸蚕蛹,折腾半月方愈。介老举起公匙连舀两勺,笑着对我道:"我代劳了。"右侧我老伴轻声说:"冷盆的油爆虾也好,壳脆肉嫩,不像家里烧的。"她在琢磨厨艺。诱惑难挡,我试嚼虾仁一粒,只觉滑嫩有弹性,唯味隔遥远,不敢细品咽下,赶紧吐出。

糟熏鱼是菜馆的招牌菜,码在盆里貌似平常,待入口一刹那,渗出一丝淡淡糟香,其皮乌脆,其肉白嫩,香脆嫩少一分嫌不足,多一分则过头。谢老正好去趟洗手间,回来遗憾已光盘。

红烧千岛湖鱼头亮相,酱色锃亮,勾人食欲。赵夫人说食材来自千岛湖,新鲜且无土腥味。83岁的稼老曾向我推荐过此店此菜,我和老伴专程来尝过。三年前我与介老闲聊起南朝吴均《与朱元思书》,羡其中一句"自富阳至桐庐一百许里,奇山异水,天下独绝",遂起意张罗自富阳至桐庐、再经建德到梅城的旅游,席间诸位大多参与了这趟游程。想当年,泛舟富春江,饮茶山水间,新安江畔共尝红烧千岛湖鱼头,余味似尚留。醪糟般往事加持这道菜,仿佛好滋味里添了催化剂。如今,恐怕无能耐再如此游荡了,权且望峰息心,暗生几分伤感。

老赵夫妇点的菜按部就班陆续上桌,各菜各味众人喜欢。忽听得门外一声吆喝:"三件子来哉!"只见一名壮汉推餐车进来,车上放着三件子砂锅,后面跟着当家的沈老板和赵家女儿。沈老板特地说:"三件子里蹄髈是苏太猪的,因有人忌鸡而用了大皇鸽,再加草鸭。"看那壮汉凝神屏气,嘴角微微颤动,双手端起砂锅,砂锅口径几与其肩同宽,小心翼翼置于桌上。赵老板说:"三件子炖了近四个小时,你们先喝汤,等会儿再将件子切开。"我兴起诌两句打油诗:九沸九变炼仙味,半副銮驾送红尘。

定神望去,砂锅古朴,一锅清汤不宽不紧,上浮几颗红枣,蹄髈鸽鸭分明,外加一片火腿,诸物在汤汁里融汇升华,犹如混沌初开,人间烟火豪放。赵夫人说:"烧三件子说说只是炖,实际上从选材开始,收拾加工,十分繁复,耗时费神。"那

"炖"也扑朔迷离,包罗炖焖煨焐,将寸寸光阴化作笃实滋味。每人先舀一碗清汤品尝,啧啧称赞鲜美恰到好处。又端来一碟虾子酱油,将件子捞出切开蘸食,件子肉酥皮烂,其味绵绵,其香悠悠。再上碗清面,各人按需挑取加汤食用。

　　酒酿芝麻小圆子上桌已是尾声。谢老有规矩,亲自去埋单,回来报账,各人微信转他,了事波澜不惊。正是:

　　说不尽姑苏好味道,看不够桑榆霞满天。

诗意市井烟火

我住在市井烟火处。

出小区侧门,一条百米小巷,小巷名字响亮——天官坊。此处原为明朝大学士王鏊的旧宅,故名。如今,"旧时王谢堂前燕,飞入寻常百姓家"。

东出天官坊至学士街,即见便利店和公交车站。此段学士街两侧酒家鳞次栉比,小龙虾、牛羊肉、烤串火锅、小吃茶饮,天南海北诸味齐全。数晚饭时分最为热闹,食客纷至沓来,满街漫溢麻辣香。2022年上半年疫情肆虐期间,街上有家饭店在门口贴出告示,说如有难处可进店讲要份某套餐,即免费打包取走,不用客气。我虽不知有多少人在困境中得到援手,但感觉得到古城的温暖脉搏。

由学士街北去100多米到景德路黄鹂坊桥。民间有新生儿满月抱走三桥之风俗,或可始于此桥,吟一句"两个黄鹂鸣翠柳",寓儿童时期健康开心。循学士街南去过学士桥,盼上学后好好学习。再向南前行至干将西路东折登升平桥,祈工作后天天向上。我和老伴曾抱了外孙女履行,可怜天下阿爹好婆心。

横穿车水马龙的景德路即到吴趋坊口,潘君明先生著《苏州街巷文化》中记:"吴趋坊的得名,源于古代的《吴趋曲》。《吴趋曲》是吴地人民歌唱吴地风情的歌曲。"趋,有疾走和节奏之意。吴趋坊口黄鹂坊菜场门廊的粉墙上,西有唐白居易诗四句:"黄鹂巷口莺欲语,乌鹊河头冰欲销。绿浪东西南北水,红栏三百九十桥。"徐展水城春色。东有西晋文学家陆机《吴趋行》全文,有"吴趋自有始,请从阊门起,阊门何峨峨,飞馈跨通波"句,描摹阊门繁华。买菜也可踏歌行,百姓菜场渗诗意。

吴趋坊南北600米,夹路商肆连营一里。蔬菜小卖场、鲜肉铺、生面坊、点心馆、熟食店、小超市、理发室、修鞋摊等等一应俱全,可满足百姓日常生活需求。支巷内还隐匿一处精致的园林艺圃,最宜喝茶休闲。有家网红馄饨店,招牌点心是泡泡小馄饨,外孙女上幼儿园时,逢周三下午放学早,我常领她去。进店小丫头先叫声"阿姨",店主开心应答,不一会儿便将泡泡馄饨端来,特地附加一只小碗,小丫头陆续将馄饨舀几个到小碗冷却后慢慢地吃。起先我要帮她收拾余羹,后来余羹渐渐见少,眼看小丫头仿佛吃着泡泡馄饨长大,待她喝干汤还余兴未尽时,已到该去小学读书辰光。

苏州教育博物馆名誉馆长谷公胜,年逾古稀,专语文,好吟诗,虽吴地人氏,有北人侠气。他时有诗词微信示我,我奉读之间,常常心有所悟而窃喜。酷暑日子,忽传来《姑苏市井图十咏》,助我度苦夏。所吟诸题,都是周遭人间烟火,恭录其五于后。

环卫工人赞:"小巷长街做美容,黎明即起古城中。年年酷暑严寒日,不弃不离环卫工。"

快递小哥赞:"一骑兜鍪走万家,鲜蔬百货送鱼虾。不辞朝夕风和雨,快递小哥真足夸。"

小区快递站:"手机操作寄兼收,轨辙交驰物品稠。抗疫便民村口驿,日行八百赛飞邮。"

便利店:"门堂逼仄座参差,物品齐全备不时。卤蛋热茶方便面,行人夜半可疗饥。"

大饼油条店:"晨炊日日爨香飘,夫妇店邻红板桥。记得儿时好滋味,朝牌烧饼裹油条。""朝牌"乃朝笏俗称,朝牌烧饼形如朝笏,中可掏空裹油条。

市井烟火有诗意。

闲读孙辈作文

外孙女2021年初中毕业，6月份参加中考后，来我家小住两天，说学校有事就匆匆回家了。我在整理她使用的书桌时，读到她写给秋后初一新生的信的草稿，大概是关于学校的一些事。她写自己在樱花烂漫时节首次走进母校的感受："西马湿地蒹葭苍苍，绿水映柳；大道红楼素樱吹雪，青藤伏墙。我就如湿地里的白鹭一样，怀着憧憬和忐忑，慕名进入园区校的大门。"她描摹校园生态："早起莺语繁杂，麻雀儿在食堂的桌间跳来跳去；午间鸭子一摇一摆旁若无人地闯入教学区；夏夜里听取蛙声一片，坐在晚自习的课桌前，偶尔抬头便见绚烂的晚霞；踱步教学楼，遇见西马博物馆，沉浸在图书馆的墨香里。"她怀念老师："足够幸运的人才能遇到他们。天天一口一个'宝贝'来唤学子的她，公私分明、严而不苟的她，幽默诙谐、耐心仔细的他……他们是我们的老师，也是我们的朋友。当他们和我们在一起时，就是家。"她依恋母校："在园区校的记忆化为晶亮的碎光，将永远在我的记忆里熠熠生辉，指引我前行的方向。"似乎有点伤感。我感觉她三年来写作文很有进步，开合趋自然，用词更丰富，写景抒情也有点模样了。不几日，中考成绩公布，她被录取在她的母校高中部，幸运再次降临。

外孙女从小喜欢写作文，开始写成流水账，后来渐渐进步。在读小学三年级时，有篇作文刊登在苏州《城市商报》2015年3月12日的学生作文版面上。

桃花坞遇"桃花仙"

苏州平江实验学校三（9）班　　罗冯翼

学堂下课后，我刚拐进桃花坞大街，看见前方巷子口人群涌动嘈杂热闹。随着好奇心的驱使，我钻进拥挤的人群中，原来是一个中年文士在卖他的字画，画中有山水，有花鸟，也有人物。每一张作品上都落款：唐寅。

"原来您就是大名鼎鼎的唐寅啊！"我惊喜得几乎喊出声来。中年人闻声看了我一眼，微微一笑："怎么？这位小朋友，你认识我?!"

"对啊！寒假里我刚去过苏州博物馆'六如真如'唐

寅画展，看到了您的《吹箫仕女图》《芙蓉图》《观杏图》。去年暑假我还在苏州碑刻博物馆拓了您的《落花诗》呢！我还记得诗里有一句'小桥流水闲村落，不见啼莺有吠蛙'。"

唐寅听后拊掌大笑："原来我还有你这么一个小小知音！"

我听了有点不好意思，心里萌生了一个念头，终于还是鼓起勇气说了出来："我可以拜您为师吗？我特别喜欢中国画……"

"小朋友，学画画是一件很艰苦的事情，它不仅需要学习画画的技巧，还要在生活中仔细观察，更离不开勤学苦练。如果你做好了这些准备，再来桃花坞找我，可以吗？"

我下定决心："嗯！我一定会再来找您的！"说完，我向唐寅鞠了一躬，轻轻地离开画摊。身后传来唐伯虎悠悠地吟唱："桃花坞里桃花庵，桃花庵里桃花仙。桃花仙人种桃树，又摘桃花换酒钱……"

她讲了一个放学路上的梦幻故事。她去过桃花坞大街，知道唐寅故居在那一带，就此设境。又将去博物馆看展出，玩拓片都写入作文，她喜欢画画，或许就是这些触发了她写这篇作文的兴趣。写作文需要一点生活积累。结尾处引《桃花庵歌》句，回到现实，我猜是老师指点的。

孙子暑假后升六年级，虽然有点顽皮，但读书认真。一次双休日我去他家，他听到动静从书房里窜出来叫声"阿爹"，与我聊几句，又回书桌上去了。今年他还获得了江苏省少工委颁发的"江苏好少年"荣誉证书。他也喜欢写作文，四年级时，曾有篇《新龟兔赛跑》刊登在《苏州日报》2020年8月31日《缤纷天地》的学生作文版面上。

新龟兔赛跑

苏州高新区实验小学校四（4）班　　冯启藩

自从上次赛跑输给了乌龟，兔子就给乌龟写了封信，信上注明了要与乌龟再决高下。

时光飞逝，一眨眼就到了约定的日期。他们邀请了公牛先生来做裁判，公牛先生宣读了比赛规则后，举起发令枪"啪"的一声发射了信号弹，在信号弹发射后的一瞬间，兔子就宛如火箭一般窜了出去，铆足了劲儿地往前跑，一边跑一边还不停念叨："不要睡觉，不要睡觉……"

与此同时，小乌龟也在奋力地往前爬着，一边爬一边给自己鼓劲："加油加油！坚持到底！小兔子肯定会去睡懒觉的。"可是小乌龟的速度和兔子比实在是太慢了,才一会儿,小兔子就跑得影子都没了。乌龟爬呀爬呀,终于气喘吁吁地爬到了上次小兔子睡觉的大树旁,可是,这次小乌龟失望地发现,兔子并没有在树荫下睡觉。"这可怎么办呀?兔子不睡觉的话肯定早就到终点了。我怎么跑得过他?"小乌龟难过得都快哭了,"兔子都早到了终点,我还比什么呀。"累极了的乌龟哭着哭着就在大树下沉沉地睡着了。

小兔子今天确实一鼓作气地在往前跑,特别是在路过上次睡觉的那棵大树时还恨恨地想:"就是你的树荫太舒服,才害我睡着了输了比赛,今天一定不在树下睡觉!"小兔子毕竟跑得快,不一会儿就看到了终点的小红旗了,小兔子得意扬扬地回头看看,哪里还有小乌龟的影子呀。小兔子心想:"这次,我可赢定了!"反正终点已经近在眼前,于是小兔子放慢了脚步,慢悠悠地边跑边欣赏风景,瞥到在终点附近有好大一片农田,农夫们正在拔萝卜。看到水灵灵的大萝卜从地里拔出来,小兔子顿时觉得路都走不动了。"要不要停下来吃根萝卜再跑?"小兔子纠结了好一会儿,回头看看乌龟还是连影子都没有,小兔子再也忍不住了,离开了跑道,跳进了农田。"我就吃一根,吃完这根我就走。"小兔子一边吃一边告诫自己。新鲜的萝卜实在太好吃了,水水的、甜甜的,小兔子吃完了一根,忍不住又去拔了一根,"我就再吃一根。"小兔子又拔了一根,第三根、第四根……一直吃了足足六根萝卜,小兔子才停下来,摸着自己圆滚滚的肚子,再往跑道上看了看,还是没有乌龟的影子呢,小兔子得意扬扬地跑到了终点,骄傲地喊道:"这次我可是冠军啦!"可公牛先生却冷冷地说道:"虽然你跑到了终点,但你不是冠军。"原来在5分钟之前,整场比赛已经结束,因为兔子和乌龟都超时了!

看来,小乌龟和小兔子,一个太自卑了,一个又太过自信,结果他们都失败了。

龟兔赛跑的故事,已是文物级别的童话,在发散式思维的话题下,又翻新过几回。孙子想了个别出心裁的念头,开头有伏笔"公牛先生宣读了比赛规则",中间有"乌龟哭着哭着就在大树下沉沉地睡着了",睡去的是乌龟,最后结局却出人意料。结尾的议论,大概是老师启发的。孙子今年还获得了《七彩语文》杂志社发的第十五届"《七彩语文》杯"小学生作文大赛一等奖的证书,作文题是《遇见"电话亭"》。我只看到奖状,没读到这篇作文,但从题目中的电话亭带引号,我猜又是怪念头。

快秋季开学了!屋后的竹丛又窜高,我盼姐弟更进步,我说孙囡更开心。

我眼中的校园

苏州中学园区校高二（4）班　罗冯翼

大道红楼，素樱吹雪，青藤伏墙；西马湿地，蒹葭苍苍，绿水映柳。

园区校的风景里，从来不缺花，从粉樱到睡莲，从波斯菊到山茶，应季而来，迸发出不同的色彩；这里也从来不缺草木，从爬山虎到银杏，从修竹到红枫，随季而荣，营构成别样的清朗。

夏日雨季，当你行至教学楼拐角处，偶然间瞥见那安静一隅的数株芭蕉，就仿若看到了一幅如诗的画，读到了一首如画的诗。"应物斯感，感物吟志"（《文心雕龙·明诗》），雨打芭蕉能引发人们丰富的感受。"退食北窗凉意满，卧听急雨打芭蕉"抑或"雨打芭蕉闲听雨，道是有愁又无愁"，诗词的意境不同，其中递送出的一片清凉与宁静却总那么相仿。

炎炎烈日，当你行至操场跑道边时，你会听到那远远传来的高亢蝉鸣声。"高蝉多远韵，茂树有余音。"蝉这一生，几度经冬历春，从蛰伏地下直到破土而出，蜕变成功，只为那一夏的引吭高歌,是歌者,更是勇者。夏日阳光像一团火,强烈且刺目,那棵伴随着蝉鸣的大柳树,始终用她那弯曲却坚韧的身姿,为我们护出一片能栖身的荫蔽。那里,是我们体育课训练时的标点,记录着我们在校园里的每一次奋斗和超越。蝉恋着夏日,而夏日也似乎点燃了鸣蝉的激情。我们也如同这夏日鸣蝉,期待着有朝一日一鸣惊人。于是,这一道风景,成为我对夏日里的时光剪影。

西马湿地,可以说是我们园区校园里的网红打卡地,对于这片湿地,每一个园区校人都注入了深厚的感情。它是我们与自然联通的一隅,小如一苇草,大如一世界。且听风吟,鸣鸟相和。

在气爽之秋,我们暂时忘却繁忙的学业,沿岸彳亍,好运者可见锦鲤翻水,浪漫者可听苍苇作赋。烦闷的思绪全都沉入池底,精神的愉悦余留胸怀,生态环境的自我净化在此带上了人的心灵。

秋去冬来,春往夏至,鹭鸟飞去又飞回。

春天里,湿地里新添了鸭丁,排着队的小鸭们把湿地当作自己的家,还有更为活跃的灰鹅,成天在湿地与教学楼之间巡逻。

同样与园区校羁绊着的,还有我。时间在这里驻足,关于园区校的一点一滴,没有随着时间推移而流逝,而是汇进了我的记忆星河。我提笔描摹，期望记录下这片不受滋扰的净土风景，可却发现抓不住她鲜活的姿态。她在我们的注视之下缓缓前进，携同她四季交叠的昳丽，携同她源头流淌的精神。

时光流转，她一直是我熟悉的那个校园，但在某个瞬间蓦然回首，她已焕然一新。

回首多年前，稚气未脱的我向园区校走来，在这里度过了三年初中时光。今天，朝气蓬勃的我依然在这美丽的校园里努力拼搏，奋发前行。相信终有一天，湿地里的那只白鹭会带着流动之光飞向更远的地方。

跋一

共游山水间

　　《随园梦》的作者冯圭璋与我是同事，也是好朋友。退休之后，他常常外出旅游，每每邀我，我总欣然随喜共游。屈指算来，在十余年的时光里，到过祖国东西南北中二十余省，还去过欧洲。虽说老年人旅游多为观光，但由于与他在一起，情况有了些不同。他寄情山水，谙熟掌故，长期阅读积累古今游记，对旅游路线景点会加以筛选，因此与他出游不单单心情放松，而且少有遗憾，更能长点见识，留下诸多美好回忆。

　　他每次出行前有资料准备，游览中有考驳有收集，回来之后认真整理，故而很快就能写成游记，以至于旅游后我有了尽早读到他的散文游记的念头。我长他五岁，与他一起旅途上我脚力不脱节，但感观体验有时会落下一点点，读他写的游记，如同"复盘""反刍"一般,可以追忆回味,实在是有滋有味。

据我了解,他喜欢旅游是源于喜欢读游记,而热衷写游记又源于旅游。他说旅游需要读点书。他写的游记都有实地游览时所见所闻的真材实料,写时如同信手拈来。他笔下的山有板有眼,笔下的水有声有色,笔下的城镇有兴衰故事,笔下的古建筑有人文气息。如他写雨中峨眉"青山经洗、平添灵气";写青弋江"碧水迢迢、轻雾笼江";写"新安江细浪抚岸,水皆缥碧,顺着山势汩汩流淌;两岸峰峦重叠,云雾缭绕,护着江水曲折蜿蜒",山水灵动相偎相依;写"怅然踱出曹娥庙,思忖着何为孝行";写雨中回首古镇:"烟霭蒙蒙,往事悠悠,风流总被雨打风吹去;庭院深深,台门幽幽,经年累月与百姓相伴相守。知否,知否"。他沉浸在河山间,徘徊在故事中,感慨桑田沧海世事变迁,似乎想领悟些什么。问读者也问自己。

在我看来,他的游记是以诗的思维描绘名山大川,讲述人文故事。这是作者的写作风格和特色。今天,当一篇篇游记结成集子时,当《随园梦》放到我手中时,我着实感觉到暖暖的温度。

由于年岁等原因,估计与他一起去远游的机会极少了,这可以说是我今后生活中的一件憾事。幸好有这本《随园梦》,书中有我熟悉的行程、熟悉的山水、熟悉的游伴,我会经常翻阅。在惬意的午后,我可以躺在南窗下的摇椅上,身旁小方桌上放一杯新沏的好茶,随意翻开《随园梦》,读一篇我亲历的故事,回忆一段往日时光。

《随园梦》带我入山水梦乡。

张稼祥　壬寅孟冬于苏州相城裕沁庭

(张稼祥,退休前任苏州市教育局师教处处长,退休后多年担任苏州市老年大学书画系主任。)

跋二

我梦随园

盼望已久的《随园梦》终于完稿付梓，我阅书稿后心潮澎湃，欣然命笔为其作跋。

冯圭璋是我的大学同班学弟，1961年至1965年间同在南京师范学院数学系读书，他是班上年龄最小者。四年寒窗筑梦，我们梦中的母校现在是南京师范大学随园校区。我也是"随园梦"的追梦人。

遥想当年读书时，我们专心学习、钻研数学，生活的足迹大致在宿舍、教室、图书馆三点连线的"三角形"中活动。冯学弟读书时学习成绩优秀，当了四年课代表，科目涉及英语、普通物理、复变函数、实变函数等。我任学习委员，记得我曾请他为班上同学讲解过复变函数的习题。我们常常在一起研讨学业，谓之学友。大学毕业时同学们天南海北各奔东西，他回到苏州，先从事学校教学，后在苏州市教育局从事教育行政管理工作，我留在南京从教，也难得有见面的机会。直到退休以后有了微信，2016年建了个班级微信群，联系才方便起来，我们却都已年逾古稀。正是：五十俭偬夕阳斜，一片冰心映晚霞。

我们的"随园561"微信群聚集了原班级里近半数的同窗学友，仿佛回到了梦中的"随园"，共同忆青葱岁月，谈天圆地方，常嘘寒问暖，愿天长地久。冯学弟喜欢旅游，擅长写作，常在群里发他的游记作品，我们也积极参与互动，乐此不疲。他的有些短文就是在群内互动中形成的，如《风雨故人来》《随园群里的春节》等，读来倍感亲切。我长他两岁，他呼我"老大"。我在手机"美篇APP"中写游记，记录桑榆生活，也得益于他的帮助。群里皆是理科生，在他的影响下竟会渐渐喜爱舞文弄墨了。

建群后的几年中，同窗们曾在春日里从四面八方相约去了一趟母校，寻觅昔日的足迹，耄耋之年动情事，莫过随园梦青春，于是有了《随园四月天》。又曾在大雨瓢泼的秋日里去了苏州虎丘冷香阁茶室聚会，游览留园，于是有了《风雨故人来》。两年前的重阳节，几人相约去苏州太湖西山游玩，入住古村明月湾，金秋西山行，梦生明月湾，于是有了《诗意栖息明月湾》。正是：道不尽的随园事，叙不完的今生缘。

在校时只知道冯学弟是班上学习名列前茅者，近几年交往中才知道他退休后一直笔耕不辍，已是近80岁的人了，确实不易！我们常在微信中对他戏言："你高考报错专业了，应该读中文系才是。"并鼓励他出书。现在读数学的人也出文学作品了，算得随园梦成真。

人说梦是黑白的，冯学弟却给梦添了彩。

陈应生，壬寅孟冬于南京莫愁湖畔寓所

（陈应生，退休前任南京市雨花台教师进修学校校长。）

后　记

　　岁月不居，时节如流。

　　从 1961 年到 1965 年，我在南京师范学院数学系读书。母校现在是南京师范大学宁海路随园校区。我到南京上大学，是我人生中第一次乘火车，第一次离开家乡，在南师我度过难忘的四年。我的大学舍友高伟华，昆山巴城人氏，毕业后在省城发展，2016 年他牵头建个班级微信群，为寄托对母校的思念，微信群命名为"随园 561"，"5"是当年数学系的编号，"61"是我们入学年份 1961。群里同窗都怀念大学时光，也曾在 2017 年 4 月结伴回母校溜达怀旧一遭，我记有《随园四月天》。随园，是我们这些老学生的共同梦境，可怜现今都年届耄耋。

　　光阴如白驹过隙。退休后我走进万寿宫发挥余热，任苏州市老年大学文史系主任。当时的写作研究班里前后有 100 多名学员，他们离退休前学历、职业、职务各异，因爱好写作而聚在一起。他们凭借自己的阅历和睿智，回眸悠悠人生，指点世态人事。他们的文字不时出现在校报"万寿宫"和校刊《秋实》上面，我只要翻阅到，一定用心拜读。不少学员将文章结集付梓，我收到学员馈赠的第一本书是蔡叔健先生的《初驾集》，他笔名老驽，老驽初驾，意在驽马十驾，封面是时任班长的薛企荧教授的油画：荒原上一匹孤独老马，志在千里。这大概是班上所有学员的共同心愿。现在我的书架上有20多本学员赠送的著作，每一本书后面都有一篇人生故事和一颗追梦的心。

2010年秋，我的高中学长张卫老师受聘来校任教写作研究班，他潜心投入，乐此不疲。2011年，《姑苏晚报·怡园》曾辟《万寿宫》专栏，我写了专栏的第一篇文章《"万寿宫"里夕照明》，这也是我在晚报上发表的第一篇散文。我至今记得当时张老师叮嘱说："文字要有文学性。"他知道我在大学读的数学专业，后来又长期教数学和做行政工作，担心我写成定理证明抑或公文模样。

2015年我从老年大学再次"退休"，有了更多自由支配的时间。我喜欢读书，浏览闲书和翻阅报纸是我每天的功课。我和老伴都喜欢旅游，退休后去了许多地方，摄影和写游记可以延伸旅游的滋味。我小心翼翼避免将游记写成流水账，山水形胜本来生气勃勃，写得奄奄一息对不起"庐山烟雨浙江潮"，但也经常会感到力不从心。

十几年下来，我陆陆续续在《姑苏晚报》等报副刊上发表了近百篇散文，主要是游记。闲时我翻阅自己写的文章，犹如梦中秉烛前行。真心感谢《姑苏晚报》的编辑老师对我的帮助，耐心审读我写的文章，让我多了一份生活乐趣。经常遇到旧友聊起我写的游记，曾经的老年大学写作班学员，现已90多岁高龄的吴晋升先生，他虽工科出身却爱好诗文，经常来电鼓励我，说喜欢读我写的游记，还特地提到写富春山水的《天下独绝处》，我感动。还有好友告诉我，《曹娥江畔曹娥庙》的开头，是查了百度才弄明白的，他是认真读的，我开心。

我将我写的游记陆续发到随园群里，学兄学姐们给了我许多鼓励，又开玩笑说：怎么不去读中文系？我答："我喜欢数学，也喜欢语文，读数学系不仅学到数学知识，学会数学式的思考，更有缘结识你们，而且还衍生出一个美丽的梦，多好哪！"他们屡屡希望我将这些作文结集付梓。苏州的作家韩树俊老师更是不断鼓励鞭策我的结集工作。我在高中读书时担任过三年语文课代表，喜欢写作的梦，在大学读书时或许因为学习的繁重而蛰伏；参加工作后，或许因为工作生活的奔波而尘封；退休后在老年大学，写作研究班的师生们勾起我写作的兴趣，兴趣的种子由我的中学语文恩师播下，捂到桑榆时节催发。

我将这本结集名之《随园梦》，书中大多篇目曾发表过。感谢苏州市老年大学对《随园梦》出版的关心和支持。感谢谷公胜先生拨冗为《随园梦》作序，张稼祥先生和陈应生先生为《随园梦》写跋，张稼祥先生题了书名。

退休后，年岁似乎飞长，速度超乎想象。总有一天我会足不出户，我想在南窗下安放一套舒适的桌椅，每天坐在那里，泡上一壶好茶，诵读唐诗宋词，翻阅我写的游记和拍摄的照片，追忆如梦往事，静候黄昏时光。遥望天边：

心中一抹晚霞。

2022 年 8 月 5 日于姑苏寓所